新潮文庫

運命のコイン

上巻

ジェフリー・アーチャー
戸田裕之訳

新潮社版

11195

目次

ボリス・ネムツォフに
私に彼の勇気があれば

貴重な助言と調査をしてくれた以下の人々に感謝する。

サイモン・ベインブリッジ、サー・ロドリック・ブレスウェイト、ウィリアム・ブラウダー、マリア・テレサ・ブルゴーニ、ジョナサン・カプラン勅撰《ちよくせん》弁護士、ロッド・フラートン船長、ムーンパル・グレウォール、ヴィッキー・メラー、サー・クリストファーとレディ・マイヤー、キース・モファット教授、アンドレイ・パルチェフスキー、メリッサ・ピメンテル、アリソン・プリンス、キャサリン・リチャーズ、そして、スーザン・ワット。

主要登場人物

アレクサンドル・カルペンコ（サーシャ、アレックス）
……本書の主人公。レニングラード生れの青年
コンスタンチン・カルペンコ……アレクサンドルの父。港湾監督官
エレーナ・カルペンコ…………〃　母。料理人
ウラジーミル……………………〃　同級生
コーリャ…………………………エレーナの弟
ポリヤコフ………………………ＫＧＢ少佐
モレッティ………………………ロンドンのレストラン経営者
クウィルター……………………〃　上級中等学校長
モーリス・トレムレット………サーシャの上級中等学校の同級生
ベン・コーエン…………………〃
シャーロット・デンジャーフィールド（チャーリー）
……美術好きの女子学生
マイク・デンジャーフィールド…シャーロットの父。骨董商
ストリーター……………………ケンブリッジ大学博士。チェス・チーム部長
フィオーナ・ハンター…………〃　自治会の女子学生
モレンスキー……………………ロシアの伯爵未亡人
ドミートリイ・バランチュク……ニューヨーク在住のロシア難民
イヴァン・ドノコフ……………〃　のチェス・プレイヤー
アディー…………………………〃　の慈善商店の女店員
ウルフ……………………………〃　の露店の所有権者
サミュエル・T・バロウズ（タンク）
……アレックスのヴェトナム戦争の戦友
ローレンス・ローウェル………〃　部隊の小隊長。中尉
イヴリン…………………………ローレンスの妹

運命のコイン

上巻

第一部

1 アレクサンドル

一九六八年　レニングラード

「おまえ、卒業したらどうするんだ？」アレクサンドルは訊《き》いた。

「KGBに入りたいんだが」ウラジーミルが答えた。「その前に大学へ行かないとな。そうでないと、洟《はな》も引っかけてもらえないだろう。おまえはどうなんだ？」

「最終的にはロシア初の民主的に選ばれた大統領になることかな」アレクサンドルは笑いながら言った。

「それが現実になったら」ウラジーミルは真顔だった。「おれをKGBの長官にしてくれよ」

「おれは親族重用主義《ネポティズム》は採らないんだ」ゆっくりと校庭を横切り、通りへ出て自宅へと歩きながら、アレクサンドルは言った。

「ネポティズム？」ウラジーミルが訊き返した。

「元々は甥《おい》を意味するイタリア語で、十七世紀の法王たちが自分の親類縁者や近しい友人を高位につかせるのが当たり前になっていたことから、そういう意味にも使われるようになったんだ」

「それのどこが気に入らないんだ?」ウラジーミルが言った。「法王をKGBに置き換えるだけじゃないか」

「土曜日の試合は観《み》に行くのか?」アレクサンドルは訊いた。話題を変えたかった。

「駄目だな。FCゼニトが準決勝進出を決めた瞬間に、おれみたいなのがチケットを手に入れるチャンスはなくなったよ。だけど、おまえの親父《おやじ》は港湾監督官だから、党員用に予約してあるチケットが二枚、自動的にもらえるんだよな」

「親父はいまも共産党に入党するのを拒否しているから、そのあいだはそれはないな」アレクサンドルは言った。「このあいだもチケットが手に入るかどうか訊いてみたんだけど、見込みのありそうな口振りじゃなかった。望みがあるとしたら、いまやコーリャ叔父さんだけだ」

アレクサンドルは歩きながら、お互いの頭のそう深くないところにずっと居坐《いすわ》っているある話題をともに避けていることに気がついた。

「いつになったらはっきりすると思う?」ウラジーミルがついにそれを口にした。

「さあな」アレクサンドルは応《こた》えた。「教師連中はおれたちが思い煩《わずら》うのを愉《たの》しんでるんじゃないかな。だって、自分の力を生徒に及ぼす最後の機会だってことをよくわかっているんだから」

「おまえは心配ないさ」ウラジーミルが言った。「彼らが議論するのは、レーニン奨学生になってモスクワ外国語大学へ進ませるか、国立大学で数学を専攻させるか、それだけなんだから。だけど、おれの場合は大学へ行けるかどうかもわからない。行けなかったら、ＫＧＢなんて夢物語だ」そして、ため息をついた。「たぶん港で働くことになって、おまえの親父に一生使われることになるんじゃないか」

アレクサンドルはそれについて何も言わないまま、自分と友人が暮らしているアパートに帰り着くとすり減った階段を上がりはじめた。

「一階に住みたいよな、九階なんて勘弁してほしいよ」ウラジーミルがこぼした。

「おまえもよく知ってるだろう、ウラジーミル、三階までは党員専用なんだ。だけど、ＫＧＢに入ったら、きっとそのとたんにあの世界の住人に成り下がれるさ」

「それじゃ、また明日の朝にな」ウラジーミルは友人の嘲《あざけ》りを無視し、さらに四階上へと階段を上がりはじめた。

アレクサンドルは一家が住んでいる五階の小さなアパートの玄関を開けながら、国が発行している雑誌で最近読んだ、アメリカでは犯罪が頻発するあまり、だれもが玄関に鍵《かぎ》を二つ、ときには三つもつけているという記事を思い出した。ソヴィエト連邦がそうでないのは、盗む価値のあるものを持っている者がいないからかもしれない。

母は港の仕事に出ていて勤務時間が終わるまで帰ってこないことはわかっていたから自分の部屋へ直行し、通学用の肩掛け鞄《かばん》から罫線《けいせん》入りの紙を数枚と鉛筆、手垢《てあか》のついた本を一冊取り出して部屋の隅の小さなテーブルに置いた。そして、『戦争と平和』の一七九ページを開き、トルストイの文章を英語に移し替える作業を再開した——〝その夜、ロストフの一家が夕食の席に着いたとき、ニコライは心ここにあらずに見えた。その理由は一つでなく……〟

綴《つづ》りに間違いがないか一語一語再確認しながら、もっとふさわしい訳語はないかと考えていると、玄関が開く音が聞こえた。そういえば腹が減っていた。母は港の将校クラブで料理を担当していて、美味《おい》しいものをこっそり持って帰ってくることがあった。今日はどうだろうと思いながら、『戦争と平和』を閉じてキッチンへ行った。

テーブルの前の木のベンチに腰を下ろすと、母のエレーナが優しい笑顔を向けてきた。

「今夜はお土産はあるの、お母さん？」アレクサンドルは期待を込めて訊いた。

母がまた笑顔になり、ポケットに手を入れた。そこから、大振りのじゃがいもが一個、パースニップという人参《にんじん》に似た根菜が二本、パンが半斤《きん》、そして、今夜の戦利品の——おそらく士官が昼食のときに残したのだろう——ステーキが姿を現わした。ウラジーミルの今夜の食事に較《くら》べれば、とアレクサンドルは思った。きっと文字通りのご馳走《ちそう》だ。

わたしたちは昔から恵まれているほうなのよ、と母はよく言っていた。

「知らせはないの？」じゃがいもを剝《む》きはじめた母が訊いた。

「お母さんは毎晩同じ質問をするけど、答えは同じだよ――少なくともあとひと月は何もないと思う。もう少し長くなるかもしれない」

「あなたがレーニン奨学生になったら、お父さんはきっととても誇りに思うでしょうね」母がじゃがいもを剝き終え、皮も横に取り置いた。捨てていいものは何一つないということだった。「いいこと、戦争がなかったら、お父さんは大学へ行っていたはずなのよ」

それは母から耳にたこができるほど聞かされた話だった。だが、父がレニングラード包囲戦を戦い、自分たちの部隊が九十三日間、ナチス・ドイツの精鋭戦車隊の途切れない猛攻にさらされたにもかかわらず、ついには敵が諦《あきら》めて自国へと撤退するまで持ち場を離れなかったという話のほうが胸が躍った。

「それでレニングラード防衛勲章を授けられたんだよね」アレクサンドルは得たりとばかりに言った。

レニングラード防衛のときの父のことを母は数え切れないほど話してくれていたが、アレクサンドルは何度聞いても飽きることがなかった。もっとも、父の口から聞いたことは一度もなかったが。あれから二十五年近くが経《た》ったいま、父は港へ戻り、そこの同志主任監督官として三千人の労働者を率いていた。共産党員ではなかったが、この職務の適任者は彼しかいないと、KGBでさえ認めているということだった。

玄関が開いたと思うと大きな音とともに閉まり、父の帰宅を知らせた。アレクサンドルが笑顔で迎えるなか勢いよくキッチンに入ってきたコンスタンチン・カルペンコは、がっちりとした長身で、いまでも若い娘を振り向かせられるほどのいい男だった。日焼けした顔には堂々として豊かな口髭《くちひげ》が蓄えられ、幼いころはそれを撫《な》でていた記憶があったが、ここ数年はさすがに手を伸ばすのがはばかられた。その父が息子の向かいのベンチにどっかりと腰を下ろした。

「あと三十分で用意ができるから、ちょっと待っていてちょうだい」母がじゃがいもを賽《さい》の目に切りながら言った。

「三人だけのときはいつであれ、英語以外は使用禁止にしよう」父が言った。

「どうして？」母がロシア語で訝《いぶか》った。「イギリス人に会ったことなんて一度もないし、これからだってないと思うけど？」

「外国語大学の奨学生になって英語を勉強しにモスクワへ行くとなれば、その言葉がより堪能《たんのう》であるほうがいいに決まっているだろう、たとえ敵の言葉だとしても」

「でも、この前の戦争のとき、アメリカとイギリスはぼくたちの側だったんじゃないの、お父さん？」

「確かにわれわれの側ではあったが」父が答えた。「それは悪として較べたとき、われわれのほうがナチスよりましだとあいつらが見なしたからにすぎない」アレクサンドルがその説明について考えていると、父親が腰を上げながら訊いた。「晩飯までチェスでもやるか？」アレクサンドルは一も二もなくうなずいた。一日のうちのお気に入りのときだった。「手を洗ってくるから、準備を頼む」

コンスタンチンがキッチンを出ていくや、母が小声で言った。「たまには勝たせてあげたら？」

「お断わりだね」アレクサンドルは突っぱねた。「いずれにせよ、そんなことをしたらすぐに見抜かれて、こっぴどい目にあわされるに決まってるよ」そして、キッチン・テーブルの引き出しから木製の古いチェス盤と駒《こま》の入った箱を取り出した。駒は一つなくなっていたから、毎晩、塩を入れたプラスティックの瓶にビショップ役をやらせなくてはならなかった。

アレクサンドルが自分のキングのポーンを二枡《ます》前に進めたところで父が戻ってきて、すぐに自分のクイーンの前のポーンを一枡前に進めた。

「試合はどうだったんだ？」

「3－0で勝ったよ」アレクサンドルは自分のクイーンのナイトを動かしながら答えた。

「またもや完封か、よくやった」父が言った。「学校始まって以来とは言わないまでも、おまえが最高のゴールキーパーの一人ではあることは確かだろう。だが、勝つと言えば、奨学金を勝ち取ることのほうがもっと大事だ。どうやらまだ何の知らせもないようだな?」

「ないよ」アレクサンドルは答えると、父が次の手をどう進めるか考えている隙《すき》に訊いた。「土曜の試合のことだけど、お父さん、チケットを何とかならないかな」

「ならないな」父がチェス盤を睨《にら》んだままで答えた。「ネフスキー大通りで処女を見つけるより難しいんじゃないか」

「あなた!」母が咎《とが》めた。「港で仕事をしているときは仕方がないかもしれないけど、うちでそういう下品な口はきかないでちょうだい」

父が息子を見てにやりと笑った。「だが、コーリャ叔父さんは立ち見席のチケットを二枚保証されているし、おれはあいつに付き合う気はないから……」そして、息子が飛び上がりそうになるのを見て集中力を削《そ》ぐのに成功したと内心でにんまりし、次の手を指した。

「あなただって何枚でも欲しいだけ手に入れられたはずよ」母が言った。「入党に同意してさえいればね」

「そのつもりは金輪際ないよ、それはきみもよくわかってるだろう。きみが教えてくれた言い方をするなら、〝クイド・プロ・クオ〟ってやつだ。つまり、相応の代価を支払うことになるからな。それが嫌なんだ」そして、テーブルの向かいの息子を見た。「忘れるな、あいつらは必ず見返りの代価を要求する。たかだかサッカーの試合の観戦チケット二枚ごときで友人を売り、川に浮かばせる気は、おれにはない」

「でも、カップ戦の準決勝に進出するなんて本当に久し振りなんだよ」アレクサンドルは言った。

「そして、二度とないだろう。おれの目の黒いうちはな。だが、おれを共産党員にするには、それよりもっとはるかに長い時間がかかる」

「ウラジーミルは共産少年団員《ピオネール》に入ってるし、共産主義青年同盟《コムソモール》にも入ることにしたみたいだよ」アレクサンドルは自分の手を指してから言った。

「特に驚くことでもあるまい」父が応えた。「そうでもしないと、あいつがKGBに職を得るなど夢物語だ。まあ、あそこは井のなかの蛙《かわず》でも特殊な種類が棲息《せいそく》しているところだけどな」

アレクサンドルはふたたび集中力を削がれた。「いつもウラジーミルに手厳しいのはなぜなの、お父さん？」

「卑怯《ひきょう》で信用できないろくでなしだからだ、父親と同じでな。いいか、あいつを信じちゃ絶対に駄目だし、秘密を打ち明けるなんて論外だぞ。その秘密はおまえがここへ帰ってくる前にKGBに伝わることになるんだから」

「あいつはそこまで頭がよくないよ。正直言うと、大学へ行けるかどうかもわからないんだ」

「頭はよくないかもしれないが」父が言い返した。「狡猾《こうかつ》と冷酷という要素を併せ持ってる。危険極まりない組み合わせだ。嘘《うそ》じゃない、あいつはカップ戦決勝の観戦チケットのためなら母親だって売るぞ。準決勝であってもやりかねない」

「できたわよ」母の声がした。

「引き分けにするか？」父が言った。

「駄目だね」アレクサンドルは拒否した。「詰み《チエックメイト》まであと六手なんだよ、わかってるくせに」

「二人ともごちゃごちゃ言ってないで」母が割って入った。「テーブルを片づけなさい」

「この前おれが勝ったのはいつだったかな？」父がキングを横に倒して負けを認めた。

「一九六七年十一月十九日だよ」アレクサンドルは父とともに立って握手をした。

　息子は塩の瓶をテーブルに戻して駒を箱に収め、父は流しの上の棚から皿を三枚出してテーブルに並べた。キッチンの引き出しから不揃《ふぞろ》いのナイフとフォークを三本ずつ取り出しながら、アレクサンドルはついさっき英語に訳したばかりの『戦争と平和』の一節を思い出した。ロストフ家の正餐《ディナー》――そうだ、夕飯《サパー》よりこっちのほうが適切だ、部屋へ戻ったらすぐに直そう――は必ず五皿と決まっていて、皿が替わるごとに銀のナイフとフォークも取り替えられた。それに、揃いの仕着せの召使いが十二人、一人一人が椅《い》子《す》の後ろに控えて、厨房《ちゅうぼう》に籠《こ》もりっきりのように思われる三人の料理人の拵《こしら》えた食事を供していた。だけど、とアレクサンドルは自信満々で思った。その三人といえども料理の腕は母に敵《かな》わないだろう。そうでなかったら、母が将校クラブで料理を作っているはずがない。

いつの日か……と内心でつぶやきながら、アレクサンドルはテーブルの支度を終えて父の向かいのベンチに腰を下ろした。母が合流し、不均等に三分割した食事を載せた皿をテーブルに置いた。パースニップとじゃがいも、そして、将校の食べ残しの分厚いステーキが〝本国送還〟――アレクサンドルが母に教えた言い方を借りるなら――されて、二つに切り分けられていた。「〝無駄をしなければ、不足も起こらない〟よ」母がロシア語で言い、何とか英語で言い直した。

「今夜は教会の集まりがあるんだが」父がフォークを手に取りながら言った。「帰りはそんなに遅くならないと思う」

アレクサンドルは自分のステーキをさらにいくつかに切り分け、一切れ一切れをゆっくり嚙《か》みしめて味わい、その合間にパンを食べて水を飲んだ。最後の最後にパースニップを口に入れてしばらく弄《もてあそ》んでみたが、味があるのかないのかよくわからず、好きかどうかすらはっきりしなかった。『戦争と平和』では、パースニップは召使いの食べ物だった。食事のあいだ、会話は英語でつづけられた。

父が水を飲み干し、上衣《うわぎ》の袖《そで》で口を拭《ふ》いて、黙ってキッチンを出ていった。「勉強に戻っていいわよ。後片付けは簡単だから」母が行きなさいと息子に手を振った。

アレクサンドルは喜んでその言葉に甘えた。部屋に戻ると、〝夕飯《サパー》〟を〝正餐《ディナー》〟に置き換え、それから次のページへ移って、トルストイの名作の翻訳を再開した。〝フランス軍はモスクワを目指して進みつつあり……〟。

コンスタンチン・カルペンコはアパートから通りへ出たとき、二つの目が自分を見つめていることを知らなかった。

ウラジーミルは宿題に集中できないまま、ぼんやりと窓の外を眺めていた。そのとき、通りに姿を現わしたコンスタンチン・カルペンコが目に留まった。今週になって三度目だった。夜のこんな時間にどこへ行くのか？　突き止める価値があるかもしれない。急いで部屋を出ると、忍び足で廊下を歩いた。居間から大きな鼾《いびき》が聞こえるので覗《のぞ》いてみると、父親が古びた馬の毛の椅子にだらしなくもたれて眠っていて、空になったウォトカの瓶がそばに転がっていた。音を立てないように玄関を開け、音を立てないように閉めると、石の階段を一気に駆け下りて通りへ出た。左を見ると、カルペンコが角を曲がろうとしていた。すぐさまあとを追って走り出したものの、その角の手前でいったん減速しなくてはならなかった。

角の向こうをうかがうと、同志カルペンコが使徒聖アンデレ教会へ入っていこうとしていた。まったくの時間の無駄だったか、とウラジーミルはがっかりした。KGBは正教会を必ずしもよしとしていないかもしれないが、実際に禁じてはいない。帰ろうと踵《きびす》を返しかけたとき、暗がりからまた一人、男が現われた。日曜の教会では見たことのない顔だった。

ウラジーミルは姿を見られないよう用心しながら、急ぐことなくじりじりと教会へ近づいた。さらに二人の男が逆方向からやってきて、急いで教会に入っていった。そのとき、背後で足音が聞こえて、ウラジーミルは凍りついた。音を立てないように壁を乗り越えて反対側へ降り、足音が通り過ぎるのを待ってから、墓石のあいだを静かに潜《くぐ》り抜けて建物の裏手へ出た。そこに聖歌隊専用の入口があった。ドアノブを回してみたが、動かなかった。

内心で悪態をついて周囲を見回すと、頭上に半分開いている窓があった。そのままではまるで手が届かなかったから、粗い板石を踏み台にして爪先《つまさき》立ち、手を伸ばして窓框《まどかまち》に飛びつこうとした。三度目にようやく成功し、力を振り絞って懸垂の要領で身体《からだ》を引き上げ、細身なのを幸い、窓の開いている部分をくぐって反対側へ降り立った。

奥に並んでいる部屋の前を音を立てないようにして通り過ぎ、内陣へたどり着くと祭壇の後ろに身を隠した。心臓の鼓動がほぼ元に戻るのを待って祭壇の縁《へり》から様子をうかがうと、十二人の男が聖歌隊席に坐って議論に没頭していた。

「それで、その考えをいつみんなに打ち明けるんだ？」一人が訊いた。

「今度の土曜だ、ステファン」カルペンコが答えた。「月例の作業集会には全員が出席するから、そのときに話す。参加を説得する唯一《ゆいいつ》かつ絶好の機会だ」

「古手の連中には匂《にお》わせもしないんだろうな？」別の男が訊いた。

「もちろんだ。不意を打つしか成功の可能性はない。計画をKGBに知られる危険を冒す必要はない」

「だけど、そこにKGBのスパイがいないわけがない。あんたの一言一言に耳を澄ませているぞ」

「それはわかってるよ、ミハイル。しかし、そのときにやつらにできるのは、われわれが独立した労働組合を作ろうとしていて、しかも強力な後押しがあることをご主人さまにご注進に及ぶことぐらいだ」

「みんながあんたを後押しするのを疑う余地はないが」四人目の男が言った。「どれほどの雄弁も一発の銃弾を食い止めることはできないんだぞ」何人かが重々しくうなずいた。

「土曜日におれが計画を明らかにしてしまったら」カルペンコが言った。「KGBもそんな愚かな真似《まね》はできなくなる。なぜなら、おれを殺せばみんなが一つになって立ち上がり、あいつらの力をもってしても収拾がつかなくなるからだ。だが、ユーリイの懸念《けねん》にも一理ある。われわれは長く信じてきた大義を実現するためにかなりの危険を引き受けている。だから、考え直したい、離脱したいと思っている者は、いまがそのときだ」

「このなかに裏切り者《ユダ》はいないよ」また別の男が言ったとき、ウラジーミルは危うく咳《せ》き込みそうになった。全員が一斉に起立し、カルペンコをリーダーとしつづけることを確認した。

「土曜の朝にもう一度集まるが、それまではおのおの意見を胸に秘めて、よそでそれを口にするのはやめてもらいたい。とにかく、他言は一切無用だ」

　男たちは一人一人と握手を交わして教会を出ていきはじめた。ウラジーミルは破《わ》れんばかりに打っている心臓を抱えながら、西の大扉が閉まる音と鍵のかかる音が両方聞こえるまでそこにうずくまっていた。そのあと急いで聖具室へ戻ると椅子《ストゥール》の助けを借りて窓によじ登り、何とか外へ出て、窓框にぶら下がってから飛び降りた。熟練のレスラーのように上手に受け身を取ったが、アレクサンドルに優《まさ》っているのはそれしかなかった。

　一瞬たりと無駄にできないと焦《あせ》りながら、ウラジーミルはカルペンコと逆方向、〈進入禁止〉の標識すら必要ない、共産党関係者でなければ入ろうなどと思いもしない、テレシコワ大通りを目指して走った。ポリヤコフ少佐の住まいの在処《ありか》は知っていたが、夜のこんな時間に玄関をノックする度胸が自分にあるかどうかがわからなかった。もっとも、夜だろうと昼だろうと、それについてはどんな時間でも変わらないだろうが。

木々が豊かに葉を茂らせ、整然とした石畳の通りに着くと、ウラジーミルは足を止めてその家を見つめた。一秒が過ぎるごとに怖《お》じ気《け》が募ったが、ついにありったけの勇気を掻《か》き集めて玄関へ歩を進めた。ノックしようと拳《こぶし》を握ったそのとき、ドアが勢いよく開き、不意をつかれるのを嫌う男が姿を現わした。

「何の用だ、若造？」男が歓迎すべくもない訪問者の耳をつかんで訊いた。

「情報があります」ウラジーミルは言った。「去年、少佐が学校へ求人にお見えになったとき、情報は黄金にも優るとおっしゃったのを聞いていたものですから」

「ろくでもない情報だったら承知しないぞ」ウラジーミルは耳をつかまれたまま、家のなかへ引きずり込まれた。ポリヤコフが手荒くドアを閉めて促した。「さっさと話せ」

ウラジーミルは今夜教会で何が話されていたかを、細大漏らさず忠実に報告した。それが終わるころには、耳をつかんでいた手が肩に回っていた。

「カルペンコ以外に見知っているやつはいなかったか？」ポリヤコフが訊いた。

「いませんでしたが、ユーリイ、ミハイル、ステファンという名前が聞こえました」

ポリヤコフがその三つの名前を書き留めたあとで訊いた。「土曜の試合には行くのか？」

「いえ、チケットは売り切れですし、父では手に入れるのが無理ですから――」

KGB少佐の内ポケットから手品のようにチケットが二枚現われ、たったいま採用されたばかりの新人の手へと移動した。

コンスタンチンは妻を起こさないよう静かに寝室のドアを閉め、頑丈な作業用ブーツを脱ぎ、服を脱いで、ベッドに入った。明日の朝は早く出よう、そうすれば仲間と何をしようとしているかを、それより何より自分が土曜日の集まりで何を企てるかを説明せずにすむ。酒に溺《おぼ》れているんじゃないか、浮気をしているんじゃないかと疑われているとしても、本当のことを打ち明けるよりはましだ。そんなことをしたら、演説なんかしないでくれと止められるのが落ちだ。

思いとどまらせようとするエレーナの声が聞こえるようだった――〝だって、そんなに悪い生活じゃないでしょう。電気も水道も完備したアパートに住めて、わたしには将校クラブの料理人という仕事がある。息子はモスクワの一流外国語大学の奨学生になれるかもしれない。これ以上何を望み得るの?〟。

それに対して、コンスタンチンは内心でこう答えた――〝そういう恩恵をみんなが当たり前に享受《きょうじゅ》できる日を、だよ〟。

眠れないままに、演説原稿を頭のなかで作っていった。紙に書く危険は冒せない。五時半に起きて、またも妻を起こさないように用心しながら、手が凍るほど冷たい水で顔を洗った。髭剃《ひげそ》りは省略し、粗い生地の開襟《かいきん》シャツの上につなぎの作業服を着て、靴底に鋲《びょう》を打った作業用ブーツを最後に履いた。それから静かに寝室を出てキッチンへ行き、準備してあったランチボックスを手に取った。ソーセージ、固ゆで卵、玉ねぎ、パン二切れとチーズ、それよりましなものを食べられるのはKGBだけだった。

玄関を出て音を立てないようにドアを閉め、石の階段を下りて、人気のない通りに立った。仕事場までは六キロあったが、歩くと決めていた。港へのバスは労働者で混んでいるから乗りたくなかった。それに、土曜日を無事に生き延びられたら、その先に待っていることのために、鍛え上げられた戦場の兵士のようにしっかりと肉体を維持しておかなくてはならなかった。

途中で仕事仲間に出会うたびに、必ず挨拶《あいさつ》代わりに敬礼の仕草をした。敬礼を返す者もいれば、うなずくだけの者もいた。少数ながら善きサマリア人ならぬ悪《あ》しきサマリア人よろしくそっぽを向く者もいなくはなかったが、彼らの額には共産党員番号が刻印されているのかもしれなかった。

一時間後、港の正面入口に着くや、すぐさま出勤時間を記録した。監督官という職能上、だれよりも早く出勤し、だれよりも遅く退勤することを心がけていた。波止場を歩きながら、その日の最初の仕事の割り当てをどうするかを考えた。黒海に面したオデッサへ向かう潜水艦が十一番ドックに入っていて、燃料と食糧を補給したら出港することになっていたが、少なくともまだ一時間は余裕があった。今朝十一番ドックに近づくのを許されているのは、最も信頼されている者たちだけだった。

頭のなかは昨夜の集まりへと移っていった。何かが引っかかっているが、その正体がわからない。何かではなくて、だれかだろうか？　そのとき、ドックの奥の巨大クレーンが大きな貨物を吊《つ》り上げ、十一番ドックにいる潜水艦のほうへゆっくりと首を振りはじめた。

クレーンの操作員は慎重に選抜されていて、四方にわずか数センチしか余裕のない貨物室にぴったりと水のタンクを収める腕の持ち主だった。が、今日積み込むのは水ではなかった。何日も海面下にとどまらなくてはならない潜水艦へ、そのために必要な燃料を収めたドラム缶を移す作業に従事しているのだった。それも厳密な正確さを要求されたが、今朝は運がいいことに風がなく、それが救いでもあった。

コンスタンチンは頭のなかにある演説原稿のさらなる推敲《すいこう》に集中しようとした。仲間が口を閉ざしていてくれさえすればすべてはうまくいくはずであり、その自信もあった。思わず口元が緩んだ。

あと三センチ――クレーン操作員は確信と満足を同時に感じた。貨物は完全に安定していてわずかな揺れさえもない。頑丈な長いレヴァーを前へゆっくりと押すと、とたんに三本のドラム缶をつかんでいた大きなクランプが開いた。直後、ドラム缶は墜落し、波止場に激突した。三センチでぴったりだった。コンスタンチン・カルペンコは顔を上げたが間に合わなかった。即死、だれを責めるべくもない、おぞましい事故。クレーン操作員はいますぐこの場を去らなくてはならないとわかっていたから、伸びきっているアームを元に戻してエンジンを切ると、操縦席を出て梯子《はしご》伝いに波止場へ降りた。

そこで三人の仕事仲間が待っていた。クレーン操作員は同志を見て微笑したが、刃渡り十八センチの鋸歯《きょし》状のナイフには、それが深々と腹に突き立てられて何度も抉《えぐ》られるまで気がつかなかった。呻《うめ》きがついに聞こえなくなるまで、三人のうちの二人が彼を押さえつけ、そのあと両手両脚を縛ると、波止場の縁まで押していって水中へ落とした。死体は三度浮かび上がったあと、最終的に水面下に消えた。その日の彼は公式には出勤していないことになっていたから、いなくなったことはすぐにはわからないはずだった。

コンスタンチン・カルペンコの葬儀は使徒聖アンデレ教会で執り行なわれた。会葬者は予想を超えて多く、聖歌隊が身廊《ネーヴ》に入るはるか前に通りに溢《あふ》れた。司教は頌徳《しょうとく》の辞でコンスタンチンの死を悲劇的な事故と形容した。おそらくは港湾司令官の公式発表――それでさえ、モスクワが正式に承認してからのことだった――を鵜《う》呑《の》みにしたのだろうが、実はそうではないと考えている者のほうが圧倒的に多かった。

最前列に立っている十二人の男はあれが事故ではないことを確信していたし、リーダーを失ってしまっては自分たちの大義が助からないことも覚悟していた。なぜなら、KGBが徹底的に捜査するに違いなく、国が関わるこの種の調べは結果が報告されるまで少なくとも二年はかかるのが普通で、そのころにはコンスタンチンの下に集った仲間の勢いは失われているに違いないからだ。

近しい友人と家族だけが墓を囲んで最後の別れを告げた。夫の遺体が地中に降ろされると、エレーナが棺に土を振りかけた。アレクサンドルは懸命に涙をこらえた。エレーナは泣きながら一歩下がると、息子の手を握った。何年ぶりだろうと思いながら、アレクサンドルは不意に気がついた。どんなに若かろうといまや自分が一家の柱なんだ。

顔を上げると、ウラジーミルが見えた。父が死んで以降は話をしていなかった。そのウラジーミルが、墓を囲む人々の後ろに半分隠れるようにして立っていた。目が合うと、親友であるはずなのにとたんに顔をそむけた。父の言葉がよみがえった――〝あいつは狡猾と冷酷という要素を併せ持ってる。危険極まりない組み合わせだ。嘘じゃない、あいつはカップ戦決勝の観戦チケットのためなら母親だって売るぞ。準決勝であってもやりかねない〟。ウラジーミルは結局誘惑に勝てなかったらしく、土曜の試合の立ち見席のチケットが二枚手に入ったことを打ち明けたが、だれにもらったのか、そのために何をしなくてはならなかったかについては、明らかにするつもりがないようだった。

ＫＧＢに採用されるためにウラジーミルがどこまでするつもりなのか知るよしはなかったが、その瞬間、もはやあの男は友だちでないとわかった。数分後、ウラジーミルはこそこそと立ち去った。夜の闇《やみ》に消えるユダのように。あいつは、とアレクサンドルは確信した。すべてをやったに違いない。おれの父の頬にキスする以外は。

みんなが立ち去ってからも、母と息子は長いあいだ墓前にひざまずいていた。ようやく立ち上がったとき、エレーナは思わずにいられなかった――夫はこんな非道な目にあわされるような何をしたのだろう？　よほど洗脳されている党員でない限り、当局の話を信じる者はいないはずだ。クレーン操作員があの悲劇的な事故のあと自殺したですって？　書記長のレオニード・ブレジネフまでが嘘に加担し、コンスタンチン・カルペンコにソヴィエト連邦英雄の称号を与えて未亡人には満額の年金を保証すると、クレムリンのスポークスマンに発表させていた。

エレーナの目は自分の人生のなかのもう一人の男にすでに向けられていて、モスクワへ移って仕事を見つけ、そのもう一人の男、すなわち息子の人生をよりよいものにすべく全力を尽くすつもりでいた。だが、弟のコーリャと話し合った結果、レニングラードにとどまり、何事もなかったかのように振る舞いつづけなくてはならないことを渋々受け容《い》れた。ＫＧＢは彼女とは何の関係もない人々にまで目をつけて、仕事を奪っていた。

土曜日のソヴィエト・カップの準決勝、ＦＣゼニトは２－１でオデッサを破り、決勝でトルペド・モスクワとまみえることになった。

その観戦チケットを手に入れるために何をしなくてはならないか、ウラジーミルは早くも答えを探しはじめていた。

2　アレクサンドル

目が覚めるのが早かった。いまだに独りで寝ることに慣れなかった。アレクサンドルに食事をさせて学校へ送り出すと、アパートの掃除をし、コートを着て仕事場へ向かった。コンスタンチンと同じ徒歩出勤だったが、そのほうがよかった。バスは混雑していて、〝すみません〟を際限なく繰り返さなくてはならなかった。

道々、自分が唯一愛した男性の死について思案を巡らせた。あいつらはわたしに何を隠しているのだろう？　だれも本当のことを教えてくれないのは何故《なぜ》なのか？　時期を見て弟に訊いてみようか。いま教えてくれているよりはるかに深い事実を知っているに違いない。そして、息子のことを思った。そろそろ進路が決まってもいいころだけど……。

最後に考えたのは仕事のことだった。アレクサンドルが学校にいるあいだは失うわけにはいかない。年金支給はわたしをもう必要としていないというほのめかしだろうか？　わたしがいると、コンスタンチンがどんな死に方をしたかをみんなが忘れてくれないということか？ でも、わたしは料理上手だ。だから、労働者用の食堂ではなく、将校クラブで料理を作っているのだ。

「ようこそお帰りなさい、カルペンコ夫人」出勤を記録した彼女に守衛が声をかけた。

「ありがとう」エレーナは応えた。

波止場に入ると、何人かの労働者が作業帽を軽く持ち上げて「おはよう」と挨拶してくれた。コンスタンチンがどんなに慕われていたかを、それが思い出させてくれた。

将校クラブの裏口を入ると、コートを掛け、エプロンを着けて厨房へ向かった。昼食のメニューを確認するのが朝一番の日課だった。野菜スープと仔牛《こうし》のパイ。そうか、今日は金曜日なんだ。まず肉を確かめ、それから野菜を切ってじゃがいもを剝かなくてはならなかった。

肩に優しく手が置かれた。振り返ると、同志アキモフが同情の笑みを浮かべて立っていた。

「いい葬儀だった」アキモフが言った。「でも、コンスタンチンはもっと盛大に送られてもよかったんじゃないかな」本当のことを知っている人は確かにいるのだろうが、それを口に出したくないのだ。エレーナはアキモフに礼を言い、サイレンが午前十時の休憩を知らせて初めて仕事の手を止めると、エプロンを外して中庭へ行った。そこではオルガが昨日半分喫って残しておいた煙草《たばこ》を楽しんでいて、それをエレーナに差し出した。

「大変な一週間だったわよ」オルガが言った。「でも、わたしたちみんなでしっかり役を演じて、あなたが仕事を失わずにすむようにしておいたからね。昨日の昼食はわたしがこの手で不味《まず》くしてやったわよ」そして、深々と煙を吸いこんでから付け加えた。「スープは冷め、肉は焼けすぎ、野菜はしなびていて、だれかがグレイヴィを作るのを忘れたの。将校全員が例外なく訊《き》いたわよ、いつあなたが復帰するのかってね」

「ありがとう」エレーナは友人を抱擁《ハグ》したかったが、休憩終わりのサイレンが鳴った。

アレクサンドルは父親の葬儀でも泣かなかった。だから、エレーナはその夜、仕事から帰ったとき、息子が泣いているのを見て理由は一つしかないと確信した。

彼女はキッチンのベンチに並んで坐り、アレクサンドルの肩を抱いた。

「奨学生になれなかったとしても、それは大きな問題じゃないわ」エレーナは息子を慰めた。「外国語大学の入学を認められるのだってとても大変なことなんだから」

「そうじゃなくて、どこへも行けないんだよ」アレクサンドルが言った。

「国立大学の数学科も？」

アレクサンドルが首を横に振った。「月曜の朝に港へ行くよう言われた。港湾労働者になるんだって」

「そんな馬鹿《ばか》な！」エレーナは思わず叫んだ。「抗議するわ」

「無駄だよ、お母さん。聞く耳なんかだれも持つもんか。ほかの選択肢はないんだって、もうはっきり言われているんだ」

「あなたのお友だちのウラジーミルはどうなの？　彼も港湾労働者？」

「いや、あいつは九月から国立大学へ行く」

「でも、全科目あなたのほうが勝ってたじゃないの」

「〝裏切り〟って科目を除けばね」アレクサンドルが言った。


月曜のランチタイムの直前、ポリヤコフ少佐がぶらりと厨房に入ってきたと思うと、いやらしい目でエレーナを見た。まるで彼女がメニューに載っていて、その品定めをするかのようだった。背丈はエレーナと同じぐらいだが、体重は倍もあった。それはエレーナの料理のおかげだと、オルガが冗談めかして言っていた。ポリヤコフは肩書は保安責任者となっていたが、実はKGBで、港湾司令官直属であることを知らない者はいなかった。というわけで、同僚の将校たちでさえポリヤコフに気を許す者はいなかった。

エレーナを品定めする目つきは出来たての料理を検《あらた》める目にやがて変わったが、ほかの将校がときどき味見に厨房にやってきているあいだも手を彼女の背中から尻《しり》へと降ろしていき、ついには自分自身を押しつけてきた。「また昼食のあとでな」ポリヤコフはそうささやいて厨房をあとにし、将校たちの仲間入りをすべく食堂へ戻っていった。一時間後、ポリヤコフは建物を飛び出していき、エレーナの退勤時間になっても戻ってこなかった。取りあえずほっとしたが、いずれまた同じ目にあわされるのではないかという不安は消えなかった。

その日の終わりに弟のコーリャが厨房へやってきた。エレーナは蛇口を捻《ひね》って流しに水の音を響かせながら、ポリヤコフにどんな屈辱的な目にあわされたかを細大漏らさず打ち明けた。

「あいつについては、おれたちにできることはないんだ」コーリャが言った。「仕事を失ってもいいのなら別だけどな。コンスタンチンが生きていたら、あいつだって姉さんに滅多な手出しはできなかっただろうが、いまは……絶対に苦情申し立てをする心配のない被征服者の長いリストに姉さんを加えようとするのを阻止する手立てはないんだよ。それは姉さんの友だちのオルガに訊くだけでわかるはずだ」

「その必要はないわ。でも、今日、オルガがちらっと口を滑らせたんだけど、彼女、コンスタンチンが殺された理由と、彼を殺した犯人を知っているみたいなの。隠しようもないほど怯《おび》えていたから二度と口にしないでしょうけど、コーリャ、そろそろ本当のことを教えてくれてもいいんじゃないの？　あなたもあの集まりに出ていたの？」

「あれは悲劇的な事故だったんだよ」コーリャが言った。

エレーナは身を乗り出し、小声で言った。「あなたの命も危ないの？」コーリャがうなずき、黙って厨房を出ていった。

　その日の夜、ベッドに入ったエレーナは夫を思った。もうこの世にいないという事実をいまも受け容れたくなかった。アレクサンドルは父親を崇敬していて、不可能なほどに高い規範を裏切るまいといつも一生懸命頑張っている。でも、コンスタンチンの不在を埋めてくれてはいない。高い志のせいで、コンスタンチンは命を奪われ、息子はこれからの一生を港湾労働者として送らなくてはならなくなった。

　息子が外務省に採用されて大使になるのを、生きてこの目で見るのがわたしの願いだった。でも、それはもう叶《かな》わない。〝勇敢な男たちが自分の信念に従わなかったら、そのために危険を引き受けるのを厭《いと》ったら、変わらなくてはならないことが何一つとして変わらないんだ〟と、コンスタンチンは言っていた。もっと臆病《おくびょう》ならよかったのに。でも、そうだったら、わたしはあんなに身も世もないほど彼を愛さなかったかもしれない。

　エレーナの弟のコーリャは港で三番目の地位にいたが、ポリヤコフは明らかに彼を脅威と見なしていなかった。だからこそ、コンスタンチンの〝悲劇的な死〟以降も荷役部門の責任者をつづけさせているのだ。しかし、ポリヤコフは知るよしもなかったが、コーリャは義理の兄以上にＫＧＢを忌《い》み嫌っていて、義理の兄の死後も不満など素振りにも見せずにいたものの、実は復讐《ふくしゆう》計画をすでに形にしつつあった。それは激越な言葉で仲間を煽《あお》ったりはしない、しかし、断固たる勇気が必要とされるものだった。

翌日の午後、エレーナが退勤時間を記録して港の門を出ると、思いがけないことにコーリャが待っていた。

「うれしい驚きね」二人で帰途につきながら、エレーナは言った。

「おれの話を聞いたら、そうは思えなくなるかもしれないぞ」弟が応《こた》えた。

「アレクサンドルに関係すること？」エレーナは不安になって訊いた。

「残念ながら、そうなんだ。初日から最悪だよ。命令は拒否するし、KGBをこれ見よがしに馬鹿にするんだからな。今日だって、下級将校に向かって〝うるさい〟と怒鳴りつけやがった」エレーナは身震いした。「無用の抵抗はするなと姉さんから言ってくれないか。さもないと、おれだってそういつまでもかばえない」

「申し訳ないんだけど、あの子は父親の強烈な独立心を受け継いでいて」エレーナは言った。「しかも、父親ほど用心深くもないし、知恵もないときているのよ」

「KGBの将校も含めて周りにいる連中のだれより頭がいいとしても、そんなことは何の役にも立たない」コーリャが言った。「あいつらだって、それはわかってる」

「でも、わたしに何ができるの？　あの子はもう、わたしの言うことなんか聞かないわ」

二人はしばらく黙って歩きつづけたが、通行人がいなくなってだれにも聞かれる心配がないことを確認してから、コーリャがふたたび口を開いた。「実は解決策を思いついたかもしれない。でも、姉さんが全面的に協力してくれなかったら、実行に移すわけにはいかない」そして、間を置いた。「アレクサンドルにも〝うん〟と言ってもらう必要がある」

日々の家のなかでの問題もさることながら、職場の状況は悪化の一途をたどっていた。ポリヤコフがいよいよ図に乗って、エレーナの身体を探る手が大胆でしつこくなりはじめていた。その手に熱湯をかけてやりたかったが、そんなことをしたらどうなるかは火を見るより明らかだった。

一週間ほど経ったころだろうか、厨房の片付けを終えて帰ろうとしたとき、ポリヤコフがおぼつかない、明らかに酔っている足取りで入ってきて、ズボンの前ボタンを外しながら近づいてきた。汗ばんだ手が胸に押しつけられようとしたまさにそのとき、下級将校が駆け込んできて、司令官が至急会いたいと言っていると告げた。ポリヤコフは憤《ふん》懣《まん》やるかたないといった態で、出ていく前に歯を食いしばるようにしてささやいた。

「どこへも行くな、戻ってくるからな」エレーナは恐怖のあまり一時間以上もそこにとどまっていたが、ようやくサイレンが鳴った瞬間にコートを羽織り、だれよりも早く退勤を記録した。

その日の夕食をコーリャと二人でとっているとき、このあいだ話してくれようとした解決策というのを詳しく教えてほしいとエレーナは懇願した。

「無理だって姉さんは言わなかったか？　危険過ぎるって？」

「言ったけど、あのときはポリヤコフから逃げ切れないと思っていなかったのよ」

「アレクサンドルに知られさえしなければ、あいつに何をされても我慢すればいいんだとも言ったよな？」

「でも、知ってしまったら」エレーナは小声で言った。「あの子は何をするかわからないわ。だから、あなたの言うところの解決策を教えてよ、それが何であろうときちんと考えるから」

コーリャが身を乗り出し、グラスのウォトカを一気に呷《あお》ってから、自分の考えている解決策をゆっくりと説明しはじめた。「姉さんも知ってのとおり、毎週、あの港には何隻《せき》もの外国船がやってきて積み荷を降ろしている。おれたちはその船ができるだけ早く帰れるようにして、港の外で待っている別の船が入ってこられるようにしなくちゃならない。そして、それはおれの仕事だ」

「でも、どうしてそれがわたしたちを助けてくれることになるの？」エレーナは訝った。

「荷降ろしがすんだらすぐに積み込みが始まるんだが、みんなが塩やウォトカを欲しがってるわけじゃないから、何も積まずに、空で帰っていく船もある」姉が黙っているので、弟はさらに説明をつづけた。「金曜に二隻入ってくることになっていて、両方とも荷降ろしを終えたら土曜の午後に出港するんだが、どっちも貨物室のいくつかは空のままだ。だから、姉さんとアレクサンドルは、その気になりさえすれば、その一つに隠れることができる」

「でも、見つかったら、シベリア行きの家畜列車に乗せられて一巻の終わりでしょ」

「だから、今度の土曜なんだよ。決行するならその日しかないんだ。見込みがあるのはそのときだけなんだから」

「どういうこと？」エレーナはまたもや訝った。

「土曜日はソヴィエト・カップの決勝戦があって、FCゼニトとトルペド・モスクワが対戦する。将校のほとんどは競技場のボックス席でトルペド・モスクワを応援し、労働者のほとんどは立ち見席でホームのFCゼニトを応援する。というわけで、三時間の空白ができるから、その隙を突けばいい。試合終了のホイッスルが鳴るころには、姉さんとアレクサンドルは新しい生活へと出発しているはずだ。ロンドンかニューヨークか、どっちかのね」

「もしかしてシベリアだったりして」

3　アレクサンドル

コーリャとエレーナは毎日、例外なく時間をずらして出勤し、例外なく時間をずらして退勤した。仕事中は顔を合わせる理由がなかったから、用心して、偶然であっても絶対に出会うことがないようにした。コーリャは毎晩、六階にある自分のアパートから下りてきたが、計画について相談するのはアレクサンドルが寝てからで、それまではたわいもない世間話で時間を潰《つぶ》した。

金曜の夜には、起こる可能性があると想像し得る手違いは一つ残らず抽出し、繰り返しての検討を終えていたものの、それでも最後の瞬間に致命的な手違いが生じるのではないかと、エレーナは強い不安を消せないままだった。その夜は眠れなかったが、そもこのひと月というもの、二時間以上眠れたことは一晩たりとなかった。

コーリャによれば、土曜はカップ戦の決勝があるから港湾労働者のほぼ全員が午前六時から十二時までの早番を選ぶはずで、正午を知らせるサイレンが鳴ったとたんに、港には必要最小限の人間しかいなくなるはずだった。

「観戦チケットを手に入れられなかったと言ってやったら、アレクサンドルは渋々午後番勤務を受け容れたよ」

「あの子にはいつ教えるの？」エレーナは訊いた。

「最後の最後になってからだ。これぱっかりはKGBを見習うのさ。あいつらは味方にも教えないからな」

土曜は仕事を休んでいいと、エレーナはアキモフに言われていた。将校連も決勝戦を頭から見たいだろうからわざわざ昼食を食べにくるとも思えない、というのがその理由だった。

「でも、一応出勤して、お昼まではいます」エレーナは答えた。「みなさんが一人残らずサッカー・ファンというわけではないかもしれませんし。でも、どなたもお見えにならなかったら、正午ごろには帰らせてもらいます」

実はコーリャは立ち見席のチケットを何とか二枚手に入れ――もちろんアレクサンドルには黙っていた――、貨物処理責任者とクレーン操作責任者にくれてやっていた。その二人が土曜の午後に港にいないようにするためである。

翌朝、アレクサンドルが朝食をとりにキッチンへ行って驚いたことに、コーリャ叔父がそこにいた。ぎりぎりになってチケットが手に入ったのかもしれないと期待して訊いてみたのだが、返ってきた答えは謎《なぞ》めいていた。

「今日の午後、おまえにははるかに大事な試合がある。同じくモスクワを相手に、しかし、負けることが絶対に許されない試合がな」

コーリャは黙って坐《すわ》っているアレクサンドルに、この一週間、自分とエレーナが何を計画していたかを明らかにした。関わりたくないとアレクサンドルが言ったら、それがどんな理由だろうとすべてはなかったことにすると、エレーナは弟に宣言していた。これから自分たちが引き受けることになる危険がどういうものか、どれほどのものか、それを息子が完全に理解したと、彼女自身が確信する必要があった。甥《おい》の決心の固さを試すために、コーリャは買収まで試みた。

「今日の試合の観戦チケットだ、苦労したんだぞ」そして、これ見よがしにかざして振ってみせた。「どうする、こっちのほうがいいんなら――」

二人はアレクサンドルの反応を見極めようと慎重に見守ったが、返ってきた返事は躊《ちゅう》躇《ちょ》がなかった。「あんな試合、どうでもいいよ」

「だが、それはおまえがロシアを出ていかなくてはならず、二度と戻ってこられないかもしれないということだぞ」

「そうだとしても、ロシア人であることをやめなくちゃならないわけじゃない。それに、お父さんを殺したろくでなしどもから逃れる、二度とない、絶好のチャンスかもしれないでしょう」

「では、決まりだ」コーリャが言った。「だが、おれは一緒には行かないぞ。それは理解してもらわなくちゃならん」

「それならぼくたちも行かないよ」アレクサンドルは父親の古い椅子から弾《はじ》かれたように立ち上がった。「だって、叔父さんに累《るい》が及ぶとわかっているのに、置いていけるはずがないでしょう」

「残念ながら、行かなかったらおまえがひどい目にあわされるんだ。おまえとおまえのお母さんが首尾よく逃げおおせるためには、おれが残って、おまえたちの動きを突き止められないようにする必要があるんだよ。そのぐらいのことはしてやってくれという、おまえのお父さんの声が聞こえるようだ」

「でも――」

「〝でも〟はなしだ。さて、そろそろ朝番に合流して、二隻の船への積み込みを監督しないとな。そうすれば、おれもご多分に漏れず午後にはサッカー観戦をするはずだと、みんなが思ってくれるはずだからな」

「だけど、あなたが試合観戦しているところをだれかに見せておかないとまずいんじゃないの？」エレーナが訊いた。

「うまく時間を合わせれば大丈夫だよ。後半が始まるのは四時ごろだ。そのころには競技場に行って、仲間と一緒に応援してるさ。多少の運がついてくれれば、試合終了のホイッスルが鳴ったときには、姉さんたちはソヴィエトの領海を出ているだろう。おまえがやらなくてはならないのは、アレクサンドル、時間通りに出勤して着替え、何であれ監督官の指示に黙って大人しく従うことだ」アレクサンドルがにやりと笑みを浮かべると、コーリャは立ち上がってしっかりと甥を抱き締めた。「お父さんにおまえを誇りに思わせてやるんだぞ」

コーリャは姉のアパートを出た。ちょうどアレクサンドルの友だちが階段を下りてくるところだった。

「決勝戦のチケットは手に入りましたか、オボルスキーさん?」

「ああ、何とかな」コーリャは答えた。「みんなと一緒に北側の端の立ち見席で応援するよ。そこで会えるんじゃないかな」

「すみません」ウラジーミルが言った。「ぼくの席は西側なんです」

「そいつは運のいいことだ」コーリャはウラジーミルと肩を並べて階段を下りながら、その席をものにするのにどんな手を使ったんだとよほど訊いてやりたかったが、やめておいた。

「アレクサンドルはどうなんです?　あいつもあなたと一緒に行くんですか?」

「残念だが、そうもいかないんだ。あいつは午後番を抜けられなくてな、実のところがっくり落ち込んでるよ」

「じゃあ、今夜にでも立ち寄って、試合経過を逐一教えてやりますよ」

「ありがとう、ウラジーミル。そうしてくれれば、あいつも喜ぶだろう。いい試合になるといいな」コーリャは言い、ウラジーミルと別れた。


叔父が仕事に出かけるや、アレクサンドルはいまも残っている、十を超す疑問を母にぶつけた。そのなかにはエレーナが答えられないものもあり、どの国へ行くのかということもその一つだった。

「午後三時ごろに二隻の船が出港するんだけど」母が言った。「どっちの船にするかは最後の最後にコーリャ叔父さんが決めることになっているの。だから、そのときになってみないとわからないのよ」


アレクサンドルはもはやカップ戦の決勝などどこかへ行ってしまい、頭には脱出のことしかなかった。興奮してキッチンを歩きまわる息子を見てエレーナは不安になり、はっきりと釘《くぎ》を刺した。「これは遊びじゃないの。わたしたちが捕まったら、コーリャ叔父さんは銃殺刑だし、あなたもわたしも強制収容所へ送られる。そして、あなたはカップ戦を観《み》にいけばよかったと一生後悔することになる。考え直すんだったら、まだ間に合うわよ」

「お父さんならどうすると思う？　怖じ気づいて諦《あきら》めたりは絶対にしないんじゃないかな」

「そう思ってるんなら、さっさと準備にかかりなさい」エレーナは言った。

アレクサンドルがそれ以上何も言わないで自室へ引き上げると、エレーナは息子が毎朝港へ持っていくランチボックスを取り出した。今日、そのランチボックスに入るのは息子の昼食ではなく、夫と二人で長い年月こつこつ貯《た》めてきた紙幣と硬貨のすべてと、多少なりと価値のあるいくつかの宝石類、そして、最後に露英辞典。あとは自分の結婚指輪と、母親の婚約指輪が同じ指にあるだけだった。コンスタンチンとアレクサンドルは毎晩英語で会話をしていたが、それをもっと集中して聴いていなかったことがいまさらながらに悔やまれた。そのあと、自分の荷物をまとめた。今日、午前中の遅い時間に出勤したとき人目につきたくなかったから、小振りのスーツケースを使うことにした。問題は何を持っていって何を置いていくかだった。最優先したのはコンスタンチンと家族の写真全部、その次が着替えを一着と石鹸《せっけん》を一個、最後の最後にブラシと櫛《くし》を押し込んで、無理矢理に蓋《ふた》を閉めた。アレクサンドルは『戦争と平和』を手放すのを嫌がったが、どこであれ着いた国で買えるからと保証して断念させた。

アレクサンドルは居ても立ってもいられないという様子で逸《はや》り立っていたが、エレーナはコーリャと話し合って決めた時間より早く出勤するつもりはなかった。サイレンが正午を告げる前に港の門に着いたら人目につく恐れがあるから、それは避けなくてはならない、とコーリャに注意されていた。というわけで、十一時を過ぎてすぐ、ようやくアパートをあとにし、顔を知っているだれかに出くわす可能性の低い迂回路《うかいろ》を通って港へ向かった。それでも十二時になる少し前には門の前に着いてしまい、逆方向から押し寄せてくる労働者の群れと向かい合うことになった。

アレクサンドルがその人の波に懸命に抗《あらが》って進んだ。エレーナは顔を見られないよう俯《うつむ》いたまま息子の後ろに隠れるようにしてついていき、出勤を記録すると、改めて念を押した――「二時にサイレンが鳴って午後の休憩を知らせたら、できるだけ早く将校クラブへきてちょうだい。わたしはそこで待ってるから。二十分がぎりぎりよ、いいわね」

アレクサンドルがうなずき、勤務に就くために六番ドックへと歩き出した。エレーナは逆の方向を目指し、将校クラブの裏口へたどり着くと、用心深くドアを開けてなかをうかがいながら耳を澄ませた。何の音もしなかった。

コートを掛けてから厨房《ちゅうぼう》に入ると、驚いたことにオルガがテーブルに向かって腰を下ろし、煙草をくゆらせていた。将校が近くにいたら絶対にするはずのないことだった。オルガは同志アキモフでさえサイレンが昼食休憩を知らせて間もなく退勤したと教えてくれて、盛大に紫煙を吹き上げた。せめてもの反抗の印というわけだった。

「わたしたち二人のための食事を作るっていうのはどう？」エレーナはエプロンを着けながら提案した。「たまには坐って食事をするのもいいんじゃない、将校みたいに？」

「昨日のお昼の残り物だけど、ブルガリアの赤ワインがボトルに半分あるわ」オルガが言った。「わたしたちで飲んでやりましょうよ。そうすれば、あいつらの健康のためにもなるんじゃないの？」

　エレーナはその日初めて声を上げて笑い、料理の準備に取りかかった。これがレニングラードでの最後の食事になってほしかった。

　一時に食堂へ移って将校用のテーブルを整え、一番上等の銀器を並べて、リネンのナプキンを置いた。オルガが二つのグラスに赤ワインを満たして自分のに口をつけようとした瞬間、乱暴にドアが開いて、ポリヤコフ少佐が荒々しく入ってきた。

「ちょうどお食事の用意ができたところです、同志少佐」オルガがすかさず取り繕い、少佐が二つのワイングラスを不審げに見るのに気づいて急いで付け加えた。「どなたかと御一緒なさるのではございませんか？」

「いや、みんなサッカー観戦に行ってしまったから、私独りだ」ポリヤコフが答え、エレーナを見た。「私の食事が終わるまではどこへも行ってはならんぞ、同志カルペンコ」

「承知しました、同志少佐」エレーナは応え、オルガと一緒にそそくさと厨房へ戻った。

「あの言葉の意味は一つしかあり得ないわね」魚のスープを深皿によそうエレーナに、

オルガが言った。

最初の料理を運んでテーブルに置いたオルガが引き退《さ》がろうとすると、ポリヤコフが言った。「最後の料理を持ってきたら、おまえはすぐに帰っていいぞ」

「ありがとうございます、同志少佐。ですが、少佐がお帰りになったら片付けをしなくてはなりませんので――」

「最後の料理を運んだらすぐに帰れと言っているんだ」ポリヤコフが繰り返した。「わかったか？」

「はい、同志少佐」厨房に戻ったオルガはドアが閉まったとたんにポリヤコフの命令をエレーナに打ち明け、こう付け加えた。「あなたを助けるためにできることは何でもするけど、あのろくでなしに逆らう勇気だけはないのよね」エレーナは黙って兎《うさぎ》のシチュー、かぶ、マッシュポテトを皿に盛りつけた。「いますぐ帰ってしまったらどう？」オルガが提案した。「体調が悪かったんだって、わたしから言っておくから」

「それはできないわ」エレーナは言い、オルガがブラウスのボタンを上から二つ外すのを見て付け加えた。「ありがとう、あなたは本当にいい友だちだわ。でも、あの男は新しい料理の味見をしたいんじゃないかしら」そして、オルガに皿を渡した。

「あんなやつ、殺せるものなら喜んで殺してやるんだけど」オルガが吐き捨てるように言い、食堂へ戻っていった。

オルガが温かいシチューの皿をテーブルに置いたとき、ポリヤコフはスープの深皿をすでに脇《わき》へどかしていた。

「私が食事を終えたときまだここにいたら」ポリヤコフが言った。「月曜からは労働者用の食堂でごみのような食い物の給仕をさせてやるからな」

スープの深皿を下げて厨房へ戻ったオルガが驚いたことに、エレーナは落ち着き払っていた。これからどんな目にあわされるかわかっていないはずがないのに、よく冷静でいられるわね。だが、エレーナからすれば、その理由を打ち明けようにも打ち明けられるはずがなかった。自分と息子が最終的にKGBの軛《くびき》から逃れられるのなら、ポリヤコフの乱暴にだって耐えるつもりだということを。

「ほんとにごめんなさい」オルガがコートを羽織りながら謝った。「でも、わたしも仕事を失うわけにはいかないの。それじゃ、また月曜にね」エレーナはいつもより長く彼女を抱擁した。

「そうならずにすむことを願ってるんだけどね」オルガが出ていってドアが閉まると、エレーナはつぶやいた。焜炉《こんろ》の火を落とそうとしていると、食堂へつづくドアが開く音がした。はっとして振り向くと、ポリヤコフがまだシチューが口のなかに残っている様子でゆっくりと近づいてきた。そして、その口を袖《そで》で拭《ぬぐ》うと、勲章だらけの――戦場で得たものは一つもなかった――上衣《うわぎ》のボタンを外しはじめた。ベルトを取って拳銃《けんじゅう》と一緒にテーブルに置くと、ブーツを蹴《け》り脱ぎ、前を開いたズボンが床に落ちるに任せた。普段は仕立てのいい制服の下に隠れている、余分な脂身《あぶらみ》がふんだんについただらしない肉体が露《あら》わになった。

「やり方は二つある」ポリヤコフがエレーナへ近づきつづけ、とうとう身体《からだ》が触れ合わんばかりのところまでやってきた。「どっちにするかはおまえ次第だ」

エレーナは無理矢理に笑顔を作った。できるだけ早くすべてを終わらせてしまいたかったから、エプロンを取ってブラウスのボタンを外した。

ポリヤコフがエレーナの胸をぞんざいに愛撫《あいぶ》しながら、得意げな笑みを浮かべて言った。「おまえもほかの女どもと同じだな」そして、彼女をテーブルのほうへ押しやりながらキスをしようとした。その息の臭さに辟易《へきえき》して顔を背けたおかげで唇は触れずにすんだが、太い指がスカートの下でうごめき出すのが感じられ、汗ばんだ手に内腿《うちもも》を撫《な》で上げられるのを、ポリヤコフの肩の向こうを虚《うつ》ろに見つめて堪え忍んだ。

とうとうテーブルに押し倒されてスカートがまくり上げられ、股《また》を広げられたと思うと、そこに腰が押し込まれて前後に動き出した。エレーナは固く目をつぶり、歯を食いしばった。ポリヤコフが覆《おお》い被《かぶ》さるように身を乗り出した。エレーナはその喘《あえ》ぎを首筋に感じ、早く終わってくれることを願った。

サイレンが二時を告げた。

厨房の奥のドアが開く音がして顔を上げると、ぎょっとしたことにアレクサンドルが突進してきていた。ポリヤコフが振り向きざまにエレーナを突き飛ばして拳銃に手を伸ばしたが、アレクサンドルはいまや目の前に迫っていた。その手が焜炉の上にあった鍋《なべ》をつかみ、そこに残っていた熱いシチューをポリヤコフの顔に浴びせた。ポリヤコフはよろめきながら後退して尻餅《しりもち》をつき、それでも中庭まで届くのではないかとエレーナを恐怖させるほどの大声で悪態を連ねつづけた。

「これでおまえたちは縛り首だ」テーブルの縁に手をかけて立とうとしながら、ポリヤコフが喚《わめ》いた。が、次の言葉が発せられるより早く、アレクサンドルの振り下ろした鉄鍋の底が顔面を直撃した。ポリヤコフは鼻と口から血を流し、糸の切れた操り人形のように崩れ落ちた。母と息子は身じろぎもできないまま、いまや大の字になって倒れているろくでなしを恐ろしそうに見下ろした。

最初に気を取り直したのはアレクサンドルだった。ネクタイを使ってポリヤコフを後ろ手に縛り上げ、テーブルにあったナプキンで猿轡《さるぐつわ》を噛《か》ませた。母はまだ動けず、麻痺《まひ》したように正面を見つめていた。

「ぼくが戻ってきたらすぐに逃げ出すから、準備をしておいて」アレクサンドルは母に指示すると、ポリヤコフの両足を持って厨房から引きずり出し、そのまま洗面所へ向かった。一番奥の個室にポリヤコフを押し込み、肥満した身体を全力で便器の上に持ち上げて、パイプに結わえつけた。内側から鍵《かぎ》をかけ、ポリヤコフの腿を踏み台代わりにドアを乗り越えて外へ出た。厨房へ駆け戻ってみると、母はまだ両膝《ひざ》を突いてすすり泣いていた。

アレクサンドルは母の横に膝を突いて優しく声をかけた。「泣いている暇はないんだよ、お母さん。さっさと逃げるんだ。さもないと、あの人でなしに追跡のチャンスを与えてしまいかねない」エレーナが息子の手を借りてのろのろと立ち上がり、コートを着て、食料品保管用の小部屋に隠しておいた小型スーツケースを持ってきた。アレクサンドルはそのあいだにポリヤコフの制服、ベルト、拳銃を掻《か》き集め、手近なごみ箱に捨てた。そして、母親の手をしっかり握ると、厨房を出て裏口を目指した。その扉をそろそろと開けて外に出ると、あらゆる方向を確認してから母をあとにつづかせた。

「コーリャ叔父さんとはどこで落ち合うことになってるの？」アレクサンドルは訊いた。主導権はふたたび母に移っていた。

「あの二つのクレーンのほうよ」母が港の奥のほうを指さした。「それから、アレクサンドル、さっきのことは叔父さんには絶対に内緒よ。彼は知らないほうがいいの、だって、彼はサッカーの応援に行っているとみんなが思っている限り、わたしたちとの関連を疑われる恐れはないんだから」

アレクサンドルに連れられて三番ドックのほうへ向かいながらも、エレーナはまったく脚に力が入らず、左右の足を交互に踏み出すことさえ難しいような気がした。しかし、たとえ最後の瞬間に心変わりしたとしても、もう後戻りはできない。それははっきりしていた。だから、目印だとコーリャが言っていた二基のクレーンから目を離すことはなかった。近づいていくと、人気のない倉庫の入口に一つの人影が見えた。

「何をぐずぐずしていたんだ？」追い詰められた動物のように不安げに四方八方へ目を走らせながら、コーリャが咎《とが》めた。

「これでも精一杯急いだのよ」エレーナは応えたが、その理由を説明するわけにはいかなかった。

アレクサンドルは二つの大きな木箱を見た。それぞれにウォトカのボトルを収めたケースが半ダース、きちんと積み上げられていた。もしかしてこれが片道の運賃の代わりということだろうか……。

「あとは」コーリャが言った。「アメリカかイギリスか、行きたいほうを選ぶだけだ」

「これに運命を決めてもらおうか」アレクサンドルはポケットから五カペイカ硬貨を取り出し、上手に親指の爪《つめ》の上に乗せた。「表ならアメリカ、裏ならイギリス」そして、硬貨を高々と弾き上げた。見守っていると、硬貨は地面に落ちて弾み、アレクサンドルの足元へ転がってきた。彼は腰を屈《かが》めてちらりと裏表を確かめると、母のスーツケースと自分のランチボックスを選ばれたほうの木箱の底に置き、自分もそこに入って母を待った。

二人が腰を下ろしてしっかり寄り添ったのを確認したコーリャが、木箱にしっかりと蓋をした。十数本の釘が打ち込まれるのに時間はかからなかったが、それでも、エレーナはもう一つの音がしないかと耳を澄ませた。こっちへ向かって走ってくる、いくつもの頑丈なブーツの足音、木箱の蓋が剝《は》がされ、外へ引きずり出されて、ポリヤコフ少佐の勝ち誇った顔がそこに……。

コーリャが木箱の腹を掌《てのひら》で優しく叩《たた》いた。母と息子は自分たちがいきなり宙に浮くのを感じた。木箱は地面を離れ、ゆらゆら揺れながら徐々に高さを増していった。そのあとゆっくりと下降していって、何の前触れもなく、音とともに船倉に収まった。

もう一つの木箱が選ばれなかったのを死ぬまで後悔することになるのではないかと、エレーナにはその不安しかなかった。

第二部

4　サーシャ

サウサンプトンへ

木箱の横腹が一度、しっかりとノックされた。
「なかにだれかいるか？」胴間声が訊《き》いた。
「います」二人は同時に、それぞれ別の言語で返事をした。
「領海の外へ出たら戻ってくる」声が言った。
「ありがとうございます」サーシャは応《こた》えた。重たそうなブーツの足音が遠ざかってい
き、ややあって、扉の閉まる大きな音がした。
「これって――」
「しゃべらないの」エレーナがささやいた。「体力を温存しないと駄目でしょう」サー
シャはうなずいたが、真《ま》っ暗闇《くらやみ》のなかで、母の顔はほとんど見えなかった。
それから少しして巨大なピストンが回転する唸《うな》りが下のほうから聞こえてきたと思う

と、船がゆっくりと動き出すのが感じられ、ようやくドックを離れて港を出ようとしているのだとわかった。海事法が公海と規定する、見えない線を通過するまでにどのぐらいかかるんだろう、とサーシャは訝《いぶか》った。

「十二海里《ノーティカル・マイル》離れたら大丈夫よ」エレーナが息子の疑問を先取りして答えた。「コーリャ叔父さんの話だと、一時間ちょっとですって」

サーシャは海の一里《ノーティカル・マイル》と陸の一里《ランド・マイル》の違いを訊きたかったが、黙っていた。コーリャ叔父のことを思ったが、無事でいてくれるのを祈ることしかできなかった。もうポリヤコフは発見されただろうか？　復讐《ふくしゅう》に取りかかっているだろうか？　サーシャはコーリャ叔父に、この逃亡を計画して裏で糸を引いたのは友人のウラジーミルだと噂《うわさ》を流してくれるよう頼んでいた。それでウラジーミルのＫＧＢ入りがお釈迦《しゃか》になればいいと期待してのことだった。思いは故郷へ移っていった。何よりも残念なのは決勝戦を見られなかったことで、ＦＣゼニトがトルペド・モスクワを叩《たた》き潰《つぶ》してソヴィエト・カップをかかげることができたかどうかが、この期《ご》に及んでもとても気になった。

一時間ははるかに過ぎたのではないかと思われるころ、重たいブーツの足音が戻ってきて、木箱の横腹がふたたびノックされた。

「いま出してやるからな」あの胴間声が言った。

サーシャは両腕に抱き締めた母とともに、釘《くぎ》が一本ずつ抜かれていく音に耳を澄ませた。ついに蓋《ふた》が開き、二人が大きく息を吸い込んで顔を上げると、汚れたつなぎ服のぼさぼさ髪の小男がにやりと笑みを浮かべて見下ろしていた。

「本船へようこそ」ウォトカのケースが六つ、ちゃんとあることを確かめたあとで、彼が言った。「おれはマシューズだ」と自己紹介してから、エレーナを引っ張り上げてやろうと手を差し出した。エレーナは一瞬ためらってから腕を伸ばしてマシューズの手を握り、危なっかしくはあったが何とか木箱の外へ出ることに成功した。サーシャは小さなスーツケースとランチボックスをマシューズに渡し、自力で木箱を出た。

「あんたたちに会いたいから船橋へきてもらうよう、ピーターソン船長に命じられているんだ」マシューズが言い、船倉の横の錆《さ》びた梯子《はしご》へ二人を連れていった。

サーシャは母のスーツケースとランチボックスを持ち、最後に梯子を上りはじめた。一段上がるごとに、射《さ》し込む陽の光が明るさを増していき、ついには雲一つない青空を見上げることができた。最後の一段を上がって甲板に出ると、サーシャは束《つか》の間《ま》足を止め、これが見納めになるかもしれない、希望と恐怖の両方を与えてくれた、自分の生まれた街を振り返った。

「ついてきてくれ」マシューズが言った。そのあいだに、彼の仲間が二人、あそこにあるウォトカをわがものにしたい一心で船倉へ下りていった。

マシューズが後ろを振り返りもせずに螺旋《らせん》階段を上りはじめ、エレーナとサーシャは従順な子犬のようにそのあとに付き従ったが、ややあって船橋にたどり着いたときには少し目が回っていた。

舵輪《だりん》を握っている操舵手は二人に目もくれなかったが、濃紺のダブルの制服の袖《そで》に四本の金の筋が入っている年配の男が二人の密航者を見て言った。

「本船へようこそ、カルペンコ夫人。きみの名前は何というのかな、若者？」

「サーシャです、サー」

「〝サー〟付けはやめてくれ。ミスター・ピーターソンか船長でいいよ。ところで、カルペンコ夫人、あなたは腕のいい料理人だと弟さんに教えてもらったが、それが誇張でないことを確かめさせてもらいたいのですがね」

「母はレニングラード一の料理人です」サーシャは言った。

「本当かね。それで、若者、きみは何をしてくれるのかな？　これはお楽しみの遊覧航海ではないからな、この船に乗っている全員に自分の役割を果たしてもらわなくてはならないんだ」

「テーブルの準備をして料理を運ばせます」サーシャが答える前にエレーナが言った。

「きっと初めてなんだろうな」船長が言った。

確かに、とサーシャは内心で認めた。レストランなど入ったこともないし、夕食のあとテーブルを片づけて食器を洗う以外、キッチンにいることも滅多になかった。

「確か、ファーガルの隣りの居室が空いていたな、マシューズ？」船長が訊いた。

「空いてはいますが、船長、二人一緒となると狭いかと思いますが」

「それなら、サーシャをファーガルと同室にして、上段の寝台を使わせればいいだろう。母親には別の居室を使ってもらう。二人の荷ほどきが終わったら」船長が小さなスーツケースを一瞥《いちべつ》して付け加えた。「厨房《ちゅうぼう》へ案内して、みんなに料理人だと紹介してやってくれ」

それを聞いた操舵手の口元に笑みが浮かんだことに——目は前方の海原に釘付けになったままだったが——サーシャは気づいた。

「了解しました、船長」マシューズが答え、それ以上何も言わずに任務に取りかかるべく、螺旋階段を主甲板へと下りていった。サーシャはふたたび遠く水平線に目を凝らしたが、もはやレニングラードはまったく見えなかった。

二人はマシューズを追って甲板を横切り、もっと狭い階段を船底へと下りていった。マシューズが薄暗い通路を先導し、隣り合った二つの居室の前で足を止めた。

「ここが航海のあいだ、あんたたちが寝起きするところだ」

エレーナがドアを開けて見上げると、裸電球が揺れながら、狭い寝台に小さな明かりの弧を描いていた。たとえこの一週間眠っていなくても、次の一週間も眠りは訪れないことを、エンジンの規則的な唸りが保証してくれていた。

マシューズが隣りの居室のドアを開けた。サーシャがなかに入ってみると、その空間のほとんどを二段寝台が占めていることがわかった。

「おまえさんは上段寝台だ」マシューズが言った。「三十分したら戻ってきて厨房へ案内する」

「ありがとうございます」サーシャは言い、すぐに上段寝台へよじ登った。レニングラードの自分のベッドと大差がなく、入る木箱の選択を間違えたのではないかと思わざるを得なかった。

「しっかり聞いてくれ」叫ぶ声がした。「一度しか言わないからな」

全員が手を止め、厨房の真ん中で両手を腰に当てて立っている料理長を見た。

「本船はレディを迎え、われわれと一緒に仕事をしてもらうことになった。ミセス・カルペンコは経験豊かな熟練の料理人だ。だから、相応の敬意を持って待遇するように。おまえたちのだれだろうとよからぬ一線を踏み越えたら、その脚を叩き切って鷗《かもめ》の餌《えさ》にしてやるからな。わかったか?」神経質な笑いが起こった。わかったということだった。「彼女の息子のサーシャも」料理長はつづけた。「われわれと航海をともにし、食堂《ダイニングルーム》でファーガルの手助けをすることになっている。よし、仕事に戻れ。あと二時間でディナーだぞ」

びっくりするほどの赤毛で色白の痩《や》せた若者が、ゆっくりとサーシャのところにやってきた。

「ファーガルだ」と名乗り、サーシャが黙っていると、両手を腰に当てて断固たる口調で付け加えた。「しっかり聞いてくれ、一度しか言わないからな。おれは給仕長だ。だから、〝サー〟と呼んでもらおうか」

「承知しました、サー」サーシャは従順に応じた。

ファーガルが笑いを弾《はじ》けさせ、新人に握手の手を差し出して言った。「ついてこい、サーシャ」

サーシャはあとを追って厨房を出ると手近の階段を上がり、給仕長に追いつくや質問した。「それで、ぼくは何をすればいいんでしょう？」

「さっき料理長が言ったとおりのことだよ」階段を上りきったところでファーガルが答えた。「ダイニングルームで船客の給仕をするんだ」

「この船に船客がいるんですか？」

「たった十二人だけどな。この船は貨物船だが、十二人以上の船客を乗せている場合は客船扱いになる。会社は二隻《せき》の遠洋定期船を持っていて、この船は貨物船団の一隻なんだ」ファーガルはそう付け加えると、ドアを開けて、大きな丸テーブルが三卓配置され、その周囲をそれぞれ六脚の椅子《いす》が取り巻いている部屋に入った。

「でも、席は十八あるじゃないですか」サーシャは言った。「いまあなたは——」

「なかなか鋭いな」ファーガルがにやりと笑った。「船客は十二人だが、高級船員も六人、ここで一つのテーブルに固まって食事をするんだ。さあ、最初の仕事にかかるとするか」そして、大きなサイドボードを開け、三枚のテーブルクロスを取り出した。「これがディナー用のクロスだ、テーブルに敷いてくれ」

テーブルクロスなるものを見るのは初めてだったから、サーシャは手の出しようがなくて立ち尽くしていた。ファーガルは手際《てぎわ》よく三つのテーブルにクロスを敷き終え、サイドボードへ戻って揃《そろ》いの銀器を取り出すと、それぞれの席に並べはじめた。

「ぼんやり突っ立ってちゃ駄目だろう。おまえはおれの助手であって、船客じゃないんだぞ」

サーシャはナイフ、フォーク、スプーンを何組か手に取り、見よう見まねで並べていった。ファーガルがそれを確認し、正しい位置に手直しをした。

「さて、おまえが担当する一番大事な仕事を教えてやろうか」それぞれの席に二つずつグラスを配置し、テーブルの中央に胡椒《こしょう》と塩の瓶を置き終えるや、ファーガルが付け加えた。「ダム・ウェイターの操作だ」

「ダム・ウェイターって何ですか？」

「おまえだよ。だが、幸運にも、ここにはもっと役に立つ手本がある」ファーガルが部屋の奥へ歩いていって壁の小さなハッチを開けると、太いロープに繋《つな》がれ、なかが二段になった四角い箱が現われた。「これが厨房へ下りていって」ファーガルがロープを引くと、箱が姿を消した。「料理が出来上がったら最初の料理を載せて戻ってくる。おまえがそれをサイドボードの上にいったん取り出し、おれが客のところへ運んでいく。話しかけられない限り、あるいは、質問をされない限り、こっちから口を開いてはならない。そういう場合も、必ず〝サー〟と〝マダム〟をつけること」サーシャはうなずきつづけた。「よし、次にすべきは、おまえにサイズの合った白い上衣《うわぎ》とズボンを見繕ってやることだ。いまのおまえはまるで浜辺で洗いざらしになったウニみたいだからな、その格好で客の前に立たせるわけにはいかないだろ？」

「質問してもいいですか？」

「どうしてもというならいいだろう」

「出身はどこですか？」

「たしか、エメラルド島だ」ファーガルが答えたが、サーシャにはやはりわからなかった。

残り物でソースを作っているエレーナを見て、料理長が言った。「以前にも作ったことがあるらしいな。それがすんだら、野菜の準備をしてくれないか。おれはそのあいだに主菜にかかるから」そして、壁に留めてあるメニューを見上げた。「今日はラム・チョップか」

「承知しました、サー」エレーナは答えた。

「エディーでいいよ」彼はそう付け加えてから冷蔵庫へ行き、小羊《ラム》の肋肉《あばらにく》を取り出した。エレーナは野菜の準備を終えるや、それぞれの皿に盛りつけた。エディーが出来を確かめて言った。「サウサンプトンに着いてあんたが下船し、おれたちと別れてくれるのがありがたいよ。さもないと、おれは職探しをしなくちゃならなくなるかもしれんからな」

職を探すのはわ、わ、わ、わたしのほうよとエレーナは言いたかったが、こう訊くだけで満足することにした。「次は何をすればいいですか？」

「冷蔵庫にスモークサーモンがあるから、十八人分に分けてくれ。終わったら、それをダム・ウェイターに入れてブザーを押し、ファーガルのところへ上げるんだ」

「ダム・ウェイター？」エレーナは怪訝《けげん》な顔で訊いた。

「なるほど、ようやくあんたの知らないことが出てきたわけだ」エディーが笑みを浮かべ、壁に空いている大きな四角い穴のほうへ顎《あご》をしゃくった。

ブザーが鳴った。

「最初の料理が上がってくるぞ」ファーガルが言い、ややあってスモークサーモンの皿が六枚現われた。サーシャはそれをサイドボードの上に移し、ダム・ウェイターを下へ戻した。最後の三枚を取り出しているとき、ドアが開いて、格好のいい制服を着た高級船員が二人入ってきた。

「一等機関士のミスター・レイノルズと」ファーガルがささやいた。「パーサーのミスター・ハレットだ」

「これはだれだ？」ミスター・レイノルズが訊いた。

「私の新しい助手のサーシャです」ファーガルが答えた。

「やあ、サーシャ。きみに礼を言わなくちゃな、ウォトカを六ケース、ありがとう。きっと上物なんだろうな」

「はい、サー」サーシャは答えた。

ふたたびドアが開き、船客が三々五々、席に着きはじめた。

サーシャは手を止める暇なくロープを上げ下げし、箱の中身をサイドボードの上へ取り出しつづけて、十五人の男性と三人の女性への給仕はファーガルが担当した。客に対して絶えることのない彼の柔和な魅力は、料理長がエレーナに断言したところでは、定期的にブラーニー石（訳註　アイルランド南西部コーク近くのブラーニー城にある石。これにキスするとお世辞が上手くなると言われている）にキスをしているおかげだった。それは彼が彼女に説明してやらなくてはならない、もう一つのことでもあった。

一時間後、最後の客が席を立つと、サーシャは一番近くにある椅子に崩れ落ちた。

「へとへとですよ」

「まだまだ疲れている場合じゃないぞ」ファーガルが笑いながら言った。「これから片づけをして、明日の朝食のためにテーブルの準備をし直さなくちゃならないんだからな。おまえは絨毯《じゅうたん》に掃除機をかけてくれ」

「掃除機をかける？」

ファーガルが奇妙な機械を使ってちょっと手本を見せてから、テーブルの準備に戻った。サーシャは電気掃除機に魅了されたが、見たことがないとは認めたくなかった。しかし、それを動かすたびに椅子やテーブルの脚にぶつかるはめになり、そのぎこちなさが口で言うよりはるかに明白に、見たことも使ったこともないという事実を暴露していた。ファーガルはサーシャをその機械に馴染《なじ》ませてやろうと手出しをせず、自分は十八人分の朝食の席の準備をしつづけた。

「今日はこれで終わりだ」ファーガルが言った。「もう居室へ戻っていいぞ」

サーシャは居住区画へ戻り、母の居室のドアをノックした。「どうぞ」という返事を待って部屋に入ってまず気づいたことに、母はすでにスーツケースとランチボックスを開けて、なかにあったものの整理を終えていた。そこはサーシャの記憶にあるよりはるかに狭く見えた。

「ウェイターはどうだったの？」それが母の最初の質問だった。

「一瞬たりと休む暇がなかったよ」サーシャは答えた。「でも、とても面白かった。ファーガルは全員を自分のものにしているみたいだよ。船長までもね」

エレーナが笑った。「そうみたいね。彼は何年ものあいだに何人もの女性を悲しませていて、いまはどうにかそういうことにならずにすんでいるだけなんだそうよ。どうしてかというと、この船に二週間以上滞在するお客さまは滅多にいないからなんですって」

「料理長はどんな人なの？」

「年季の入ったプロで、腕もとてもいいわ。どうしてこんな小さな船で働いているのかわからないぐらいよ。豪華客船の料理長にしたら、もっとずっと役に立つんじゃないかしら。そうしていないのには、きっと何かあるんでしょうけどね」

「何かあるんだとしたら」サーシャは言った。「ファーガルが知らないはずはないから、サウサンプトンに着くはるか前にぼくが聞き出してみせるよ」

5　アレックス

ニューヨークへ

貨物室の扉が閉まる音が聞こえ、船がゆっくりと岩壁を離れると、アレックスは拳《こぶし》を握り締めて木箱を内側から叩いた。

「ぼくたちはここにいます！」彼は叫んだ。

「聞こえないわよ」エレーナが言った。「コーリャ叔父さんが言っていたけど、今度この貨物室が開くのはソヴィエトの領海をしっかり離れてからなんですって」

「でも――」と言おうとしてアレックスはうなずくだけにとどめたが、生き埋めになるのがどんなものかがわかりはじめていた。思いは下のどこかから響いてくる不安定なエンジンの轟《とどろ》きと、それにつづく揺れにさえぎられた。ようやく岩壁を離れたのは確かなようだったが、自ら入ると決めたこの牢獄《ろうごく》を出るまでどのぐらいじっとしていなくてはならないかは見当がつかなかった。

できることなら、今日、叔父と一緒にソヴィエト・カップの決勝戦の応援に行きたかったのに、現実にはこうして母と一緒に木箱に閉じ込められている。何であれ神があそこにいるのなら、叔父を無事に護《まも》ってほしい。ポリヤコフはもう発見されているころだ。この船を港に戻そうとしているだろうか？　友人のウラジーミルがこの逃走を手助けしたという噂を流してくれと叔父に頼んではあるが、それはあいつがKGBに採用される可能性を潰せればいいと考えたからだ。いま、アレックスはあとに残してきたもののことを考えはじめた。そして、多くはないと結論した。だが、FCゼニトとトルペド・モスクワの試合の結果は知りたかった。しかし、それが果たして叶《かな》うだろうか。

ようやくうとうとしはじめたものの、その浅い眠りは貨物室の扉が開く大きな音に破られた。そのあとに、近くで木箱の横腹を叩く音がつづいた。アレックスはふたたび拳を握り、自分と母親が閉じ込められている木箱を内側から殴りつけながら叫んだ。「ここです！」今度は母もそれを止めなかった。

ややあって、二人、あるいは三人の話し声が聞こえた。ありがたいことにロシア語だった。じりじりしながら待っていると、ようやく木箱の蓋が開けられた。三人の男が見下ろしていた。

「もう出てもいいぞ」そのうちの一人が、やはりロシア語で言った。

アレックスは立ち上がり、母に手を貸してやった。エレーナは強《こわ》ばった身体《からだ》を時間をかけてほぐすと、息子の助けを借りてよろよろと木箱の外へ出た。アレックスは小さなスーツケースとランチボックスを持って母のあとにつづいた。

油の染《し》みだらけの濃紺のつなぎの作業服を着た三人の水夫が、約束の報酬がそこにちゃんとあることを確かめようと木箱のなかをうかがった。

「二人とも、おれと一緒にくるんだ」一人が言い、残る二人はウォトカのケースを開けはじめた。一緒にこいと命令した水夫に大人しく従っていくと、いくつかの木箱のあいだを通り抜けたあと、貨物室の横に取り付けられている梯子の前に出た。見上げると、青空が手招きしていた。アレックスは初めて、もう大丈夫かもしれないと信じる気になった。そしてスーツケースを持ち、ランチボックスを小脇《こわき》に抱いた母と一緒に、水夫のあとからゆっくりと梯子を上った。

甲板に出るや、新鮮な海の空気を胸一杯に吸い込んだ。レニングラードの方向に目を凝らすと、それは早い夕刻の陽のなかに溶け込もうとしている小さな村のように見えた。

「もたもたするな」それぞれにウォトカのケースを持って急ぐ二人の仲間を見て、水夫が怒鳴った。「料理長は待たされるのが嫌いなんだからな」そして甲板を横断し、螺旋階段を船底へと下った。アレックスとエレーナがくらくらしながら下層甲板へたどり着くと、二人を連れてきてくれた水夫があるドアの前で足を止めた。名札が掛かっていて、色褪《いろあ》せた文字でこう記されていた――〈料理長　ストレルニコフ〉。

水夫が頑丈なドアを開けると、その向こうはエレーナがこれまで見たなかで最も狭い厨房だった。なかに入ると、大男が迎えてくれたが、その服装ときたら白い上衣は薄汚れてボタンがいくつも取れたままで、青いストライプのズボンはずいぶんくたびれていた。早くもウォトカの封を切っていて、一口呷《あお》ってから、しわがれ声で言った。「おまえの弟に訊いたところじゃ腕のいい料理人だそうだが、本当だろうな。嘘《うそ》だったら、二人とも海へ放り込んで、泳いでレニングラードへ帰らせてやるからな。無事に港へ着いたとしても、少なくない人数がおまえたちを歓迎しようと待ってるんじゃないか？」

エレーナは笑おうかと思ったが、その言葉が冗談だという確信が持てなかった。料理長はもう一口呷ってから、今度はアレックスを見て訊いた。「おまえは何の取柄があるんだ？」

「訓練を積んだウェイターです」アレックスが答えるより早くエレーナが言った。

「ウェイターはいらない」料理長が言った。「皿を洗って、じゃがいもを剝《む》け。自分から口を開けなきゃ、残飯の一口だってありつけんかもしれんぞ」アレックスは抗議しようとしたが、機先を制されてしまった。「もちろん、それじゃ役不足だ、沽券《こけん》に関わるというんなら、いつでも機関室を仕事場にして、燃えさかる火炉に一生石炭をくべつづけてもいいんだぞ。どっちにするかはおまえ次第だ」〝一生〟という言葉に、決して忘れられないだろうと思われるほどの説得力があった。「寝場所を見せてやれ、カール」

ディナーの準備を手伝わせるから、それまでには間違いなく戻ってこさせろ」

水夫がうなずき、母子を連れて厨房を出ると、ふたたび狭い階段を上って甲板へ出た。足が止まったのは、微風に揺れている、一艘《そう》しかない救命ボートの前だった。

「これがおまえたちのロイヤル・スイート・ルームだ」カールが言った。皮肉でも何でもなさそうだった。「ここが気に入らなかったら、ずっと甲板で寝てもかまわないぞ」

振り返っても母国はほとんど見えなくなっていて、エレーナは自分が早くもレニングラードの小さなアパートのささやかな居心地のよさが懐《なつ》かしくなっていることに気がついた。思いはカールの怒鳴り声で破られた。「料理長を待たせるなよ。さもないと、おまえたちだけでなくおれまで後悔するはめになるんだからな」

料理長というのはほぼ例外なく、ときどき自分の作ったものの味見をするし、そうでなくても一つ一つの料理を試すものだ。だが、すぐに明らかになったことに、この船の料理長はそのすべてをウォトカを呷りながらするのを好んでいた。エレーナがさらに驚いたのは、下級船員はともかくとして、高級船員がそれを食べていることだった。厨房――〝調理室〟と呼ばれていることをエレーナはすぐに理解した――は恐ろしく狭く、どっちへ動いてもだれかや何かにぶつからずにはすまなかった。それに、ひどく暑かったから、真っ白とはとても言えない、サイズの合わない上衣が、ほぼ着たとたんに汗まみれになった。

ストレルニコフは至って口数が少なく、言葉を発するときはある一つの形容詞で始まるのが普通だった。年の頃は五十かそこらに見えたが、実は四十ぐらいではないかと思われた。体重は三百ポンド以上あるに違いなく、給料のかなりの部分を刺青《タトウー》を入れることに費やしているのが明らかだった。彼は巨大な焜炉《こんろ》に覆《おお》い被《かぶ》さるようにして自分の料理を検《あらた》めていて、年齢不詳の小柄な中国人が奥の隅にうずくまり、俯《うつむ》いて、延々とじゃがいもを剝いていた。

「おまえは」アレックスの名前を早くも忘れてしまったストレルニコフが怒鳴った。「リンを手伝え」そして、エレーナを指さした。「おまえはスープの準備をしろ。おまえの弟が言ったとおりに腕がいいかどうか、もうすぐわかるってわけだ」

エレーナは材料の確認を開始した。そのいくばくかは明らかに前の食事の残りを掻《か》き集めたものだった。それに、脂《あぶら》じみた鍋《なべ》には見たことのない、すぐには正体がわからない動物の骨のかけらがいくつか浮いていた。それでも、エレーナはその骨にくっついている肉を何とか回収して、残骸《ざんがい》をごみ箱に処分した。それを見たストレルニコフが眉間《みけん》に皺《しわ》を寄せた。どうやら、何であれ捨てるという習慣はないようだった。

「水夫のなかには骨をご馳走《ちそう》だと思ってる者もいるんだぞ」

「骨をご馳走だと思うのは犬《ドッグ》だけですよ」エレーナはつぶやいた。

「船長《シー・ドッグ》もだ」ストレルニコフが憮然《ぶぜん》として言った。

そのあとストレルニコフは〝今日の一皿〟作りに専念したが、後にわかったことに、それは〝毎日の一皿〟だった。フィッシュ・アンド・チップスである。大きなフライパンを熱して一度に三匹の魚が焼かれ、アレックスが皮を剝き終わるや、リンが手際よくそのじゃがいもをスライスしていった。エレーナが気づいてみると、調理台にはスープの深皿が三枚、大きさの違うディナー用の皿が三枚、置いてあるだけだった。だが、乗組員は少なくとも二十人はいるに違いなかった。ストレルニコフが焼きものの手を止めてエレーナのスープの味見をし——何も言われなかったので、合格したのだろうと彼女は考えた——、三枚のスープ皿のそれぞれにたっぷりとよそった。それをリンが盆に載せ、高級船員用食堂へ運ぼうと調理室のドアを開けた。するとエレーナの目に、陰気な顔の長い列が飛び込んできた。全員が食器代わりのブリキの容器を手にしていた。

「よそっていいのは一人当たり一杯だけだからな」列の先頭の水夫がブリキの容器を差し出すと、ストレルニコフがエレーナに言った。

エレーナはその指示通りにしたし、ストレルニコフがスープをよそったブリキ容器に焼いた魚を入れて一緒くたにしたときも失望を顔に出さないようにした。一人だけエレーナに穏やかな笑みを浮かべてくれた水夫がいて、ロシア語で礼まで言ってくれた。

エレーナが二十三人の水夫全員に食事を提供し終えるや、ストレルニコフは焜炉の前に戻り、一番大きな魚の切り身を三枚、一枚ずつ焼いて、それぞれを高級船員用の三枚の皿に置いていった。リンがスライスしたじゃがいものなかでも一番薄いものをそこに添え、三枚の皿を盆に載せて調理室を出ていった。

「片付けを始めろ！」ストレルニコフが怒鳴り、一脚しかない椅子にどすんと坐《すわ》り込むと、すでに半分飲んでしまっているウォトカのボトルを弄《もてあそ》びはじめた。

高級船員が食べ終えたスープの深皿を退《さ》げてきたリンが、すぐに大きな鍋と二本のフライパンを擦《こす》り洗いしはじめた。ストレルニコフの鼾《いびき》が聞こえはじめると、アレックスににやりと笑みを送り、じゃがいものスライスが残っているフライパンを指さした。アレックスは最後の一枚までそれを味わい、エレーナはそのあいだも鍋の擦り洗いをつづけた。その作業を完了して一瞥すると、ストレルニコフは熟睡していた。エレーナはアレックスをともなってそっと調理室をあとにし、螺旋階段を上がって甲板へ出た。

エレーナは小さなスーツケースを開けると、そこに入っていたものをきちんと甲板に並べていった。そのとき、背後で足音が聞こえた。はっとして振り返ると、がっちりとした体格の長身の男が近づいていた。アレックスは辞書を置いて急いで立ち上がり、近づいてくる大男と母のあいだに割って入った。勝ち目があるとは思えなかったが、それでも、何もしないで諦《あきら》めるつもりはなかった。しかし、男の次の行動は意外なものだった。甲板に坐って胡座《あぐら》をかき、笑顔で二人を見上げたのである。

「おれはドミートリイ・バランチュク、あんたたちと同じソヴィエトからの難民だ」彼が言った。

エレーナはもっと注意深くバランチュクを見て、夕食をよそっているとき礼を言ってくれた人物だと気がついた。というわけで、笑みを返し、彼と向かい合って腰を下ろした。アレックスは腕組みをして、そのまま立っていた。

「あと十日ほどでニューヨークに着くはずだ」バランチュクが穏やかな低い声で言った。

「ニューヨークに行ったことがあるんですか？」エレーナは訊いた。

「そこに住んでいるんだ。でも、本来いるべきところはレニングラードだと、いまでも考えているけどね。実はあんたたちが木箱に潜り込むところを甲板から見ていたんだよ。もう一隻のほうに乗るよう注意しようとしたんだけどな」

「何故《なぜ》ですか？」アレックスは訝った。「ニューヨークのことはずいぶん読みました。悪いやつは多いみたいだけど、そうだとしても刺激的なところのようですが」

「確かに十分に刺激的ではあるし」バランチュクが応えた。「悪いやつらもモスクワと同じぐらい大勢いる」そして、歪《ゆが》んだ笑みを浮かべて付け加えた。「だが、あんたたちはおれの手助けがなかったら、一生、この船を下りられないんじゃないだろうか」

「このままレニングラードへ送り返されるということ？」エレーナは不安に身震いした。

「そうじゃない。アメリカ人は諸手《もろて》を挙げてあんたたちを歓迎するさ。共産主義の国から逃げてきた難民だったら尚更《なおさら》だ」

「でも、ぼくたちはアメリカに知り合いがいないんです」アレックスが言った。

「知り合いなら、いま、ここにいるじゃないか」と、バランチュク。「あの圧政下を逃れてきた同胞を助けるためなら、おれは何でもするつもりだ。違うんだ、あんたたちにとっての問題はアメリカ人じゃなくて、ストレルニコフなんだよ。あんたたちがいれば、あいつの仕事は半分になる。だから、何としても、どんな手を使ってでも、あんたたちの下船を阻止しようとするはずだ」

「でも、どうやったらそんなことができるんですか？」

「リンのときと同じやり方だよ。彼は六年前、フィリピン人の水夫に混じってこの船に乗り組んだ。ところが、ストレルニコフはどこであれ船が港へ近づくたびに彼を調理室に閉じ込めて、船が海へ戻るまで解放しなかった。あんたたちにもまったく同じ手を使おうとしていると、おれはそう踏んでいる」

「それなら、高級船員のだれかに知らせなくちゃ駄目ね」エレーナは言った。

「彼らはあんたたちがこの船にいることすら知らないよ」バランチュクが言った。「たとえ知っているとしても、自分の命のほうが大事だからな、あいつに楯突《たてつ》く度胸のあるやつはいないだろう。だけど、うろたえなくても大丈夫、おれに考えがある。あいつを調理室に閉じ込めてしまえばいいんだ」

疲労困憊《こんぱい》していたにもかかわらず、エレーナは眠りを迎えるまでにしばらく時間がかかった。救命ボートの縦揺れや横揺れに慣れることができなかったからである。ようやく一時間、あるいは二時間かもしれないが何とか眠ったあとで目を開けると、横にリンが立っていた。苦労して何とか救命ボートを下りると、甲板で熟睡しているアレックスを揺すって起こし、リンにともなわれて調理室へ戻った。道案内は月明かりだけで、これからの十日は太陽を見られないということでもあった。

朝食は高級船員用には卵が二つと豆を載せたトースト――昨夜の食事と同じ三枚の皿が使われた――、そして、ブラック・コーヒー。水夫用には肉汁に浸したパンが二切れと、砂糖など望むべくもないお茶が一杯だった。エレーナとアレックスとリンは朝食の片付けもそこそこに昼食の準備にかからなくてはならなかったが、その一方でストレルニコフはかなり早めの午睡《ひるね》を決め込んだ。しかも、昨夜のエレーナの貧しい睡眠よりもたっぷりと。

エレーナとアレックスは昼食のあとで短い休憩を与えられたが、甲板へ戻るのは許されなかった。二人が乗っていることを高級船員に知られるのを、ストレルニコフが嫌ったからである。母子は二人きりで通路の壁にもたれてうずくまり、もう一つの木箱に潜り込んでいたら状況はどう違っていただろうかと思案した。

6　サーシャ

サウサンプトンへ

船の一週間が過ぎるころにはダム・ウェイターの扱いを完全に自分のものにしていたから、ファーガルの手助けをして船客に食事を供する余裕までできた。もっとも、どこであれ船長のテーブルに近づくことは許されなかったが。毎晩、次の日の朝食のためのテーブルを整えると、サーシャは母の居室へ行き、今日、聞くともなく聞こえてきた船客の会話の内容や、自分が彼らとどんな話をしたかを聞かせてやった。

「でも、お客さまと口をきいちゃいけないんじゃないの？」

「そうなんだけど、向こうから話しかけられたときはいいんだよ。だから、お母さんがこの船の厨房で働いていて、イギリスで仕事を見つけようとしていることも、サウサンプトンに入港した時点でまだ仕事が見つかっていなかったら入国を認めてもらえず、船にとどまらなくちゃならないことも、みんなに教えたんだ。それだけじゃなくて、もっと悪い知らせがある。この船は貨物を積み終え、新しい客を乗せたら、すぐにレニングラードへ取って返すことになっているんだ」

「そんなの絶対に駄目よ。お客さんのなかに、わたしたちの窮状に多少でも関心を持ってくれた人はいないの？」

「一人もいないんじゃないかな《ノット・ア・ディッキー・バード》」

「それはどういう意味？」

「コックニーのスラングだよ」

「コックニーって何？」

「ボウ教会の鐘が聞こえる範囲内で生まれた人たちなんだって」

「ボウ教会の鐘はどこにあるの？」

「さあね。でも、ファーガルなら知ってるんじゃないかな」

「お客さまのなかにイギリス人はいるの？」エレーナが訊いた。

「四人だけだけどね。でも、あの人たちはお互いのあいだでだってほとんど口をきかないぐらいだから、下《した》っ端《ぱ》のウェイター風情《ふぜい》なんか相手にもしてくれないよ。冷淡でよそよそしくて非友好的なんだ《ゼイ・アー・スタンドオフィッシュ》」

「それも初めて聞く言葉ね」

「ファーガルが頻繁に口にしてるんだ、特にイングランド人の話をするときにね。辞書を引いたら、冷淡でよそよそしくて非友好的、って意味だった」

「単に人見知りなだけかもしれないわよ」エレーナが言った。

サウサンプトン入港まであとわずか三日になったとき、料理長がエレーナに、パーサーのミスター・ハレットが会いたいと言っているから、仕事の手があいたら彼のオフィスへ行くように告げた。

「わたし、何か悪いことをしたんでしょうか？」エレーナは不安になって訊いた。

「そうじゃない。その逆じゃないかな」

午後の休憩時間になるや、エレーナはその足でパーサーのオフィスへ向かった。ドアをノックし、許可を得て入室すると、大きな机を挟んで二人の男性が坐っていた。二人が立ち上がり、袖に金の二本線が入った格好のいい白い制服のパーサーが、彼女が着席するのを待って船客のミスター・モレッティを紹介し、あなたに会いたいとおっしゃっているのだと説明した。

エレーナは三つ揃いのスーツの、年配の紳士をしっかりと観察した。彼の英語にはどこのものかはわからないが、かすかな訛《なま》りがあった。レニングラードでの仕事について、また、この船に乗ることになった事情について尋ねられたので、このひと月のあいだにあったことを、夫の死も含めてほとんどすべて明らかにした。ただし、港を監視しているＫＧＢを息子が殺しそうになったことは黙っていた。ミスター・モレッティの質問が終わるころになっても、エレーナは自分がどういう印象を与えたか見当がつかなかった。が、紳士の顔には穏やかな笑みが浮かんでいた。

「ありがとう、ミセス・カルペンコ」パーサーのハレットが言った。「取りあえずは、これで終わりです」二人の男性がふたたび立ち上がり、エレーナは部屋をあとにした。くらくらしながら居室に戻ると、サーシャが待っていた。ミスター・モレッティの面接の話をするや、息子が言った。「きっと、フラムってところでレストランを経営しているイタリアの紳士だよ。その人は料理長とファーガルにも会いたいと言ってるそうなんだ。だから、幸運を祈りつづけるべきなんじゃないかな、お母さん」

「なぜファーガルに？」

「ダイニングルームでのぼくの仕事ぶりを知りたいんだって。一人分の給料で二人を雇うことを考えているのかもしれないよ。そうだったら、ぼくはこれまでで最高の乗客係助手だって褒めてやるって、ファーガルは言ってくれてる」

「彼に助手がついたのはあなたが初めてでしょう」

「そんな些細《ささい》なこと、ファーガルは頭にも浮かばないよ」

料理長もファーガルも上手《うま》く話をしてくれたと見えて、ミスター・モレッティはもう一度エレーナと面会し、フラムのレストランでの仕事を提供したいと申し出てくれた。

「週給十ポンド、住居は店の上でどうだろう」彼が言った。

フラムがどこなのかも知らなかったし、週給十ポンドがいい給料なのかどうかもわからなかったが、エレーナはその申し出を喜んで受け容《い》れた。レニングラードへ戻りたくないのだとすれば、現時点で手にし得る仕事はそれしかなかった。

そのあと、亡命を求める理由に関してパーサーがさらにいくつか質問し、内務省への長い申請用紙を埋めていった。そして、そこに記入された事項を一つ一つ再確認し終えるや、ミスター・モレッティとともに署名欄にサインをした。それは保証人になるということでもあった。

「幸運を祈っていますよ、ミセス・カルペンコ」パーサーが完成した申請書類をミスター・モレッティに渡して言った。「あなたがいなくなったら、みんな寂しがるでしょう。もしうまくいかなかったら、いつでもわがバリントン海運へいらっしゃい。仕事なら必ずありますから」

「ありがとうございます」エレーナは応《こた》えた。

「しかし、あなたのためにはそうならないほうがいいでしょうがね、ミセス・カルペンコ。下船する前に給料を受け取るのを忘れないように」

「お給料までいただけるんですか？」エレーナは信じられなかった。

「もちろんです」パーサーが二通の茶封筒をエレーナに渡し、わざわざオフィスのドアを開けてやってから言った。「お互いに二度と会うことがないよう祈りましょう、ミセス・カルペンコ」

「ありがとうございます、ミスター・ハレット」エレーナは背伸びをしてパーサーの両頬にキスをし、彼に言葉を失わせた。

彼女はまっすぐに自分の居室へ戻った。ミスター・モレッティの申し出を早くサーシャに教えたくてたまらなかった。ドアを開けた瞬間、驚きと歓《よろこ》びの両方に襲われた。歓びは息子が待っていてくれたこと、驚きはベッドに大きな包みが置かれていることだった。

「それは何？」エレーナは茶色の紙にくるんで紐《ひも》を掛けてある、ぱんぱんに膨らんだ包みに目を凝らした。

「わからない」サーシャが答えた。「仕事から戻ったら、置いてあった」

エレーナは紐を外し、ゆっくりと包みを開いた。とたんに仰天して息を呑《の》んだことに、大量の衣服がベッドへと飛び散った。カードが添えられ、こう記されていた――〝二人とも、ありがとう。頑張れよ〟。船長をも含めた、乗組員全員のサインがあった。エレーナの目に涙が溢《あふ》れた。「このお礼はどうやったらできるのかしらね？」

「模範的な市民になることによってだよ。ぼくの記憶が正しければ、船長が文字通りそう言っていた」サーシャが答えた。

「でも、わたしたちはまだ市民ですらないし、本物の政治亡命者で職もあると入国管理局が認定してくれるまでは無国籍のままなんですからね」

「だったら、入国管理局がこの船に乗っているイギリス人船客より多少なりと友好的であることを祈るしかないね。だって、そうでなかったら、ぼくたちは〝冷淡でよそよそしくて非友好的《スタンドオフィッシュ》〟の真の意味を知ることになるんだから」

「料理長もイギリス人よ」エレーナは言った。「そして、最高に親切よ。わたしの保証人になれなかったことを謝ってまでくれたんだから」

「料理長はそんな危ないことはできないんだよ」サーシャが言った。「彼には逮捕状が出ているんだ。だから、サウサンプトンに入港しているときは船にとどまっていなくちゃならない。厨房に閉じこもって、船が港を出るまでは絶対に出てこないんだって、ファーガルがそう言ってた」

「可哀相《かわいそう》に」エレーナは同情した。

イギリスの警察がエディーを逮捕したがらない理由を、サーシャは母に教えないでおくことにした。

翌朝、エレーナとサーシャは船客甲板にいるミスター・モレッティのところへ向かった。が、その前にサーシャはダイニングルームに電気掃除機をかけなくてはならず、エレーナは厨房を染み一つないようにしなくてはならなかった。

「素晴らしい《マグニフィコ》」エレーナの新しいドレスを見てモレッティが声を上げ、すぐにからかった。「買い物にいく時間をどうやって見つけたのかな?」

「乗組員のみなさんがとても気前よくしてくださったんです」エレーナは応え、声を落とした。「でも、サーシャのジーンズのことは言わないでくださいね、息子はファーガルより背が高いし、その背はいまでも伸びつづけているんですから」

この船の太い係留用ロープを港湾作業員が二人がかりで繋船柱《バラード》に巻き付けて手早くもやうところを、手摺《てす》りから乗り出すように見つめているサーシャに目を向けて、ミスター・モレッティが微笑した。

「入国管理局も同じぐらい物わかりがいいことを祈ろうじゃないか」モレッティが荷物を手に、エレーナとサーシャを従えてタラップへと歩き出しながら言った。「だが、きみたちに有利だと思われる材料が一つある——イギリス人はきみたちに優《まさ》るとも劣らないくらい共産主義者が大嫌いなんだ」

「入国を許可してもらえると思われますか?」波止場に降り立った瞬間、エレーナは不安になった。

「これはあのパーサーのおかげだが、彼は必要な書類はすべて揃っていて、必要な事項もすべて正しく記入されていると自信を持っていた。だから、われわれは指を絡《から》ませているだけでいいのではないかな」

「指を絡ませる？」サーシャが繰り返した。

「幸運を祈るということだよ」モレッティが教えた。「それから、いいかい、サーシャ、話しかけられるまでは、こっちからは何も言うな。入国管理官が質問してきたら、〝はい《イエス・サー》〟、〝いいえ《ノー・サー》〟、〝三つの袋に一杯です《スリー・バッグズ・フル》、サー〟、とだけ答えるんだぞ」（訳註　十八世紀のイギリスの子供向けの歌『メエメエ黒ひつじさん』のもじり）

エレーナが噴き出した。サーシャは波止場を歩きながら、周囲を見回すのをやめられなかった。つい最近建てられたように見えるビルもいくつかあったが、それ以外は戦争をかろうじて生き延びたもののようだった。人々は暢気《のんき》そうで、俯いている者はいなかったし、女性は色彩豊かな服装で、男とまるで対等であるかのようにお喋《しゃべ》りをしていた。この国に住みたい、とサーシャの心は早くも決まっていた。

ミスター・モレッティは煉瓦《れんが》造りの大きな建物へと歩いていった。その扉の上の石に、〈外国人《エイリアン》〉と一言だけ刻んであった。

なかに入ると、二つの標識に迎えられた――〈イギリス国民〉と〈非イギリス国民〉。エレーナは指を絡ませて長い行列に並んだが、大英帝国に残っている領土から陽が没するはるか前にレニングラード行きの船に戻ることになるのではないかという不安を拭《ぬぐ》えなかった。

サーシャの目の前では、イギリスのパスポートを持った人々が形式的な審査を受けたあと、笑顔で迎えられていた。旅行者ですら、待たされるのはせいぜい数分でしかなかった。パスポートを持たない人々がどう遇されるか、カルペンコ母子にもうすぐわかるはずだった。

「次！」係官が呼ばわった。

ミスター・モレッティがまず進み出て、入国管理官にパスポートを差し出した。それが慎重に検められて戻ってくると、今度は数通の書類と二枚の写真を提出し、あの二人がそうだと自分の被後見人を振り返った。入国管理官は硬い顔のままゆっくりとページをめくっていき、最後に、自分の前に立っている二人の申請者が写真と同一人物であるかどうかを確かめた。モレッティはパーサーの言葉を借りるなら〝すべてはきちんと整っている《アップルパイ・オーダー》〟と自信を持っていたが、すべてがきちんと整っていれば十分かどうかは確信がなかった。

エレーナは徐々に不安が募ったが、サーシャはこの向こうに何があるのかを知りたくてじりじりしているようにしか見えなかった。ようやく入国管理官が顔を上げ、移民になるはずの二人を手招きした。エレーナは着ているものが船に乗ったときのままでないことに感謝するしかなかった。

「英語は？」入国管理官が質問した。

「少しなら話せます、サー」エレーナは怯《おび》えながら答えた。

「パスポートは持っていますか、ミセス・カルペンコ？」

「いえ、持っていません、サー。だれであれ国外に出ることを共産主義者は認めていません。親戚《しんせき》に会うためであってもです。ですから、わたしと息子は一切の書類なしで逃げ出しました」

「申し訳ないが」入国管理官が言いはじめ、エレーナは意気消沈した。「状況に鑑《かんが》みて、ここでは仮の査証《ヴィザ》を発行することしかできません。その間に内務省に難民認定申請をしてもらうことになりますが、認定されるという保証はできません」エレーナはうなだれた。「そのあと」入国管理官がつづけた。「市民認定申請の審査が行なわれているあいだは、いくつかの条件が付されます。そのどれか一つにでも違背した場合には、ただちに強制送還となります」そして、申請書を見直した。「レニングラードへ」

「レニングラードへ送り返したら、この二人は死ぬまで収容所暮らしです」モレッティが言った。「いや、もっと過酷な目にあわされるかもしれない」

「それについては」入国管理官が言った。「申請が内務省に届いた時点で確実に考慮されます」そして、エレーナとサーシャに初めて笑みを浮かべた。「ようこそ、イギリスへ」

「感謝します」エレーナが答えるより早く、ミスター・モレッティが言った。「ところで、その条件とはどういうものか、教えてもらえますか?」

「これから半年、ミセス・カルペンコと子息は週に一度、最寄りの警察へ出頭しなくてはなりません。それを怠ったら逮捕状が出ます。逮捕されたら、不法入国者収容所へ送られます。そうなったら、まず間違いなく市民認定申請は却下されるものと考えてください。これも付け加えておくべきでしょうが、ミスター・モレッティ、あなたは二人の保証人として、四六時中、彼らに対する責任が生じることになります。二人のうちのどちらかでも逃亡を企てたら、あなたは高額の科料を課されるだけでなく、半年の実刑を受ける可能性が生じます」

「よくわかりました」モレッティは答えた。

「それから、何であれ申請書の記入事項の一つでも事実でないと疑われ……」

「ボーガス?」エレーナが訝《いぶか》った。

「不正確という意味です。その疑いが証明されたら、申請は自動的に却下されます」

「でも、わたしは事実しか話していません」エレーナは抵抗した。

「そうであるなら何も恐れることはありません、ミセス・カルペンコ」入国管理官はモレッティに小冊子を渡した。「知っておく必要のあることは、全部そこに書いてあります」

エレーナは身震いした。正しいほうの木箱に入ったのかどうか、いまだによくわからなかった。

「私が保証します、管理官」モレッティが言った。「ミセス・カルペンコと彼女の子息は模範的な市民になりますよ」

「若者のほうもあなたのレストランで仕事をするんですね、ミスター・モレッティ」入国管理官はサーシャを見ようともしなかった。

「いえ、そうではありません、サー」エレーナはきっぱりと否定した。「息子には勉強をつづけさせたいと考えています」

「では、最寄りの公立学校に正式に編入手続きをする必要があります」エレーナはうなずいたが、入国管理官が何を言っているのかは皆目わからなかった。入国管理官が初めてサーシャに目を向け、足元まで見下ろして言った。「ずいぶん成長が早いんだな」サーシャはミスター・モレッティのアドヴァイスを思い出し、沈黙を守った。「この国で成功したいのなら、新しい学校で一生懸命勉強しないと駄目だぞ」そして、若い移民に優しい笑みを送った。

サーシャは笑顔を返して答えた。「はい、サー。いいえ、サー。三つの袋に一杯です、サー」

7　アレックス

ニューヨークへ

アレックスは果てしなく平らにつづく、さえぎるものとてない水の広がりを見つめていた。息子にはふたたび陸を見ることがあるのだろうかという不安しかなかったが、母のほうはひたすら仕事をしつづけた。料理はくる日もくる日も変わりばえせず、作業は決まり切っていて簡単だった。というわけですぐに手順を自分のものにしてしまい、その結果、仕事量が増え、それに比例するようにストレルニコフの午睡《ひるね》の時間は長くなった。

仕事から解放されるのが毎晩待ち遠しかった。ドミートリイが甲板へやってきて、〝ビッグ・アップル〟とブルックリンのブライトン・ビーチにある彼の小さなアパートの日々がどんなものかを話して聞かせてくれるからだ。

エレーナは夫とその弟のコーリャのこと、ポリヤコフ少佐のせいで逃げ出さなくてはならなくなった事情をドミートリイに打ち明けた。アレックスはドミートリイを慎重に観察した結果、この友好的なロシア人はポリヤコフが何者かをよく知っていると感じざるを得ず、コーリャ叔父が危険にさらされるのではないかと不安にさえなった。が、母子の頭を占めつづけているのは、ニューヨークに着いたらすぐに下船できるかどうかだった。ドミートリイの手助けがなければ無理だということを、アレックスは不承不承ながら認めるしかなかった。

「積み荷が降ろされるあいだ、ストレルニコフがわたしたちを調理室に閉じ込めたら、そのときはどうするの？」エレーナが訊《き》いた。

「実は、あいつがまだ存在を知らないウォトカが一本ある」ドミートリイが言った。「ニューヨークに入港する前日に、それがどういうわけか忽然《こつぜん》と調理室に現われるかもしれない。いくばくかの運が味方についてくれたら、あいつが目を覚ますころには、あんたたちはもうブルックリンへ向かっているはずだ」

次の一週間、エレーナもアレックスもぶっつづけで働かされたが、料理長が滅多に椅《い》子《す》から腰を上げなくても、不平は一度も口にしなかった。

入港まで二日を残すだけになったとき、ストレルニコフのウォトカが底を突いた。そのせいで簡単には眠ってくれず、母子ともに彼の圧政にますます苦しむはめになった。

ドミートリイが約束したとおり、ニューヨーク入港予定日の前日、ストレルニコフが午睡を貪《むさぼ》っているあいだに、さらに二本のウォトカが出現した。エレーナは彼の代わりに昼食の準備をしなくてはならなかった。目を覚ましてそばにウォトカのボトルを見た瞬間、ストレルニコフが「こいつはどこから出てきたんだ？」と訊きざま一本の封を切って何口か呷ったからである。

リンは肩をすくめただけでじゃがいもをスライスしつづけ、エレーナはスープの味見をした。ストレルニコフは昼食の準備より、一本目を飲み尽くしてしまうほうに興味があるらしかった。よくぞこれだけの量を飲んでひっくり返らずにいられるものだとエレーナは呆《あき》れるしかなかったが、実際、彼がようやく椅子に崩れ落ちて深い眠りに落ちたのは夕食のあとのことだった。

エレーナとアレックスは調理室を忍び出て甲板へ上がったが、眠れないまま大海原の向こうを見つめつづけた。空を背景にマンハッタンが現われようとしていて、ドミートリイの計画は成功するという自信が時間の経過とともに強まっていった。しかし、太陽が水平線の上に顔を覗《のぞ》かせたまさにそのとき、背後で怒鳴り声がした。「まんまと逃げおおせられると思っていたんだろうな？」

エレーナとアレックスが振り返ると、ストレルニコフが二人に向かって肉切り包丁を振りかざしていた。アレックスは弾《はじ》かれたように立ち上がり、傲然《ごうぜん》とストレルニコフを睨《にら》みつけた。

「おとなしくしろ」料理長が言った。「おまえが初めてってわけじゃないんだ。鴎《かもめ》がおまえの骨をくわえていってしまったとしても、断言してやるが、おまえを懐かしむやつなんかいない。おまえの母親以外はな」

アレックスは怯《ひる》まなかった。背後の水平線にニューヨークの摩天楼群が姿を現わしつつあった。アレックスのランチボックスが目に留まって、ストレルニコフの気が逸《そ》れた。屈《かが》んでそれを手に取ると、蓋《ふた》を開けて、母と子の命綱とも言うべきなけなしの蓄えをポケットに入れた。そして、エレーナのスーツケースに手を伸ばし、ざっと検《あらた》めたあと、なかのものを船の外へ放り投げた。「もう必要ないだろう」

アレックスは依然として動かずにいたが、ストレルニコフが母の腕をつかみ、肉切り包丁を彼女の喉《のど》に当てて甲板を下りはじめると、そのあとに従う以外になかった。

下層甲板に下りるや、ストレルニコフが脇へ退《ど》き、調理室のドアを開けるようアレックスに命じた。そして、二人をなかへ突き飛ばし、乱暴にドアを閉めた。鍵《かぎ》がまわる音が聞こえた瞬間、エレーナの目から涙が溢れた。

リンが料理長の椅子にゆったりと坐って、中身の残っているウォトカのボトルを握り締めていた。エレーナやアレックスをちらりとも見ないまま最後の一滴まで飲み干すと、すぐに眠ってしまった。

ニューヨーク入港を知らせる霧笛が調理室に反響したが、エレーナもアレックスもどうする力もなかった。船が減速し、ついに船体を振るわせて停止するのが感じられた。リンは相変わらず鼾をかいて平和に眠り、母と子はなすすべもなく床にうずくまっていた。船がレニングラードへ戻ったら、ストレルニコフには自分たちを閉じ込める必要すらないのだと、それだけはわかっていた。

一時間は経《た》ったに違いなく、もしかしたら二時間かもしれなかったが、リンがようやく身じろぎし、伸びをすると、椅子からゆっくりと立ち上がって自分の仕事台に向かった。が、バケツに入っているじゃがいもの皮剝きを始めるのではなく、膝《ひざ》を突いて床板の一枚をめくり揚げ、その下を手で探りはじめた。しばらくして、その顔ににやりと大きな笑みが浮かんだ。そして、急ぐでもなく調理室を横断し、鍵穴に鍵を挿し込んで回してから、ドアを押し開けた。

アレックスは母と一緒に腰を上げてリンを見つめたあと、ようやく言った。「あんたもぼくたちと一緒にこないと」

リンがお辞儀をして言った。「いや、それはできない。ここがおれの家なんだ」この船に乗ってから、リンが言葉を話すのを聞くのは初めてだった。彼は調理室に残ったままドアを閉めた。ふたたび鍵がまわる音が聞こえた。

アレックスは慎重に階段を上がり、てっぺんにたどり着くと、外をうかがった。潜望鏡で敵を探す潜水艦乗りのようだった。しばらくそうしたあと、ストレルニコフや乗組員は上陸してしまって、船に残っているのは最小限必要な要員だけだと確信した。

腰を屈めて母にささやいた。「波止場へ下りる道板が見える。『いまだ』とぼくがいったら、ついてきて。何があろうと足だけは止めないで」

さらに数秒待ち、だれも現われないとわかってから甲板へ出ると、道板を目指して足早に歩き出した。振り返ったのは一度だけ、母が一歩後ろについてきているのを確かめたときだけだった。道板の下り口へたどり着いたとき、だれかが大声で叫ぶ声が聞こえた。

「そこの二人、止まれ！」

母が走り出し、息子を追い抜いていった。

アレックスが船橋を見上げると、一人の高級船員が激しい手振りで合図を送っていた。その相手は貨物室から木箱を降ろしている二人の水夫だった。二人はすぐに作業の手を止めたが、アレックスはすでに道板を半分下りていた。波止場に降り立って振り返ると、さっきの二人の水夫が追いかけてきていた。エレーナは息子の横で凍りついていた。背後の足音が次第に大きくなり、アレックスは拳《こぶし》を固めたが、いまや望みがないことはわかっていた。

「あいつらなら大丈夫だ」ドミートリイがアレックスの横にやってきて落ち着いた声で

言った。二人の水夫はドミートリイを見た瞬間に急停止し、しばしためらったものの結局は踵《きびす》を返して、ふたたび道板を上っていった。「あの二人はいいやつなんだ」ドミートリイが言った。「本当のところは、歯を二本失うより二日分の給料を失うほうがまだましだと思ったんだろうけどな」

「これからどうするの？」アレックスは訊いた。

「ついてくるんだ」ドミートリイが言い、明らかに行き先がわかっている様子で、すぐさま勢いよく歩き出した。エレーナが息子の手を握った。これからアメリカで暮らせるのだと思うと、アレックスは興奮を隠せなかった。

気づくと、ほかの船を降りた大勢の人々が逆の方向へ向かっていた。革の鞄《かばん》を持っている者もいれば、荷物を載せた手押し車を押している者もいて、ポーターに手伝わせている者も散見された。エレーナとアレックスは荷物がなかった。持っていたものはすべて、ストレルニコフに盗《と》られるか、海に捨てられてしまっていた。

二人はドミートリイのあとについて、石造りの堂々たる建物へと向かった。その入口の上に、大きな白い文字で〈外国人《エイリアン》〉と記されていた。

その建物に足を踏み入れた瞬間、エレーナは呆気《あっけ》に取られた。信じられないほどの長い列ができていて、そのすべてが国籍を持たない人々であり、話されている言葉も恐ろしくさまざまだった。彼らの願いはたった一つ——税関を通過して新世界へ入るのを許されること。

ドミートリイが一番短い列に並び、二人を手招きした。アレックスはためらわなかったが、エレーナはそこに根が生えたかのように身じろぎもできずにいた。

「だれにも割り込ませるなよ」ドミートリイが言った。「お母さんを連れにいってくるからな」

「エレーナ」ドミートリイはエレーナの横に立って言った。「ソヴィエトへ戻りたいのか？」

「まさか。でも――」

「それなら列に並ぶんだ」ドミートリイの声が初めて高くなった。エレーナはそれでも確信がなさそうで、どっちがましか決めかねている様子だった。とうとうドミートリイが痺《しび》れを切らした。「並ばなかったら、二度と息子に会えないぞ。だって、アレックスは絶対にレニングラードへは戻らないだろうからな」それでようやくエレーナは動き出し、最後尾に並んでいるアレックスのところへ行った。

アレックスはなかなか進まない列にじりじりする思いだったが、列の先頭に出るまで、黒くて太い分針が大きな時計の文字盤を三周するのを眺めていなくてはならなかった。

そのあいだは、白線を越えたら何が待っているかという質問をドミートリイに浴びせて時間を潰《つぶ》した。ドミートリイにとっては、それよりも二人が入国管理官に質問されたときの返答に絶対に矛盾がないようにすることのほうが大事だった。わずかでも信憑性《しんぴょうせい》の薄い説明をしたらすぐさま船へ戻され、ストレルニコフに引き渡されて、レニングラードへの片道しかない旅をすることになるのは、エレーナもよくわかっていた。接岸した波止場でポリヤコフ少佐が待ちかまえていることも。

「絶対に取り決めたとおりの話しかしちゃ駄目だぞ」ドミートリイが小声で戒めた。

「次！」入国管理官の大きな声が聞こえた。

エレーナはおずおずと前に進み出ると、木の机の向こうの高いストゥールに坐っている男を見つめた。襟に三つの星がついているダークブルーの制服を着ていたが、エレーナにとって、制服には一つの意味しかなかった——面倒事、である。星の数が増えれば、面倒事のややこしさも増していく。机へ近づこうとすると、アレックスが彼女を押しのけ、自信ありげな笑みを浮かべて前に出た。入国管理官が不審そうな顔をし、アレックスはドミートリイに引き戻された。

「家族ですか？」入国管理官が訊いた。

「違います、サー」ドミートリイが答えた。「ですが、私はアメリカ市民です」そして、自分のパスポートを差し出した。

入国管理官はゆっくりとページをめくり、日付と入国を示すスタンプを検めて、パスポートを返した。そのあと、机の引き出しを開けて長い申請用紙を取り出すと、それをカウンターに置いてペンを手にし、目の前で震えているように見える女性に目を戻した。

「姓名は？」

「アレクサンドル・コンスタンチノヴィチ・カルペンコです」

「きみではない」入国管理官がきっぱりとさえぎり、ペンでエレーナを指した。

「エレーナ・イワノヴナ・カルペンコです」

「英語はわかりますか？」

「少しなら、サー」

「出身は？」

「ソヴィエト連邦のレニングラードです」

入国管理官が二つの記入欄を埋め、今度はドミートリイに訊いた。「あなたはこの女性の夫ですか？」

「違います、サー。ミセス・カルペンコは私の従姉妹《いとこ》で、アレックスは彼女の息子です」

エレーナはドミートリイの指示に従って沈黙を守った。黙っていれば、嘘《うそ》をついたことにはならない。

「では、あなたの夫はどこにいるんですか？」入国管理官がペンを握ったまま訊いた。

「彼は――」ドミートリイが答えようとした。

「あなたではなく、ミセス・カルペンコに訊いているんです」入国管理官がやはりきっぱりとさえぎった。

「夫はKGBに殺されました」エレーナは涙をこらえられなかった。

「なぜ？」入国管理官の口調が厳しくなった。「犯罪者だったとか？」

「違います！」エレーナは否定し、傲然と顔を上げた。「コンスタンチンは善良な人でした。レニングラードで港湾労働者の監督官をしていたんですが、労働組合を設立しようとしたために殺されたのです」

「ソヴィエトという国はそんなことで人を殺すんですか？」入国管理官が信じられないという声で訊き返した。

「はい」エレーナはふたたびうなだれた。

「あなたと息子さんはどうやって脱出に成功したんですか？」

「わたしの弟も港湾労働者なのですが、彼がアメリカ行きの船にこっそり乗せてくれたのです」

「もちろん、あなたの従兄弟《いとこ》の助けを借りて、ですね」入国管理官が片眉《かたまゆ》を上げた。

「そうです」ドミートリイが答えた。「彼女の弟のコーリャは勇敢な男です。神の助けがあれば、私たちは彼も脱出させるつもりでいます。なぜなら、私たちと同じぐらい共産主義者を忌《い》み嫌っているからです」

〝神の助け〟と〝共産主義者を忌み嫌っている〟という言葉を聞いて入国管理官の顔に笑みが浮かび、さらにいくつかの記入欄が埋められた。

「あなたはミセス・カルペンコと彼女の子息の保証人になる意志がありますか？」入国管理官がドミートリイに訊いた。

「はい、サー」ドミートリイは躊躇《ちゅうちょ》なく認めた。「二人にはとりあえずブライトン・ビーチの私の住まいに落ち着いてもらいます。エレーナは素晴らしい料理人ですから、仕事を見つけるのはそんなに難しくないはずです」

「少年は？」

「勉強をつづけさせてやりたいと考えています」エレーナは言った。

「いいでしょう」入国管理官がようやくアレックスに訊いた。「きみの名前は？」

「アレクサンドル・コンスタンチノヴィチ・カルペンコです」アレックスは誇らかに宣言した。

「学校では勤勉だったのかな？」

「はい、サー。成績はクラスで一番でした」

「では、いまのアメリカ合衆国大統領の名前を言えるかな？」

エレーナとドミートリイが不安げな顔をするのを尻目《しりめ》に、アレックスは即答した。

「リンドン・B・ジョンソンです」ソヴィエト連邦にとって最大の敵だとウラジーミル

が言い、あいつがそう言うのなら実はいい人に違いないとしか思えなかった人物の名前だ。どうして忘れることができようか。

入国管理官がうなずき、最後に一つ残っていた記入欄を埋めると、署名欄に自分の名前を書き込んだ。そして顔を上げ、少年に向かって微笑した。「アレックス、きみはアメリカで成功しそうな気がするな」

8　サーシャ

ロンドンへ

サウサンプトン三時三十五分発の列車がロンドンへと動き出した。サーシャはその車両の隅に坐《すわ》って窓の外を見つめたまま、押し黙っていた。思いは遠く故郷にあり、自分たちは取り返しのつかない間違いをしでかしたのではないかと不安になりはじめていたからだ。

乗車してからサーシャは一言も発していなかったが、エレーナはミスター・モレッティを相手に、彼の経営するレストランについてのお喋りが止まらなかった。そのあいだも、列車は田園地帯を首都へと走りつづけた。

どれだけの時間が経ったのか確かめようもなかったが、列車が減速しはじめ、ウォータールーという駅に入った。サーシャはすぐさまウェリントンを思い浮かべ、トラファルガーという駅はあるだろうかと考えた。列車が停まると、サーシャはミスター・モレッティの荷物を棚から降ろし、母親につづいてプラットフォームへ出た。

まず気づいたのは、ずいぶん多くの男性が帽子《ハット》をかぶっていることだった。浅い縁なし帽《フラット・キャップ》、ホンブルグ帽、山高帽《ボウラー》。そんなものは社交界での地位を誇示する道具に過ぎない、とレニングラードの教師は主張していた。プラットフォームを独りで歩いている女性が多いことにも驚いた。レニングラードで連れなしでうろうろしているのは不品行な女だけだ、と母から聞いたことがあった。もっとも、あとで父親に教えてもらうまで〝不品行な女〟の意味はわからなかったが。

ミスター・モレッティは三人分の切符を改札係に渡し、エレーナとサーシャを連れて駅を出ると、長い行列の最後尾に並んだ。イギリスで名高いもう一つのもの、赤い二階建てバス《ダブルデッカー》を初めて見たとき、サーシャの口はあんぐりと開いた。彼は螺旋《らせん》階段を駆け上がると、ミスター・モレッティが制止する間もなく最前列に腰を下ろし、三百六十度、見渡す限り広がる景色に魅了された。車がとても多く、形も大きさも色も異なっていて、それらが信号が赤になるたびに必ず停まった。レニングラードに信号は多くなかったが、車も多くなかった。

バスは何度も停まって客を乗せたり降ろしたりしたが、それでもミスター・モレッティが立ち上がって螺旋階段を下りはじめたのは、さらに何度か停車したあとのことだった。舗道に降り立つや、サーシャはいくらも歩かないうちに足を止めて店の窓の向こうを凝視するという動きを繰り返しつづけた。煙草屋《たばこ》はとても多くの銘柄の紙巻きや葉巻、それにパイプまで売っていて、サーシャは父親のことを思い出した。別の店では、一人の男が大きな革張りの椅子に坐って髪を切ってもらっていた。サーシャの髪はいつも母親が切ってくれていた。あの男は母親がいないのだろうか？　ケーキ屋はもっとしっかり見てみたかったが、ミスター・モレッティに遅れるわけにはいかなかった。時計しか売っていない店もあった。周りにたくさんの教会があって、時間ならそこの時計が教えてくれているのに、みんなに時計が必要なのはどうしてだろう？　婦人服専門店《ブティック》の前で初めてミニスカートを見たときには、頭がくらくらした。エレーナは息子の腕をしっかりとつかんで引っ張っていかなくてはならなかった。次に足を止めるのを許されたのは、そよ風に揺れる看板——〈モレッティズ〉と高らかに宣言していた——が見えたときだった。

今度はエレーナが羨《うらや》ましそうになかを覗いた。テーブルは整然と配置され、それぞれに染《し》み一つない紅白の格子柄《こうしがら》のテーブルクロスが掛けられて、畳んだナプキンと上品な磁器が置かれていた。ウェイターは洒落《しやれ》た白のジャケット姿できびきびと動き、心を込めて給仕をしていた。しかし、ミスター・モレッティが足を止めることはなく、勝手口へたどり着くとそこの鍵を開けて、ついてくるようにと手招きをした。薄暗い階段を二階へ上がると、ミスター・モレッティはもう一つのドアを開けた。

「このアパートはとても狭いんだが」彼は脇《わき》へ寄ってサーシャとエレーナをなかへ入れた。「最初に結婚したとき、私と妻はここに住んだんだよ」

エレーナは黙っていたが、そこはレニングラードで住んでいたところより広かったし、家具調度もはるかに上等だった。居間に入ると、大通りを望むことができ、ちょうどオートバイが走っていくのが見えた。車の騒音も混雑も初めての経験だった。エレーナは小振りなキッチン、バスルーム、そして、二つある寝室を検めた。サーシャはすぐに小さいほうを自分のものにしてベッドに倒れ込み、目を閉じたとたんに眠ってしまった。

「そろそろ料理長に会ってもらおうかな」モレッティが小声で言った。

エレーナは眠っているサーシャをそこに残し、ミスター・モレッティとともに階下へ戻った。モレッティはレストランに入り、エレーナを厨房《ちゆうぼう》へ連れていった。ここは天国だわ、と彼女は内心で唸《うな》った。レニングラードにいたときにあればいいのにと思っていたものがすべて、あるいはそれ以上、目の前に揃《そろ》っていた。

モレッティが料理長に彼女を紹介し、イギリスへ戻る船上で出会った経緯を説明した。料理長はじっと耳を傾けていたが、納得したふうではなかった。

「二日かけてここのやり方を知ってもらって、そのあとで、あなたが何を担当するのがいいかを決めさせてもらうのはどうだろう」料理長が提案した。

ところが、エレーナは二日どころか二時間で副料理長を手伝いはじめ、料理長の見下したような表情がレニングラードからきたこの女性への尊敬に変わったのは、最後の客が店を出るはるか前のことだった。

エレーナは夜半になる直前、すっかり疲れてアパートへ戻った。サーシャをうかがうと、いまも服を着たままベッドで熟睡していたから、靴を脱がせて毛布を掛けてやった。明日の朝、まずしなくてはならないのは、彼にふさわしい学校を見つけてやることだった。

そのことについても、ミスター・モレッティは腹案を持っていた。

サーシャの将来がかかっていると言ってもよかったから、エレーナはモレッティズの厨房で、ダイニングルームの様子が気になって仕方なかった。そしてその不安を押さえ込もうと、ミスター・クウィルターが到着するまでずいぶん時間があるというのに、早々と彼のお気に入りの料理の準備に取りかかった。

ミスター・モレッティがその紳士と奥方を隅のテーブルへ案内した。普段は常連か大事な客のために空けてある席だった。

クウィルター夫妻は常連ではなく、記念日とか特別なときにやってくる客だったが、二人をＶＩＰとして遇するよう、ミスター・モレッティは従業員に指示していた。

彼は夫妻のそれぞれにメニューを渡し、夫のほうに訊いた。「飲み物をお持ちしましようか？」

「とりあえず水を一杯もらおうかな。料理を決めたらワインを選ぶよ」

「承知いたしました、サー」モレッティは応《こた》え、何を食べるかを夫妻が決めているあいだに厨房へやってきて言った。「お着きだ。十一番テーブルに案内してある」

料理長がうなずいた。彼は副料理長の一人を叱《しか》るとき以外滅多に口を開かなかったが、今度の新人がやってきてから人生がずいぶん楽になったことは認めざるを得なかった。見事な腕と誇りを持って黙々と一つ一つの料理を整えているときは、ミセス・カルペンコも滅多に口を開かなかった。普段は疑い深い料理長も、稀《まれ》な才能がモレッティズに出現したことを一週間と経たないうちに認めざるを得なかったし、そう遠くない将来、彼女が店を移って料理長になりたがるのではないかとミスター・モレッティに懸念《けねん》を打ち明ける有様だった。

ミスター・モレッティはダイニングルームに戻ると、ボーイ長にささやいた。「十一番テーブルの注文は私が承るからな、ジノ」そして、特別な客がメニューを閉じるのを見て彼らのテーブルへ急ぐと、小さなノートとペンを上衣《うわぎ》のポケットから出してミセス・クウィルターに訊いた。「お好みのものはございましたか、マダム？」

「ええ、ありがとう。最初はアヴォカド・サラダ、それから、今日は特別だからドーヴァーの舌平目をいただくわ」

「素晴らしい選択でございます、マダム。では、あなたさまはお決まりでしょうか、サー？」

「パルマ・ハムとメロン、それから、私もドーヴァーの舌平目をもらおう。魚料理にお薦めのワインはあるかな？」

「プイィ・フュイッセはいかがでしょう？」モレッティは長いワイン・リストの上から三番目を指さした。

「よさそうじゃないか」クウィルターが値段を確かめてから言った。

モレッティはすぐさまソムリエのところへ行き、十一番テーブルのお客さまがプイィ・フュイッセをご所望だと告げてから付け加えた。「一級《プルミエ・クリュ》のものをお出しするんだ」

「プルミエ・クリュですか？」ソムリエが訊き返すと、素っ気ないうなずきが返ってきた。

モレッティは隅へ引き退《さ》がり、ソムリエがワインの栓を抜いてテイスティングのためにグラスに注ぐのを見守った。ミスター・クウィルターが味見をした。

「素晴らしい」と答えた顔にはわずかながら戸惑いが表われていたが、それでもこう付け加えた。「きみも満足してくれるんじゃないかな、マイ・ディア」ソムリエがミセス・クウィルターのグラスを満たした。

その夜、レストランは満席だったが、ミスター・モレッティの目が十一番テーブルから離れることはほとんどなかった。そして、主菜が片づけられるとすぐに戻っていって、デザートはどういたしましょうかと訊いた。

エレーナのクレム・ブリュレを一口味わったとたんに、ミスター・クウィルターの口元に笑みが浮かんだ。彼の舌が大喜びしていることは、だれの目にも疑いの余地がなかった。「三位一体の価値がある」きれいに食べられたデザートの皿が下げられるときにミスター・クウィルターがつぶやいたが、モレッティにもどういう意味なのかはわからなかった。

ミスター・モレッティはそのあともレストランの隅にとどまり、特別な客が通りかかったウェイターに勘定を頼んだ時点で、ふたたび十一番テーブルへ向かった。

「実においしかったよ」ミスター・クウィルターが請求書を指でたどりながら小切手帳を出し、気前よくチップをはずんだ金額を書き込んだ。その小切手はモレッティの手に渡ったとたんに二つに引き裂かれた。

クウィルター夫妻は驚きを隠せず、ようやく夫のほうが訊いた。「どういうことなのかな?」

「実はお願いがあるのです、サー」モレッティは言った。

エレーナはサーシャのネクタイを直してやると、少し後ろへ下がって注意深く息子を観察した。彼が着ているのは、地元の教会の慈善バザーで最近買った一張羅だった。スーツは少し大きかったが、針と糸でどうにかできないほどではなかった。息子を連れて赤いダブルデッカーで隣りの自治区《バラ》へ行き、大きな鍛鉄の両開きの門の前でバスを降りると、中庭に入り、少年の一人に校長室へはどう行けばいいかを訊いた。

「ようこそ」秘書に案内されて入ってきたエレーナとサーシャを、ミスター・クウィルターが迎えた。「ミスター・サットンが早くも待ちかねています」

母と子はおとなしくミスター・クウィルターに従い、校長室をあとにして廊下に出た。そこは着こなしのいい活発な生徒たちで混雑していたが、彼らは校長がやってくるのを見るとすぐに脇へ寄って道を譲った。エレーナは生徒たちが着ているエンブレム付きの格好のいい制服に見惚《みと》れたが、一方ではうろたえてもいた。

校長は入口の泡ガラスに〈ミスター・サットン　オックスフォード大学修士〉と記されている教室の前で足を止め、ノックしてからドアを開けると、入学志願者をなかに入れた。

スーツの上に大学の式服の黒いロング・ガウンを羽織った男性が机についていたが、三人が教室に入ってくるのを見て立ち上がった。

「おはようございます、ミセス・カルペンコ」上級数学教師が挨拶《あいさつ》した。「私はアーノルド・サットンです。今日、お二人がここへこられたことを喜んでいます。これからご子息に試験を受けてもらいます」

「お目にかかれて本当にありがたく思っています、ミスター・サットン」エレーナは言い、握手をした。

「きみがサーシャだな」サットンがエレーナの息子に温かい笑みを向けた。「さ、席に着いてくれ。これからのことを説明するから」

「では、ミセス・カルペンコ」ミスター・クウィルターが言った。「私たちは校長室へ戻って、試験が終わるのを待つことにしましょうか」

校長とサーシャの母親が出ていくと、ミスター・サットンは若き志願者に目を戻した。

「サーシャ」彼はファイルを開き、三枚の紙を取り出した。「これはラティマー上級中等学校の第六学年に入りたいと希望している生徒が受けた数学の試験問題だ」そして、その三枚をサーシャの前の机に置いた。「試験時間は一時間、それぞれの問題を注意深く読んでから解答に取りかかるほうがいいと思うぞ。何か質問はあるか？」

「ありません、サー」

「よし」ミスター・サットンが時計を見た。「終了十五分前になったら知らせる」

「もちろんわかっておいででしょうが、ミセス・カルペンコ」廊下を引き返しながら、ミスター・クウィルターが言った。「ご子息がいま受けている試験はこのラティマーの第六学年に入りたい生徒だけでなく、大学へ行く準備をしている者たちも受けた試験なのです」

「息子がそうなってくれれば最高なんですが」エレーナは言った。

「もちろんそうでしょうね、ミセス・カルペンコ。しかし、申し上げておかなくてはなりませんが、合格には六十五パーセントの正答が必要です。それが達成されていれば、私どもは喜んでご子息にラティマー上級中等学校の席を提供します」

「では、わたしも申し上げておかなくてはなりません、ミスター・クウィルター。わたしには制服を買ってやる余裕もありません。ましてや学費なんて」

校長がためらった。「もちろん、私どもは——何と言いますか——苦しい状況にいる生徒にも席を提供します。それに、当然のことながら」彼はすぐさま付け加えた。「例外的な才能を持った子供たちには奨学金をもって報いてもいます」エレーナは納得していないようだった。「コーヒーはいかがですか？」

「ありがとうございます、ミスター・クウィルター。でも、けっこうです。お忙しいに違いありませんから、どうぞお仕事に戻ってください。待っているあいだ雑誌を読ませてもらえれば、わたしはそれでまったく満足ですから」

「お気遣い、痛み入ります」校長が言った。「実を言うと、処理しなくてはならない書類がけっこう溜《た》まっているのですよ。ですが、それが終わったらすぐに戻って……」

そのとき、激しい勢いでドアが開き、ミスター・サットンが飛び込んできた。そして、途中で言葉に詰まっている校長の耳元で何事かをささやいた。

「申し訳ないが、ここで待っていてもらえますか、ミセス・カルペンコ？」校長が言った。「すぐに戻ってきますから」

「何か問題でも？」エレーナは不安になって訊いたが、二人はすでに部屋から消えていた。

「二十分で試験を終わらせたと言ったな？　そんなことはほとんど不可能だろう」

「もっと信じられないことがあるんです」サットンはほとんど走り出さんばかりだった。

「百パーセント正答なんですよ。しかも、正直なところ退屈だと言わんばかりでした」

そしてドアを開け、校長と一緒に教室に入った。

「カルペンコ」クウィルターは正答を示す印がずらりと並んでいる答案用紙を一瞥《いちべつ》して訊いた。「この試験用紙を以前に見たかどうか、教えてもらえるかな」

「見たことはありません、サー」

校長は生徒の解答をさらに注意深く検め、そのあとでふたたび訊いた。「口頭で問題を出すから、それに答えてもらえるかな、二問あるんだが」

「はい、もちろんです、サー」

校長はミスター・サットンにうなずいた。

「カルペンコ、私が三つの骰子《さいころ》を同時に振ったとして、出た目の合計が十になる確率を答えてもらいたい」

おそらく奨学生になるはずの志願者がペンを取り、三つの数字のさまざまな組合せを書き出しはじめた。四分後、彼はペンを置いて答えた。「八分の一です、サー」

「見事だ」サットンが笑みを浮かべて校長を見た。が、古典学者である校長にその凄《すご》さがわかるはずもなかった。「二つ目の問題はこれだ——三つの骰子を同時に振って出た目の合計が十になったら十倍返しという賭《か》けを申し込まれたら、きみは受けるか？」

「もちろん受けます、サー」サーシャが即答した。「なぜなら、計算の上では八回振るごとに十になるわけで、そのたびにぼくの賭金は十倍になって返ってくるわけですから。もっとも、八回に一回は十になる確率を信頼できると納得するまでには、少なくとも百回はその賭けをやってみないといけないでしょうが」

ミスター・サットンがミスター・クウィルターを見て言った。「校長先生、お願いです、何があろうとこの子をよその学校へ行かせるようなことはしないでください」

9　アレックス

ブルックリンへ

アレックスは暗い穴を覗いて目を凝らした。大勢の人々が忙しそうにそこへ吸い込まれていた。「ついてくるんだ」ドミートリイが言い、気乗りのしない様子の母子を従えて狭い階段を下りていった。そして、窓口で切符を三枚買い、ひどく汚れている長いプラットフォームへ上がった。

雷の鳴るような音が遠くで聞こえたと思うと、プラットフォームの端の巨大な洞窟《どうくつ》から、アレックスがこれまで見たことのないような列車が姿を現わした。レニングラードでは、駅は緑の大理石で造られ、車両はきれいで、灰色にくすんでいるのは乗客だけだった。

「すぐに慣れるさ」ドアが開くと、ドミートリイが言った。「ここから十駅行ったところがブルックリンだ」しかし、アレックスもエレーナもその言葉は耳に入らず、頭は自分自身の思いに独占されていた。

アレックスは車内を見渡して気づいたのだが、同じような風体の者は一人としていず、全員がそれぞれに異なる言葉を賑《にぎ》やかに、しかもお構いなしにしゃべり散らしていた。レニングラードでは、言葉を交わす者は滅多にいなかったし、いたとしても必ずロシア語だった。アレックスは魅了され、エレーナは圧倒されていた。

アレックスはドアの上に表示されている駅名をたどっていった。ボウリング・グリーン、ボロー・ホール、アトランティック・アヴェニュー、プロスペクト・パーク。それらがやってきては去っていった。乗り降りする人々から目を離せなかった。地下鉄がようやくブライトン・ビーチに到着すると、ドミートリイに連れられてプラットフォームへ降りた。今度はエスカレーターで上階へ向かい、それを降りたところで、ドミートリイに切符代わりの小さな代用硬貨《トークン》を回転式改札口に入れる方法を教えられた。陽差しの下に出たとたん、今度は舗道を往《い》き来《き》する人の多さに度肝を抜かれた。しかも、全員がアレックスの経験したことのない速さで、ひどく急いでいる様子で歩いていた。それは車道もまったく同じで、戦車と見紛《みまが》うほど巨大な車がひっきりなしにクラクションを鳴らし、大胆にも行く手をさえぎろうとする相手を威嚇《いかく》しつづけていた。が、ドミートリイはその騒音を気にもしていなかった。アレックスは壁や入口までがさまざまな色でけばけばしく塗り立てられているのが理解できなかった。〝落書き《グラフィティ》〟だとドミートリイは教えてくれたが、それもレニングラードで見たことのないものの一つだった。頭上で聞こえつづけている音が気になって顔を上げると、墜落しているのではないかと思うほどの低空を飛行機が飛んでいた。ぎょっとして身じろぎもできずにいると、ついにドミートリイが笑い出した。

「旅客機がジョン・F・ケネディ空港に着陸しようとしているんだ」彼が言った。「ここからほんの数マイルのところにあるんだよ」すぐに二機目が、前の機を追いかけているかのように現われた。「何しろ二分間隔だからな」ドミートリイが言った。

エレーナは通りかかったカフェやレストランの一軒一軒を観察するほうに関心があった。信じられないほど多くの人たちが朝食をとっていた。そんな余裕がどうしてあるの？　ハンバーガーって何？　カーネル・サンダースってだれ？　わたしが知っている大佐《カーネル》は港湾司令官だけだし、彼は絶対にレストランなんか持ってない。コーク？　夜の寒さを防ぐために煖炉《だんろ》にくべるものじゃないの？

数街区《ブロック》過ぎたところで露店市場《ストリート・マーケット》に出た。ドミートリイがそこで足を止め、明らかに知り合いだと思われる二人の商人とお喋《しゃべ》りを始めたと思うと、じゃがいもと人参《にんじん》とキャベツを選んで現金で支払いをした。エレーナは隣りの店に並べてある果物と野菜を手に取った。どれも見たことがなかったから、匂《にお》いを嗅《か》ぎ、名前を憶《おぼ》えようとした。

「いくつ入り用です？」店主が訊《き》いた。

エレーナはアヴォカドを元に戻し、足早にそこを離れた。

ドミートリイは次の露店へ移り、エレーナのアドヴァイスをありがたく聞いて鶏《チキン》を選んだ。それを店主が茶色の紙袋に入れてくれた。

ストリート・マーケットをあとにしようと歩いていると、ドミートリイが一人の少年に硬貨を渡した。彼は大声で何かを叫んでいたが、アレックスには聞き取れなかった。

「ヴェトナムでの戦死者、さらに増大！」

アレックスは新聞を売っている少年が自分より若いことに、そして、金を扱うだけでなく、一人で働くのを許されていることに驚いた。

角を曲がって入った脇道はそんなに人が多くなく、喧《やかま》しくもなく、両側に大きな家が並んでいた。ドミートリイはこの家の一つに住んでいるんだろうか、とアレックスは期待した。

「おれが住んでいるのは四七番地だ」ドミートリイが言い、アレックスは内心嬉《うれ》しくなったが、それもこう付け加えられるまでだった。「地階を借りてるんだ」そして、数フィートしかない短い階段を下りると鍵を使ってドアを開け、なかに入った。

エレーナはあとにつづいて居間に入ったが、至って飾り気がないところからすると、ドミートリイは明らかに独り身だった。

「わたしたちはどこに住むことになるの？」彼の住まいを一応案内してもらったあとで、

エレーナは訊いた。

「自分たちの住むところが見つかるまでここにいてもらってかまわない」ドミートリイが言い、エレーナの疑わしそうな顔を見て付け加えた。「マットレスも余分にあるし、あんたは空いている部屋を使えばいい。アレックスはソファで寝るんだ。ただし、靴は脱いでもらうけどな」

「ありがとう」アレックスは言った。どこだろうと上下左右に揺れつづける甲板よりは、まず間違いなくましだろうと思われた。

最後にキッチンに案内され、エレーナはストリート・マーケットで買ってきたチキンと野菜をキッチン・テーブルに置くと、食事の準備にかかった。流しは蛇口が二つあり、最初の蛇口を捻《ひね》ったとたんに熱いお湯が出た。さらに驚いたのは、アレックスが開けた小さな白い箱を覗《のぞ》いたときだった。

「冷蔵庫だよ」ドミートリイが説明してくれた。「食べ物を何日か保存できるんだ」

「冷蔵庫なら見たことがあるけど」エレーナは言った。「個人の家には絶対になかったわね」

エレーナが腕まくりをしたと思うと、一時間後には料理を盛った三枚の皿がキッチン・テーブルに並んだ。まるでいまも高級船員を相手にしているかのようだった。そして、腰を下ろすやソヴィエトでの暮らしを語り出し、それを止めることはだれにもできなかった。彼女が故郷をどんなに懐《なつ》かしく思っているかが、それですぐに明らかになった。

「この何年かで一番うまい食事だったよ」ドミートリイが言った。「このぶんなら、仕事を見つけるのは難しくないだろうな」

「でも、そのためにはどこから始めればいいの？」アレックスが流しに湯を溜めて皿を洗い出すと、エレーナは訊いた。

「ポストからだよ」ドミートリイが英語に切り替えて答えた。

「ポスト？」エレーナは訝《いぶか》った。「わたしに手紙なんかこないわよ？」

「ブライトン・ビーチ・ポストだよ」ドミートリイが通りの少年から買った新聞を手に取った。「この新聞には求人欄がある。しかも毎日だ」そして、ページをめくって職種別に分類されている広告欄を見つけると、会計事務、ビジネス・チャンス、車の販売は無視し、仕出し業《ケイタリング》の職種を指でたどっていって、〝料理人〟のところで止めた。

「中華料理店が料理人を欲しがってる」ドミートリイが言った。「ただし、中国語が話せなくちゃ駄目だ」全員が噴き出した。「イタリアン・レストランで菓子職人を欲しがってる」魅力的ではあったが、それはこう付け加えられるまでだった。「経験豊富な副料理長でないと駄目だし、イタリア人が好ましいときてる」そして、新たな求人に移った。「ピザの料理人――」

「ピザって何？」エレーナは訊いた。皿洗いを終えて流しをきれいにしたアレックスが戻ってきた。

「最新の食いものだよ」ドミートリイが言った。「平たいパン生地の上にいろんなものが一緒くたに載ってるんだ」そして、場所を確かめて付け加えた。「ここからほんの二ブロックだから、明日の朝、行ってみるか。時給は一ドル、週に四十ドルにはなる計算だな。その仕事をしているあいだにもっといい仕事を探すさ。あんたを雇えるやつは運がいいんだから」

エレーナは応えず、テーブルに突っ伏してびくとも動かなかった。熟睡していた。

「まず初めにしなくてはならないのは」朝食のあとで、ドミートリイが言った。「新しい服を手に入れることだ。仕事を探すったって、そんな格好じゃだれも相手にしてくれないからな」

「でも、わたしたちは無一文なのよ」エレーナは抗議した。

「それは問題ない。露店商の大半は喜んで掛けで売ってくれるから」

「掛け？」エレーナはまたもや何のことかわからなかった。

「いま買って、あとで払うことだよ。アメリカじゃ、みんなやってる」

「わたしはしないわよ」エレーナは腰に手を当ててきっぱりと言った。「いま稼いで、余裕ができたときだけ買うの」

「それなら、ハドソンの中古衣料品を扱ってる慈善商店へ行ってみるしかないか。あそこなら、ただでくれるかもしれないぞ」

「慈善は本当にそれを必要としている人たちのためのもので、日々の仕事をする能力のある人たちのためのものじゃないわ」エレーナがロシア語に戻って言った。

「たったいま船を降りたばかりのソヴィエト難民そのままの格好だったら、たとえそこらのピザ屋風情《ふぜい》だって、そいつを雇ってやろうって気にはほとんどならないと思うがね」ドミートリイが言った。

同感だ、とアレックスはうなずいた。

エレーナがついに沈黙した。

ドミートリイがポケットから五ドル札を出してエレーナに渡した。

「ありがとう」エレーナは渋々それを受け取った。「仕事が見つかったらすぐに返すから」

「慈善商店の営業開始は九時だが」ドミートリイが言った。「一分前には着いて待っていなくちゃ駄目なんだ」

「どうしてそんなに早いの？」アレックスは訊いた。絶対に英語しか話さないと決めていた。

「大勢の人が週末に衣類を処分しにくる。だから、一番いいものが店頭に並ぶのは月曜の朝と決まってるんだ」

「だったら、急がなくちゃ」アレックスは早く通りへ戻りたくてたまらなかった。あの少年がいまも角に立って新聞を売っているかどうかを確かめたかった。母が許してくれればではあるが、自分も仕事をしたかったし、それは露店での商いでもかまわなかった。

「そのあと、アレックスを受け容《い》れてくれる、いい学校を探さなくちゃ」母親が息子の希望を打ち砕いた。

「でも、ぼくも仕事を始めたいんだよ」アレックスは懇願した。「そうすれば、二人分の収入を得られるじゃないか」

「立派な地位について、それにふさわしい報酬を得たいのなら」エレーナは言った。

「学校へ戻って、必ず大学へ行かなくちゃ駄目よ」

アレックスは失望を隠せなかったが、それは母が決して譲らないことの一つであることもわかっていた。

「それなら、市役所の教育課に面会の予約を取る必要があるな」ドミートリイが言った。

「だが、それはおまえさんたちが新しい服を手に入れ、エレーナがピザ屋に雇われてからだ。そのほうが話が進みやすい」

通りへ出るや、アレックスは自分の周囲にあるものや起こっていることをすべて吸収しようとし、ドミートリイのように背景に溶け込めるようになるのにどのぐらいかかるだろうと考えた。

最初に気づいたことの一つが、男性がみなスーツを着て帽子《ハット》をかぶっているわけではなく、女性の大半が明るい色彩の衣装をまとって、なかには膝《ひざ》が見えるほど丈の短いスカートを穿《は》いている者がいることだった。新聞売りの少年は同じ角に立ち、今日は異なる見出しを叫んでいた。

「ボビー・ケネディが暗殺された！」

そのボビー・ケネディは前のアメリカ大統領と関係があるのだろうか、とアレックスは思った。確か、彼も暗殺されたはずだ。十セント硬貨があれば一部買うんだが。エレーナはストリート・マーケットに戻るや足を止めた。焼きたてのパン、新鮮なオレンジ、林檎《りんご》、ほかのたくさんの野菜を検《あらた》め、自分の知らないものについて質問したかった。アヴォカドってどんな味なの？　皮も食べられるのかしら？

アレックスは店の前を通り過ぎるたびに足を止め、その窓を覗き込もうとした。そこには時計、ラジオ、テレビ、レコードが陳列されていた。気が散りつづけて、ついには走ってエレーナとドミートリイに追いつかなくてはならなかった。

ようやくハドソンの慈善商店の前に着いてみると、若い女性が〈準備中〉の札を〈営業中〉に返しているところだった。ドミートリイは店に入ったが、ほぼ全面的に二人の面倒を見なくてはならないことに変わりはなかった。

エレーナは自分の着るものは後回しにして衣類の棚を漁《あさ》り、逐一手に取って調べたあとで、アレックスの白いワイシャツとダークブルーのネクタイを選んだ。そのあと、長い横木に吊《つる》されているスーツに目を向けた。そのあいだ、ドミートリイは店員とお喋りをしていた。アレックスががっかりしたことに、母は地味なグレイのスーツを横木から外し、息子の身体《からだ》に当ててサイズが合っているかどうかを確かめた。少し大きいけど、成長途上だからすぐにちょうどよくなるでしょう。それでも、一応試着させることにした。

新しいスーツを着て試着室を出たアレックスは、カウンターの奥の若い女性店員がしげしげと自分を見ていることに気づかないわけにいかず、恥ずかしくて思わず顔を背けた。エレーナはそれに気づかない振りをして自分の服を選びはじめた――シンプルな青いドレスと黒のプリーツスカート。お金が底を突くのではないかと不安になりだしたそのとき、アレックスの新しいスーツに完璧《かんぺき》に似合う黒の革靴が目に留まった。

「ある男性が土曜の午後に持ち込んでこられたんです」女性店員が言った。「紐《ひも》で結ぶ方式の靴はもうだれも履かないからと言っておられましたけど」

「完璧だわ」アレックスがその靴を履いて店を二周したあと、エレーナは断言した。

「おいくら？」エレーナは買うつもりのものをすべてカウンターに置いて訊いた。

「五ドルです」女性店員が答えた。

エレーナは五ドル札を渡して後ろへ下がり、ほれぼれする思いで息子を見た。もう子供ではなかった。彼女は気づかなかったが、ドミートリイがさらに十ドルを女性店員に渡し、アレックスに片目をつぶってみせてから、二人がさっきまで着ていた衣類を詰めた袋を渡してくれた女性に言った。「ありがとう、ミス・マーシャル」

「またすぐにいらっしゃれるといいんですけど」アディーが言った。「毎日新しいものが入ってきますから」

「さて、できるだけ早くピザ屋を見つけなくちゃな」ドミートリイが言い、店を出ると古い衣類の袋を手近のごみ箱に捨てた。「遅れて、だれかに仕事を横取りされる余裕はないんだから」

エレーナが袋をごみ箱から救い出そうとすると、アレックスが制止した。「やめなよ、お母さん」彼女は渋々息子と合流し、三人はふたたび歩きだした。それは歩道を歩いているほかの人たちと同じぐらいの速さで、その足取りが緩やかになったのは、そよ風に揺れる赤と白の看板をドミートリイが見つけたときだった。彼はやってくる車をよけながら通りを渡ったが、あとを追うエレーナとアレックスはいかにも自信なさそうで、その横を何台もの車がクラクションを鳴り響かせながら走り去っていった。

「話すのはおれに任せてくれ」ドミートリイはドアを押し開けてなかへ入ると、カウンターの向こうにいる男のところへ直行した。「支配人にお目にかかりたいんですが」

「私だが」男が予約用紙から顔を上げた。

「ポストの求人欄を見てきました。ピザの料理人を求めておられるそうですね」ドミートリイは言った。「いや、私ではなくて、このご婦人です。彼女を雇えるのは幸運だと思いますよ」

「ピザ・パーラーで働いた経験はあるのかな？」男がエレーナを見て訊いた。

「いえ、ありません、サー」

「だったら、皿洗いの仕事しか提供できないな」

「でも、彼女は極めつきの料理人ですよ」ドミートリイが言った。

「この前の仕事は？」支配人が訊いた。

「レニングラードの将校クラブで主席料理人をしていました」

「クイーンズのレニングラードで？」

「いえ、ソヴィエトです」

「ここでは共産主義者《コミー》は雇わないんだ」支配人が吐き捨てるように言った。

「わたしは共産主義者ではありません」エレーナは抵抗した。「実際、忌《い》み嫌っています。何事もなければ、いまも向こうにいたはずなんです……でも、選択の余地がなくて……」

「だが、私にはある」支配人が言った。「コミーに似合いの仕事は皿洗いだけだ。時給は五十セント」

「七十五」ドミートリイが言った。

「取引できる立場か」支配人が突っぱねた。「受けるか受けないか、どっちかだ」

「それなら、やめておきますよ」ドミートリイは出口へと歩き出した。が、今回のエレーナはあとにつづこうとしなかった。

「厨房はどこですか？」彼女はそれだけ言うと、腕まくりをしはじめた。


ピザ屋へは十時に出勤すればよかったから、エレーナは翌朝、市役所へ直行した。そして、ロビーの掲示板を確認してからエレヴェーターで三階に上がった。二時間後に出てきたときには、アレックスに行かせたい学校は一つしかないとわかっていた。校長との面会の予約はしていなかったが、午後の休憩時間に校長室の前の廊下に坐り込んで、ついには降参させ、会うことに同意させた。

次の月曜、アレックスはフランクリン・ハイスクールの十二学年に通うことを渋々受け容れたが、ミセス・カルペンコの言葉が誇張でなかったことを校長が認めるまでに、さしたる時間はかからなかった。彼女はあのとき、息子は数学とロシア語で一番になるだろうとほのめかしていた。しかし、アレックスが秀《ひい》でているのはそれらの科目だけではなかった。学校の公式のカリキュラムにはない、いくつかの営利活動のほうにはるかに大きな関心を持っていたのである。

10　サーシャ

ロンドン

クラスメイトからじろじろ見られなくなるまで、少なくとも一週間が必要だった。下級第六学年は外国からの生徒をきちんと受け容れていたが、彼らにしてもロシア人を目《ま》の当たりにするのは初めてだったのだ。おれのどこが自分たちと違うと思ってたんだろうな、とサーシャは訝った。

英語は第二言語だから授業についていくのは難しいだろうと周りは考えていたが、ひと月もしないうちにクラスメイトの何人かが〝ロシア野郎〟と張り合うのを諦《あきら》めるようになり、十カ月が経《た》つころには第三言語、すなわち数学についても、ミスター・サットンは校長にこう認めざるを得なくなっていた。「私が教えられることはもう多くありません。彼がそれに気づくのも時間の問題でしょう」

学業においてもみんなに仰ぎ見られていたが、サーシャをとりわけ人気者にしていたのは〝クリーン・シート〟をつづける能力だった。

「クリーン・シート?」エレーナが怪訝《けげん》な顔をした。「でも、あなたは自分の家《うち》で寝ているのよ。シーツがきれいかどうかなんて、ほかの子にわかるはずがないでしょう」

「そうじゃないんだよ、お母さん。このあいだから学校のサッカー・チームの代表ゴールキーパーを務めていて、三試合連続で得点を許していないんだ。つまり、スコアカードが真っ白ってことさ」ただし、モーリス・トレムレットのことは黙っていた。代表ゴールキーパーだった彼は、第二代表に落とされて怒りを隠せずにいた――それはスクール・キャプテンへの道を狭めることでもあった。

第一学期の終わりが近づいたころにはほとんどの生徒に受け容れられつつあるという感触を得ていたが、それはあの小事件が起こるまでで、そのあと一夜にして学校一の人気者になり、生涯の友をも得ることになったのである。

その小事件が起こったのは、午前十時の休憩時間に校庭で簡易サッカー《キックアバウト》をしているときだった。もう一人の下級六年生で第二代表のセンターフォワードを務めているベン・コーエンが自信満々でゴールへとドリブルし、トレムレットはそれを阻止しようと前へ飛び出した。ところが、それを見たコーエンはパスを選択し、チームメイトががら空きのゴールにボールを蹴《け》り込んだのだった。

コーエンは両手を突き上げて得点を喜んだが、トレムレットは減速するどころか、そのまま全速力で突進してコーエンを吹っ飛ばした。「今度やったら」トレムレットは怒鳴った。「首をへし折ってやるからな」

　ゲームが再開され、コーエンがシュートしようとしたとき、トレムレットがまたもや彼に向かって突進した。コーエンがそれをよけると、ボールはトレムレットの足元に転がった。トレムレットはそのボールをだれにも渡そうとせずにドリブルし、相手方のゴールを守っているサーシャへと突き進んだ。全員が道を譲るのを見て、サーシャはゴールを飛び出し、シュートの角度を狭めてコースを限定しようとした。そして、トレムレットがペナルティ・エリアに入ってくるや身を投げ出し、ボールを無事に胸に抱え込んだ。トレムレットはサーシャをよけようともせず、サーシャの背中がボールだと言わんばかりにまともに蹴りつけた。

　サーシャは倒れたままぴくりとも動かず、手からボールがこぼれ出た。トレムレットがサーシャを飛び越え、無人のゴールへ力一杯蹴り込んだ。そして両手を突き上げて万歳をしたが、歓声を上げる者はいなかった。

　駆け寄ってきたコーエンに助けられて立ち上がろうとするサーシャを、トレムレットが見下ろして言った。

「おまえ、自惚《うぬぼ》れているほど上手《うま》くは全然ないんじゃないのか、ロシア野郎？」

「そうかもしれないが」サーシャは言い返した。「来週の試合のスコアカードを見たら、第二代表にいるのは依然としておまえだってことがわかるだろうよ」トレムレットが拳《こぶし》を握って殴りかかったが、サーシャはそれを躱《かわ》し、パンチは肩を掠《かす》めただけに終わった。

「それに、ボクシング・チームにも入れてもらえないみたいだな」サーシャは言った。

トレムレットが真っ赤になり、ふたたび拳を振り上げた。しかし、サーシャのパンチのほうが先に鼻に炸裂《さくれつ》し、トレムレットは後ろへよろめいて尻餅《しりもち》をついた。サーシャが二発目を繰り出そうとしたとき、教室へ戻れと知らせるベルがトレムレットを救った。

「ありがとう」教室へ戻りながら、コーエンが言った。「だけど、これからは用心したほうがいいぞ。トレムレットは厄介ごとを作り出すのが好きだからな」

「あんなやつ、厄介でも何でもないさ」サーシャは応えた。「厄介なことがあるとしたら、KGBの将校から拳銃《けんじゅう》を顔に突きつけられたときだけだ」

夕方、学校から帰ったときも、母にはその事件の話はしなかった。そもそも大したことだとも思っていなかった。スパゲッティの皿にフォークを延ばそうとしたとき、ドアにノックがあった。

エレーナはフォークを置いたが、動かなかった。彼女にとって、玄関のドアのノックは一つの意味しかなかった。サーシャは弾《はじ》かれたように立ち上がり、母が制止する間もなくテーブルを離れた。玄関のドアを開けると、長身痩軀《そうく》の男性がヴェルヴェットの襟の黒いロング・コートに鍔幅《つばはば》の狭い中折れ帽《トリルビー・ハット》という格好で立っていた。

「こんばんは、サーシャ」男性が名刺を差し出した。

「こんばんは、サー」どうしておれの名前を知ってるんだろうと不思議に思いながら名刺を見ると、名前に心当たりがあるような気がしたし、間違いなく知っている住所だった。

「お母さんと話したいんだが」ミスター・アネッリが言った。どこの出身かは訛《なま》りでわかった。

「どうぞ、お入りください」サーシャはミスター・アネッリをキッチンへ通した。

「こんばんは、ミセス・カルペンコ」ミスター・アネッリが帽子を取って言った。「私はマッテオ・アネッリと申します。何をしているかというと――」

「あなたのことは存じ上げています、ミスター・アネッリ」

アネッリが微笑した。「夕食のお邪魔をしては申し訳ないので、単刀直入に本題に入ります。実は私のところの料理長が辞表を出して、ナポリにいる家族の元へ戻りたいと言っているのですよ。ところが、なかなか代わりが見つかりませんでね。それで、あなたにお願いできないかと考えたというわけです」

エレーナは驚きを隠せなかった。まだミスター・モレッティのところで何カ月か働いただけだったし、彼の最大のライヴァルが自分の名前を知っているとは夢にも思っていなかった。彼女が応《こた》える前に、ミスター・アネッリがその謎《なぞ》を解いてくれた。

「私どもの常連のお客さまが、最近モレッティズを使ったけれども、あの店とは到底思えないぐらい美味《おい》しかったと教えてくださったんです。それで、私はその理由を突き止めることにしました。先週、私のところのボーイ長にあなたのレストランで昼食を食べさせたんです。そうしたら、いまや正真正銘のライヴァルが目の前に現われたという報告を持って戻ってきたんですよ。というわけで、あなたに〈オステリア・ローマ〉の料理長になってほしいとお願いにうかがったという次第です」

「でも――」エレーナは口を開こうとした。

「レストランの上にアパートを用意することはできませんが、報酬は二倍です。それなら、自前で住まいを借りる余裕ができると思いますが」サーシャは関心が募り、一言も聞き漏らすまいと耳を傾けた。「もちろん、仕事はかなり大変になると思います。なぜなら、私のところのテーブル数はモレッティズの倍はあるからです。しかし、私が聞いている限りでは、あなたは大変なことに挑戦するのを愉《たの》しんでおられるようですね」

「身にあまるお褒めの言葉ですけれど、ミスター・アネッリ、申し訳ないのですが、わたしはミスター・モレッティに借りがあるのです。彼は――」

「その借りを私が肩代わりしてもいいと言ったらどうでしょう、ミセス・カルペンコ？」

「金銭的な借りではなくて」エレーナは言った。「人間としての借りです。サーシャとわたしはあの方の力添えがあったればこそ、この国にこられたのです。そう簡単に返せるものではありません」

「もちろん、そうでしょうとも。レニングラードからのその船に乗っていたのが私でなかったのが本当に残念です」ミスター・アネッリが名刺を渡して言った。「ですが、もし気持ちが変わるようなことがあったら……」

「ミスター・モレッティの存命中は、それはないと思います」エレーナは言った。

「わが同胞につきものの評判と違って、私自身は長生きを考えていませんでしたが」アネッリが言った。「あなたがそこまでおっしゃるなら……」三人とも爆笑した。

「お目にかかれて光栄でした」エレーナは腰を上げると、ミスター・アネッリを玄関へ送った。

「いまの申し出のことだけど、ミスター・モレッティに話すの？」エレーナがキッチンへ戻ると、サーシャが訊いた。

「話さないわよ。あの方はいまでも考えなくてはならないことがたくさんあるんだから、このうえ、わたしが辞めるかどうかなんてことで煩《わずら》わせたくはないわ」

「でも、このことを知ったら、報酬を上げてくれるかもしれないよ。儲《もう》けの何パーセントとかってこともないとは言えないんじゃないかな」

「儲けなんて出てないわよ」エレーナは言った。「辛うじて赤字を免れてるの」

「それだったら、尚更《なおさら》ミスター・アネッリの申し出を真剣に考える理由になるでしょう。だって、こんなチャンスは二度とないかもしれないんだから」

「そのとおりかもしれないけど、サーシャ、忠誠心はお金では買えないの。それにふさわしい人間にならなくては得られないのよ。いずれにしても、ミスター・モレッティはもっと報われるべき人よ」納得していない様子の息子を見て、エレーナは付け加えた。

「同じようなディレンマに直面したら、お父さんならどうしただろうって、それだけを考えなさい。そうすれば、大きな間違いは犯さなくてすむわ」


「校長先生がきみに会いたいとおっしゃっている、カルペンコ」翌日、教室に入ってくるなりミスター・サットンが告げた。「すぐに校長室へ行くように」

それが命令以外の何物でもないことを、口調が物語っていた。サーシャは席を立って教室を出た。自分を見つめるクラスメイトの視線が痛いほどに感じられた。廊下を歩きながら何の用だろうと考えたが、答えが出ないまま校長室のドアをノックした。

「入りなさい」聞き間違えようのない声が応えた。

入室すると、ミスター・クウィルターが難しい顔で机の向こうに坐《すわ》っていた。もう一人、彼と向かい合って坐っている人物がいたが、その男性は振り返ろうともしなかった。

「カルペンコ、こちらはミスター・トレムレットだ」ミスター・クウィルターが言った。赤毛が薄くなりはじめ、ダブルのスーツのボタンを留められないほどに腹が突き出した大男が振り向き、どんなポーカー・プレイヤーでも彼の手がフルハウスだとわかるしたり顔でサーシャを見た。「きみは昨日、サッカーをしているときにご子息を殴って鼻を折ったそうだな。本当なのか？」

「はい、サー」

「ご子息はきみを挑発するようなことは何もしていない、ゴールを決めただけだとミスター・トレムレットは言っておられるが、そうなのか？」

ラティマー上級中等学校へ通うことになったその週に、サーシャは〝密告者〟の意味と、それをしたらどうなるかをすでに説明されていた。

「ソヴィエトではそれを〝利敵協力者〟と言うんだ」サーシャは友人のベン・コーエンに教えた。「そして、仲間外れより多少深刻な状況に置かれることになる」

ミスター・クウィルターはきみにも言い分があるだろうと期待する顔で弁明を待っていたが、サーシャは自分を護《まも》る企てを放棄した。

「ミスター・トレムレットのおっしゃっていることが事実であるならば」ミスター・クウィルターがとうとう口を開いた。「きみには相応の罰が待っていることになる」居残り、余分な宿題、鞭《むち》打ちといった罰なら、サーシャは甘んじて受ける覚悟ができていたが、ミスター・クウィルターの口から発せられた内容を聞いて愕然《がくぜん》とした。彼自身と同じぐらいの痛手を学校も被《こうむ》るとなれば尚更だった。しかし、そうだとしても、トレムレットは気にもしないだろうと思われた。父親も息子も。

「こんなことをきみが繰り返すようであれば、カルペンコ、奨学金を取り消さざるを得なくなるぞ」それはこの学校をやめなくてはならなくなるということだった。学費を払いつづける余裕が母にあるはずは絶対にないのだから。「この問題がこれで終わることを祈ろう」

「どうして本当のことを言わなかったんだ?」第二代表に降格させられて今シーズンはそのままだということ、そして、その理由をサーシャが明らかにすると、ベン・コーエンが不審がった。

「トレムレットの父親はこの学校の理事で、市議会議員でもある。クウィルターが信じるのはどっちの言い分だと思う?」

「ここはソヴィエトじゃない」ベンが言った。「それに、ミスター・クウィルターは公正な人だ。おれは身をもってそれを知ってる」

「どういうことだ?」

「おれはユダヤ人移民の息子なんだ。それでいくつもの学校に編入学を断わられたが、ラティマー上級中等学校は受け容れてくれたんだ」

「きみのことはいつだってイギリス人だと思っているよ」

「きみがそう思ってくれているのはおれもわかってるさ」ベンが言った。「だが、世界じゅうのトレムレットどもはそうじゃないし、この先もずっとそうじゃなくありつづけるだろう」

自分がもう第一代表のゴールを守らない理由は母には黙っていた。だが学校では、第一代表に完封を期待するのは無理だということ、それはだれのせいであるかということを、全員が知っていた。それに、第二代表のシーズンは実り豊かなものになるはずだということ、その立役者がだれであるかということも。

学期の終わりにミスター・クウィルターに呼び出されたとき、今度は何も悪いことはしていないはずだと自信があったが、いずれにせよ、その答えはもうすぐわかるはずだった。校長室のドアを恐る恐るノックし、「入りなさい」と返事があるのを待って入室すると、迎えてくれたのは温和な笑顔だった。

「坐りなさい」それを聞いて、サーシャはほっとした。立ったままなら厄介ごとを意味し、坐れと言われたらいいことを意味する。「二人だけで少し立ち入った話をしたかったのだよ、サーシャ――」ミスター・クウィルターからファーストネームで呼んでもらうのは初めてだった。「上級模擬試験の結果を検討させてもらったが、ケンブリッジ大学のアイザック・バロー数学賞に応募することを考えてみたらどうだろうか」

サーシャは黙っていた。ミスター・クウィルターが何を言っているのかわからなかったのだ。

「アイザック・バロー賞はケンブリッジでも最も格式の高い賞の一つで、受賞者にはあの大学のトリニティ学寮《カレッジ》への奨学金が与えられる」ミスター・クウィルターがつづけた。霧は徐々に晴れつつあったが、まだすべてではなかった。「トリニティは私の出身学寮《アルマ・マーテル》だから、きみがあの賞を勝ち得たら、私にとっても格別の喜びだ。だが、言っておくが、きみが相手にしなくてはならない生徒はこの国の選りすぐりばかりだから、勝ち抜くのは厳しいぞ。チャンスをつかみたいのなら、ほとんどすべてを犠牲にしなくてはならないだろうな」

「次のシーズンに第一代表でプレイすることもでしょうか?」

「それを訊かれるだろうと予想していたから」ミスター・クウィルターが言った。「ミスター・サットンと検討した。その結果、一つぐらいは楽しみがあってもよかろうという結論に達した。残念ながらクリケットはきみの想像力を刺激しないようだし、わが校のチェス・チームを率いるのも退屈だとすれば尚更だ」

「きっとご存じだと思いますが、校長先生」サーシャは言った。「上級模擬試験の成績のおかげで、ぼくはすでにロンドン・スクール・オヴ・エコノミクスに入学を認められています」

「それはアイザック・バロー奨学生になれないとわかった時点でも間に合う。お母さんと相談して、お母さんの考えを教えてくれないか」

「母がどう考えるかは、いまここではっきりお答えできます」サーシャは言った。ミスター・クウィルターが怪訝そうに片眉《かたまゆ》を上げた。「母は賞に応募させたいに決まっています。母は昔から自分にかけるよりはるかに大きな期待をぼくにかけつづけているんです」

「まあ、結論は次の学期が始まるまで出す必要はないがね。だが、最終的な決断をする前に、本気でどうするかを考えるのが賢明かもしれないぞ。〝ゆっくりと、それゆえに確実に〟という校是を忘れないことだ」

「頑張ります」サーシャは敢《あ》えて茶目っ気のある口調で応えた。

「では、きみにはしっかり考えてもらうとして、実は母上に話しておいてもらいたいことがある。実は土曜の夜、妻とモレッティズでのディナーを計画しているんだ。結婚記念日なんだよ。その日、母上が休みでないことを祈っていると伝えてくれないか」

サーシャは微笑し、立ち上がりながら言った。「承知しました、サー」

学校の周囲を少し歩いてから家に帰ってミスター・クウィルターとの面会の理由を母

に話そうと考え、サーシャは校庭へ出た。すると、クリケット場で試合が行なわれているのが見えた。スコアは146-3だった。数字は大好きだとしても、このゲームの微妙な差異を完全に呑《の》み込むことはできなかった。サーシャに言わせれば、どっちが勝っているかを論理で決められないゲームを発明するのはイギリス人だけだった。

クリケット場の縁をたどるようにして歩きつづけ、ときどきバットが革のボールを打つ音を訊いて顔を上げた。校庭の反対側まできたとき、パヴィリオンの裏へ回ることにした。そうすれば、プレイヤーの気を散らせることもない。数ヤードも進まないうちに、サーシャの夢想は低木の林から聞こえる女の子の声に破られた。足を止めて注意深く耳を澄ませた。次に聞こえたのは、だれのものかすぐにわかる声だった。

「欲しいんだろ？　どうして嫌がる振りなんかするんだ？」

「ここまでは望んでいなかったわ」女の子が抵抗した。明らかに泣いていた。

「それならもっと早く言ってくれないとな。もう遅すぎる」

「放してちょうだい、さもないと大声を出すわよ」

「大人しくしろよ。だれにも聞こえるもんか」

とたんに大きな悲鳴が上がり、パヴィリオンのてっぺんにとまっていた椋鳥《むくどり》が驚いて飛び立っていった。サーシャが低木の林へ飛び込んでみると、トレムレットがもがく女の子に馬乗りになっていた。スカートが腰までめくり上げられ、ブラウスとショーツがそばの地面に投げ捨ててあった。

「おまえは自分の前の蠅《はえ》を追ってればいいんだ、ロシア野郎」トレムレットが顔を上げて言った。「こいつはただの尻軽女だ。さあ、とっとと失《う》せろ」

サーシャはトレムレットの両肩をつかんで女の子から引き剝《は》がした。彼女がもっと大きな悲鳴を上げた。トレムレットはサーシャに悪態を吐き捨てて自分の靴を拾うと、鼻を折られたことを憶《おぼ》えているのだろう、ゆっくりと林を出ていった。

サーシャは彼女の横に膝を突き、ブラウスを渡してやった。そのとき、クリケット・チームの部長と選手が三人、パヴィリオンの後ろから走ってきた。

「ぼくじゃない」サーシャは抵抗し、女の子が証人になってくれるだろうと期待して周囲を見回した。だが、彼女はすでに草の上を裸足《はだし》で、振り返ろうともせずに逃げ去っていた。

「ぼくではありません」クリケット・チームの部長が大急ぎで校長室へ直行し、自分が見たことを報告したあと、サーシャはさっきと同じ言葉を繰り返した。

「では、だれなんだ？」ミスター・クウィルターが詰問《きつもん》した。「ミスター・リーはきみだけしか見なかったと言っているぞ。しかも、彼女は逃げる前に悲鳴を上げている。あそこにいたのは彼女ときみだけだったのではないのか？」

「いえ、ほかにいました」サーシャは言った。「でも、だれだったかはわかりません」

「カルペンコ、きみは状況がどれほど深刻かをわかっていないようだな。このままでは、私はきみを停学処分にし、問題を警察の手に委《ゆだ》ねるしかなくなる」

サーシャは昂然《こうぜん》とミスター・クウィルターを見つめて繰り返した。「あの男は逃げたんです」

「だとしたら、それはだれなんだ？」

「わかりません」

「では、即刻帰宅したまえ。強く助言しておくが、母上に事実を正確に話すんだぞ。母上がきみに分別を取り戻させてくれるのを祈るとしよう」

サーシャは校長室を出ると、ゆっくりと自宅へ向かった。トリニティ・カレッジのこともロンドン・スクール・オヴ・エコノミクスのことも、いまや頭の片隅にもないぐらい遠くへいってしまっていた。

「幽霊でも見たような顔じゃないの」キッチンへ入ってきた息子を見て、母が言った。

サーシャはテーブルに向かって腰を下ろすと頭を抱え、早退の理由を説明しはじめた。

「彼女の横に膝を突いて……」と言うところまで話が進んだとき、玄関に乱暴なノックがあった。

エレーナがドアを開けると、二人の制服警官が見下ろしていた。「ミセス・カルペンコ？」一人目の巡査が訊《き》いた。

「そうですけど」

「息子さんは在宅ですか？」

「ええ」

「息子さんに署まで同行してもらわなくてはなりません、マダム」

「どうしてですか？」エレーナは入口に立ちふさがった。「あの子は何も悪いことはしていません」

「そうであるなら、マダム、何も恐れることはないんじゃないですか？」二人目の巡査が言った。「もちろん、あなたが同行なさるのは大歓迎です」

エレーナとサーシャはパトカーの後部座席に押し黙って坐ったまま、地元の警察署へ連れていかれた。受付で担当の巡査部長がサーシャの名前を記録するや、母子は地下の狭い取調室に連れていかれ、そこで待つように言われた。

「一言もしゃべっちゃ駄目よ」ドアが閉まると、すぐにエレーナが言った。「停学は仕方がないとしても、ソヴィエトへ送り返されるのだけは何としても避けないといけないんだから」

「でも、ここはソヴィエトじゃないんだよ、お母さん。イギリスでは、有罪と証明されるまでは無実なんだ」

ドアが勢いよく開き、ダークグレイのスーツの中年の男が入ってきて、二人の向かいに腰を下ろした。

「こんばんは、ミセス・カルペンコ、私はマドックス警部補、この件を担当します」

「息子は無実です、ですから――」

「ですから、これから息子さんにそれを証明する機会を与えようとしているんです」マドックスがさえぎった。「息子さんに面通しをしてもらいたいんですが、未成年ですのでね、あなたの許可がないとできないんです。許可書類に署名してもらえますか？」

「拒否したら？」

「そのときは、息子さんは逮捕されて留置場に泊まってもらい、われわれが調べをつづけることになります。しかし、何ら隠し立てするべきことを息子さんが持っていないのであれば……」

「隠し立てしなくちゃならないことなんか一つもないよ、お母さん」サーシャが言った。

「お願いだから、許可を認める書類にサインしてくれないか」

警部補が二ページからなる書類をエレーナの前のテーブルに置き、ボールペンを差し出した。彼女はそこに書かれてあることを一語一語丁寧に読み、そのあとでようやく自分の名前を書き記した。

「では、一緒にきてくれ」警部補はサーシャをともなって部屋を出ると、廊下を下っていった。間もなくその足を止めたと思うと、脇《わき》へ退いて、片側が一段高くなっている細長い部屋へサーシャを入らせた。高くなっているところに八人の、だいたいサーシャと同じ年頃に見える若い男が、明らかに彼を待っている様子で並んで立っていた。

「立ちたい場所に立ってくれていいぞ」警部補が言った。

サーシャは段に上がり、これまで見たことのない若者のあいだの、左から二人目になるところに立った。

「では、回れ右をして、目の前の鏡に正対してくれ」

警部補は部屋を出て、隣りのドアをくぐった。怯《おび》えた娘とその母親が、女性警官と一緒に待っていた。

「では、お願いします、ミス・アレン」マドックス警部補は部屋の一方の壁を覆《おお》っているカーテンを開けた。「改めて言っておきますが、こっちからは彼らが見えるけれども、向こうからあなたは見えません」ミス・アレンは納得したようではなかったが、母親がうなずくと、そこに並んでいる九人の若い男にじっと目を凝らした。右から二人目の男を指さすのに、ほんの数秒しかかからなかった。

「あなたを襲ったのはあの男ですか、ミス・アレン、間違いありませんか？」マドックスが訊いた。

「そうではなくて」ミス・アレンがほとんどささやくような声で答えた。「わたしを助けにきてくれた人です」

彼女はドアベルを二度鳴らした。いることはわかっていた。車のなかで二時間、彼が戻ってくるのを待っていたのだった。玄関に出てきた彼は、彼女を見下ろして訊いた。

「何です？」

「息子さんのことでうかがわせてもらいました」

「私の息子のどんなことでですか？」

「なかで話し合うほうが賢明かもしれませんよ、議員」隣家のレースのカーテン越しにこちらをうかがっている年配の夫人を横目で見ながら、彼女は言った。

「いいでしょう」彼は渋々受け容れ、彼女を書斎へ通した。

「一体何事ですか？」ドアを閉めるや、議員が詰問口調になって訊いた。

「あなたの息子さんがわたしの娘をレイプしようとしたんです」彼女は言った。

「そのことなら知っているが」男が言った。「あなたは人違いをしておられる。犯人なら、もう警察が逮捕しているのではないかな。問い合わせてみればわかるはずだ」

「彼ならもう容疑が晴れて自由の身になっていますよ。問い合わせてみればわかるでしょう」

「ところで、何を根拠に私の息子を犯人扱いされるのかな？」

ミセス・アレンはハンドバッグからグレイの靴下の片方を出して議員に渡した。

「こんなありふれた靴下、私の息子のものだという証拠にはならんと思うが？」彼が靴下を返しながら言った。

「ところが、なるんです。用心深い母親が、名前を記したテープを内側に縫いつけていたんですよ。もう一度、よくご覧になったらいかがかしら」

議員は不承不承にふたたび靴下を受け取り、内側を検めた。〝トレムレット〟と赤く記された細長い白いテープが、丁寧に縫いつけてあった。

「もう片方も持っておられるんでしょうな」

「もちろん、持っています。ですが、まだ決めかねているんですよ、それを警察に渡すか、それとも――」

「片方だけでは証拠にはならんな」

「そうかもしれません。でも、息子さんが無実なら、面通しでわたしの娘が息子さんを指さすことはできないはずですよね？　もちろん、ほかの全員が赤毛でない場合は話は別ですけど」

「いくらだ？」トレムレットは訊いた。

11 アレックス

ブルックリン

夜のこんな時間にドアがノックされるのは、エレーナにとって一つのことしか意味しなかった。

「いまごろだれだろう?」ドミートリイが腰を上げた。

アレックスはテレビの画面から目を離さなかったし、ドミートリイは部屋を出ていったから、二人ともエレーナが震えていることに気づかなかった。

ドミートリイが玄関のドアの覗《のぞ》き穴から外をうかがうと、瓜《うり》二つのグレイのスーツを格好よく着こなした二人組が立っていた。ボタンダウンの白いワイシャツも、ブルーのネクタイも、手にしている帽子《ハット》も同じだった。ドミートリイは閂《かんぬき》錠《じょう》を外してドアを開けた。「こんばんは、どういう用件でしょう?」

「夜分に失礼します、サー」年上のほうが言った。「私は国境警備局のハモンドと申します。これは同僚のロス・トラヴィスです」そして、身分証をドミートリイに掲げてみせた。ドミートリイは黙っていた。「ミセス・カルペンコがこの住所にお住まいと理解していますが？」

「ここを住まいにすることはきちんと登録してあります」ドミートリイは足を踏ん張って立ちつづけた。

「それは承知しています」トラヴィスが言った。「きっとわれわれに有益な情報を持っておられるのではないかと思いましてね」

「そういうことなら、入ってください」ドミートリイは二人を居間へ案内し、テレビのスイッチを切った。

アレックスは侵入者を睨《にら》んだ。ジェイムズ・キャグニーが母の助けを借りてその家を逃げ出し、FBIに捕まらずにすむかどうかを知りたくてたまらなかったのだ。ぼくの母もあんなふうならいいのに。

「国境警備局のお二人だ」ドミートリイがロシア語でエレーナに教えた。「英語を使いたくなければ、使わなくていいから」

「隠さなくてはならないことなんか一つもありません。ご用は何でしょう？」エレーナは二人の男を見て、緊張していないように聞こえることを願いながら言った。

「ミセス・エレーナ・カルペンコですね？」ハモンドが訊いた。

「そうです」声がかすかに震えた。

二人組が改めて自己紹介し、アレックスは彼らに目が釘《くぎ》付けになった。まるでテレビの画面からそのまま抜け出してきたかのようだった。

「ご心配は無用です、ミセス・カルペンコ」ハモンドは笑顔で言ったが、依然として不審そうなエレーナを見て付け加えた。「いくつかお尋ねしたいことがあるだけですから」

「どうぞお坐りください」エレーナは言った。

「あなたは息子さんと一緒にレニングラードから逃げてこられたそうですが、ソヴィエトの国境警備は非常に厳重なはずです。どうしてそんなことが可能だったんでしょう」

「スパイじゃないかと疑われているみたいだな」ドミートリイがロシア語で言った。

エレーナは噴き出した。それを見てハモンドとトラヴィスが怪訝な顔をした。「わたしの夫はKGBに殺されたんですよ」彼女は言い、トラヴィスがノートを開いて一言一言をメモに取りはじめた。ハモンドはそのあとも淀《よど》みなく、周到に準備したと思われる質問をつづけた。

「あなたの職場にはKGBも出入りしていたはずですが、彼らの名前と階級、それからどんな任務に就いていたかを思い出してもらえますか?」ハモンドが訊いた。

「思い出すも何も、忘れられるはずがありません」エレーナは答えた。「特にポリヤコフ少佐がそうです。港湾警備の責任者ですが、夫から聞いたところでは、港湾司令官に直接報告できる立場だったそうです」

トラヴィスが〝港湾司令官〟に下線を引いてからページをめくり、エレーナが記憶をたどって列挙する将校全員の氏名と階級を書き留めていった。

「あと二つだけ」ハモンドがブリーフケースを開けて港の見取り図を取り出し、エレーナの前のテーブルに広げた。「あなたの職場の位置を教えてもらえますか？」

エレーナは将校クラブの上に指を置いた。

「では、潜水艦基地の近くに行ったことはないんですね」ハモンドが港の反対側を指さした。

「ありません。港のあの部分に入るには特別な許可がいるんです」

「ありがとうございました」ハモンドが言った。「この上ない協力に感謝します」トラヴィスがノートを閉じたので、エレーナは面会終了だろうと思った。「こちらは息子さんですか？」ハモンドがアレックスを見た。エレーナはうなずいた。「きみは学校の成績もよくて、モスクワ外国語大学へ進学を希望していたそうだね」

「まあね」アレックスはロシア語で答えた。ジェイムズ・キャグニーの口調に聞こえてほしかった。

「どうだろう、ラングレーの専門官の事情聴取を受けてもらえないかな」ハモンドがロシア語で言った。

「もちろん」アレックスは母が嫌がったのと同じくらい、この経験を隅から隅まで愉しんでいた。「父を殺したやつらを捕まえる役に立つなら尚更です」

「それがそんな簡単にできたらどんなにいいか」ハモンドが言った。「残念ながら、テレビのようには行かないんだよ。あそこでは毎晩、世界じゅうの問題をすべて、一時間以内に、しかもあいだにコマーシャルを挟みながら解決できるようだけどな」

エレーナが微笑した。「お役に立てることなら何でもさせてもらいます」

「われわれに何か質問はありませんか?」ハモンドが訊いた。

「あります」アレックスは訊いた。「どうしたらGメンになることができますか?」

「彼らはFBIなんだ」トラヴィスが答えた。「国境警備局に入りたければ、一生懸命勉強して、すべての試験に合格する必要がある」

ハモンドが立ち上がり、エレーナと握手をした。「協力していただいたことにもう一度お礼を言います、ミセス・カルペンコ。息子さんにはいずれ改めて連絡をさせてもらいます」

アレックスはすぐにテレビのスイッチを入れ直し、それまでほとんど口を開いていなかったドミートリイは、二人と一緒に部屋をあとにして廊下へ出た。アレックスは彼があの二人に何も訊かなかったのを奇妙に感じてはいたが、それよりも、テレビに映し出されている映画への興味が勝った。

「きみの言ったとおりだったよ、ドミートリイ」舗道に出るや、トラヴィスが言った。「彼女は貴重な情報源だ。それから、こっちがもっと重要なんだが、あの子は若いけれども、理想の候補者になる可能性がある」

「同感だ」ハモンドが同調した。「あの子にプレイヤーズ・スクウェアのことを教える潮時かもしれんぞ」

「もう教えてありますよ」ドミートリイは応えた。「ですから、土曜の朝はあそこに一人、だれかを配置すべきでしょうね」

「わかった、そうしよう」ハモンドが同意した。「あとは、二人がそうとわからず擦れ違いになったりしないことを祈るだけか」

「信じてください、そんなことには絶対になりませんから。磁石と鉄みたいに引き合うに決まっています」

ハモンドが笑みを浮かべた。「いつレニングラードへ戻るんだ？」

「三等航海士を必要としている船が見つかり次第です。ご心配なく、情報は送りつづけます。そろそろ戻りますよ、あんまり長くなると、あの二人が不審に思うかもしれませんからね」ドミートリイは二人と握手をすると玄関のドアを閉め、居間へ戻った。エレーナはすでにベッドに入っていて、アレックスはジェイムズ・キャグニーからいまも目を離せないでいた。

ドミートリイはこの若者をじっくりと観察しながら思案した――危険が大きすぎるだろうか？

翌朝、エレーナとドミートリイは六時に起床し、すぐに昨日の夜の訪問者の話を始めた。

「信用していいのかしら？」エレーナは四分茹《ゆ》でた卵を鍋《なべ》から引き上げながら言った。

「ＫＧＢと較《くら》べたら、あの二人は天使さ。だが、あんたがアメリカ市民になるチャンスを造るのも潰《つぶ》すのも、あの二人次第だ」ドミートリイが言ったとき、アレックスが飛び込んできた。

「よし、おまえら、おれはカルペンコ捜査官だ。二人とも逮捕する」

「容疑は何だ？」ドミートリイが強い口調で訊き返した。

「ここの地下で密造酒を造ってるだろう」

エレーナもドミートリイも笑うしかなかった。

「いいから、ミルクを飲みなさい、アレックス。そして、学校へ行くのよ。わたしだって急がなくちゃならないの、さもないと仕事を馘《くび》になってしまうわ」

「あの仕事はお母さんには不十分だよ。本物のレストランで働くべきなんだ、ピザ屋なんかじゃなくてね」

「取りあえずはあそこでいいの」エレーナは言った。「屋台でもないし、お給料も悪くない。昨日なんか、初めてピザを作らせてくれたのよ」

「本物の料理長はピザなんか作らないよ」

「町にその仕事しかなかったら、作るわよ」


アレックスはCIAの特別捜査官との面談を待ちきれなかった。次の日の朝、図書館で『CIAと現代世界におけるその役割』という本を借り、最初から最後まで二度も読み通した。その結果、本物の捜査官にしなくてはならない質問が山ほどあった。

次の土曜、マーケットへ行く途中で、初めて彼らを見た。年齢も出身国もさまざまな男女が集まりを作り、全員が一つのことをしていた。チェスの愛好家のグループだった。ドミートリイにプレイヤーズ・スクウェアのことを教えてもらったのを思い出し、自分の目で見てみることにしたのだった。全員が俯《うつむ》いて盤面を睨んでいた。プレイヤーは十二人、もしくはそれ以上か、だれもが相手の次の一手を待っていた。

アメリカへきてからチェスは一度もやっていなかったから、次の一杯を飲めないままでいるアルコール依存症患者のようになってしまった。アレックスは見物している者たちに加わると、一つのゲームから次のゲームへと矢継ぎ早に見て回った。そして、がっちりした体格の中年の男性のところへたどり着いた。彼はジーンズにセーターという格好で、独りで盤に向かって坐っていた。だれもその向かいに腰を下ろしたくないようだった。その理由を確かめる方法は一つしかないように思われた。

「こんにちは、アレックスと言います」

「イヴァンだ」男が応えた。「だが、そこへ坐る前に訊くが、負けたときに失う一ドルは持ってるんだろうな？　なぜなら、おれが勝ったときにおまえが支払う代価だからだ」

一ドルどころか、実を言うと二ドル持っていた。母が渡してくれた、週末の食材をマーケットで買うための資金だった。

腰を下ろすと、ポケットから一ドル札を引っ張り出してかざした。「あなたの一ドルを見せてください」

男がにやりと笑った。「おまえがおれに勝ったら見せてやるよ、それまではお断わりだ」そして、キングのビショップのポーンを二枡《ます》前に進めた。

ボリス・スパスキーが初手としてよくやる駒《こま》の進め方だとアレックスはすぐに気づき、クイーンのポーンを一枡進めて迎え撃った。

明らかにブライトン・ビーチのチャンピオンと目される男が、もう一度盤面を見直してから、キングのナイトをポーンの前に動かした。わずか数手を指しただけで、この若き挑戦者を退けるなら集中しなくてはならないとイヴァンは覚悟した。

二人とも気づかなかったが、周囲に小さな人だかりができはじめ、この数カ月負け知らずだったチャンピオンが初めて負けることがあり得るだろうかと、興味津々《しんしん》で見守っていた。それから四十分が経《た》ったとき、どよめきが上がった。アレックスが〝チェックメイト〟を宣言したのだった。

「三番勝負でどうだ？」男が一ドル札を差し出しながら提案した。

「すみません、サー」アレックスは答えた。「行かなくちゃならないんです。母にお使いを頼まれているものですから」

〝母〟という単語の発音の仕方のせいだろうか、イヴァンが次の言葉をロシア語で発した。「それなら、明日もこないか？　正午でどうだ？　一ドルを取り返すチャンスをおれにくれないか？」

「楽しみにしています」アレックスはそう応じて立ち上がると、二度と油断は許されないと確信している男と握手をした。

いまが何時なのかわからなかったが、母はもう帰宅しているに違いなかった。急いで広場をあとにするとマーケットへ直行し、母に頼まれていた野菜と豚肉の切り身を買った。どの露店へ行けば一番上等の肉が買えるか、一番新鮮な野菜が買えるかは、あっという間に頭に入っていた。だが、一番の楽しみは、支払い前の、店主との値切り交渉だった。それはロシア人なら生まれたときからだれもがすることで、例外はアレックスの母親しかいなかった。

じゃがいもを二ポンド買い、母に渡されたリストの最後の品の代金を払うと、帰途に就いた。窓の向こうから彼女に見られていることに気づかなかったら、足を止めることはなかっただろう。だが、アレックスは一瞬ためらっただけで、はなからそうするつもりだったかのように勢いよく店に入っていった。

「ベルトが欲しいんだけど」アレックスは最初に頭に浮かんだ衣料関連の品物の名前を口にした。

「必要なのはベルトだけじゃないと思うけどね」彼女はほぼ新品に近い茶色の革のベルトを渡し、アレックスがチェスの勝ち金の一ドルを渡そうとすると付け加えた。「代金はいいわ。明日の夜、映画に連れていってくれればだけどね」

アレックスは言葉を失った。自分からデートに誘ったことすら一度もないのに、女性から誘われるなんて。キャグニーはいい顔をしないだろう。

「ヘンリー・フォンダの『ウエスタン』よ」彼女が言った。アレックスはヘンリー・フォンダという名前を聞いたことがなかった。

「ああ、いいよ」アレックスは応えた。「ぼくもあの映画を観《み》たいと思ってたんだ」

「よかった。六時半に〈ロクシー〉で待ち合わせましょう。遅れないでね」

「遅れないさ」ロクシーってどこにあるんだろうと思いながら答えて店を出ようとする

と、彼女が言った。「ベルトを忘れてるわよ」

アレックスはベルトをつかんで袋に放り込むと素知らぬ顔で店を出たが、角を曲がった瞬間に走り出し、その足を家まで止めなかった。

「どこへ行っていたの？」キッチンへ入ると、母が訊いた。「もう六時を過ぎてるわよ」

イヴァンのこと、彼とチェスをしたこと（母はよしとするだろう）、一ドル勝ったこと（母はよしとしないだろう）、たまたま慈善商店の女性店員とまた遭遇したこと（またまかどうかは確信がなかった）、彼女と映画を観にいくこと（これは確信があった）を母に話したものかどうか、アレックスは迷った。母が茶色の紙袋を開け、革のベルトを手に取って訊いた。「これはどこで手に入れたの？」

事情を話すにやぶさかではなかったが、彼女の名前を思い出せなかった。


次の日の朝、アレックスはふたたびプレイヤーズ・スクウェアへ、もちろん母が出勤してから出かけた。

イヴァンはすでにチェス盤に向かい、待ちきれない様子でテーブルを指で叩《たた》いていたが、アレックスが腰を下ろしもしないうちに両の拳《こぶし》を宙に突き上げた。アレックスは右の拳を軽く叩いた。拳が開かれると、白いポーンが現われた。イヴァンが盤を回転させ、アレックスが最初の手を指すのを待った。

一時間後、盤を取り巻いて観戦している野次馬にもはっきりしたのだが、対戦している二人に力の差はほとんどなかった。昨日の第一戦につづく第二戦目はイヴァンが勝ち、アレックスは苦労して手に入れた一ドルを返さなくてはならなかった。そして決着の第三戦が始まったが、それは過去の二戦をはるかに凌《しの》ぐ長丁場になった。

結局、双方が引き分け《ステイルメイト》にすることに同意し、立ち上がって握手をした。二人を取り囲んでいた凡人の群れから大きな拍手喝采《かっさい》が湧《わ》き起こった。

「本当の金儲けをしたくないか、若いの？」野次馬がいなくなると、イヴァンが訊いた。

「合法的であるのならね」アレックスは応じた。「ぼくのアメリカ市民権はまだ暫定《ざんてい》的なものに過ぎないから、犯罪を犯して有罪になったらソヴィエトへ送り返される可能性があるんです」

「つまり、有罪になってまずいのはお互いさまってわけだ」イヴァンがにやりと笑った。「コーヒーでも飲みに行こう、そこでおれの考えてることを教えてやるよ」

イヴァンは愛弟子《まなでし》を広場の奥へ連れていって道路を渡ると、悠然と小さな食堂へ入った。そして、カウンターの向こうにいる男に「よう、ルー」と声を掛け、明らかに彼のものと決まっているらしいボックス席へ向かった。アレックスは彼の向かいに腰を下ろした。

「何にする？」イヴァンが訊いた。

「あなたと同じものでいいです」こういう店に入るのが初めてなのを気取られないことを祈りながら、アレックスは言った。

「コーヒーを二つだ」ウェイトレスに注文をすませると、イヴァンはけっこう時間を遣って、今度の週末に更なる現金を手に入れる方法を説明した。

「それで、ぼくはどんな役を演じるんですか?」アレックスは訊いた。

「目が見えない子供の役だ。そして、おれが相手の駒がどう動いたかをおまえに教えるんだ」

「でも、あなたのチェスの腕前はぼくと同じぐらいか、もっと上かもしれませんよ」

「おまえとの決着がつくまでは、そうとは言えんな。それに、いずれにしてもおまえはまだたったの十七だ」

「もうすぐ十八です」

「だが、十五ぐらいに見える。そのおかげでかもどもは自信を深めるわけだ、自分が負けることはないってな」

「幕開けはいつですか?」アレックスは訊いた。

「今度の土曜の午前十一時きっかりだ」

「お願いがあるんですが」

「いいとも。いまやおれたちはパートナーだからな」

「一ドルを返してもらえませんか？」

「なぜ？」

「今夜、女の子と映画を観にいくんです。あの一ドルはチケット代になるはずだったんです」

アレックスは映画館の前に立っていた。待ち合わせた時間までまだ十五分あった。落ち着かない気分で歩道を行きつ戻りつし、ときどき足を止めて映画の宣伝ポスターを眺めた。クラウディア・カルディナーレに優《まさ》るとも劣らない美人と出会えたなんてあり得ない幸運じゃないか、とアレックスは有頂天だった。そのとき、肩に手が置かれた。振り返ると、アディーの笑顔がそこにあった。彼女はアレックスの手を取ると、チケット売り場へ引っ張っていった。

「『ウエスタン』を二枚」彼女は言い、それから脇へ退《ど》いて、アレックスに支払いを任せた。恋愛の教科書の第一ページ目に載っている教訓を身をもって教えたあと、彼女はふたたびアレックスの手を取り、今度は薄暗い映画館のなかへ連れていった。

彼女にとってはまずはアレックスが目的で、映画は二の次だったかもしれないが、アレックスが目を離せなかったのはクラウディア・カルディナーレではなく、ヘンリー・フォンダだった。彼のように歩きたかったし、彼のように話したかったし、彼のように服を着こなしたかった。今週のうちに、ほかに用がないときを見計らってもう一度観なくては。だって、もうジェイムズ・キャグニーにはなりたくないのだから。

映画は初体験だとアディーに知られたくなかったから、前の席の男がガールフレンドの肩に腕を回すのを見て、アレックスも真似《まね》をした。すると、アディーが身体《からだ》を擦り寄せてきた。さらに、手を伸ばしてきて、スクリーンに見入っているアレックスを自分のほうへ引っ張った。アレックスはキスも初体験だった。二度目のキスをする余裕はなかった。間もなく〈完〉という文字がスクリーンに浮かび、明かりが灯《とも》ったからだ。

「コークでも飲もうか」アレックスは言った。「小さいけどいい食堂を知ってるんだ、ここからそんなに遠くないから」

「いいわね」アディーが同意した。

今度はアレックスが彼女の手を取って広場を渡り、昨日イヴァンに連れていってもらった食堂へ向かった。颯爽《さっそう》と店に入り、カウンターの向こうの男に言った。「やあ、ルー」そして、あたかも常連ででもあるかのように、まっすぐにイヴァンのテーブルへと歩いていった。

「コークを二つ」アレックスは注文を取りにきたウェイトレスに言った。

それからの三十分で、アレックスは彼女が彼について知るよりはるかに多くのことを、彼女について知った。実際、コークのお代わりはどうかとウェイトレスが訊きにきたときには、彼女のこれまでの全人生を聞き出していた。ウェイトレスの問いには「もらう」と答えたが、それで金が底を突いた。

彼女の家へ送っていくあいだも、アディーはしゃべり詰めにしゃべりつづけた。玄関の前に着くと、彼女は背伸びをしてアレックスの首を抱き、キスをした。二回目の、最初とは全然違うキスを。

アレックスはくらくらしながら帰宅すると、こっそり家に入ってベッドへ直行した。母を起こしたくなかった。


「またお給料が上がったわよ」次の朝、アレックスが朝食を食べにキッチンへ入っていくと、エレーナが勝ち誇った。「いまや時給一ドル五十セントですからね。わたしたちの分の家賃を負担することを、ドミートリイに提案しようと思うの」

「わたしたち？」アレックスは訊き返した。「ぼくはまだ負担できるようなことは何一つしていないよ、お母さん、それはよくわかってるでしょう。でも、週末に仕事をするのを認めてもらえれば、それを変えられるんじゃないかな」

「仕事って、どんな？」

「マーケットには常にちょっとした仕事があるんだ。特に週末はね」アレックスは言った。

「週末に仕事をするのは認めてもいいけど、勉強の妨げにならないという確信があなたにない限りは駄目ですからね。あなたがニューヨーク大学に行けなかったら、わたしは自分を決して許さないんだから」

「お父さんはあなたを大学を出てなかったけど、それでも――」

「お父さんはあなたを大学に行かせたかったの。その気持ちはわたしに負けず劣らず強かった」口を挟もうとする息子をさえぎって、エレーナがつづけた。「それに、大学を卒業して学位を持ったら、その気さえあれば何だって為《な》し遂げられるのよ。特にアメリカではね」学校を出たあとのことについて、アレックスにははっきりした考えがあった。だが、いまはそれを伝えるときではないと思われた。

学校へ通う平日は手を抜くことなく勉強に励んだが、それでも土曜日がくるのが、本物の金を稼ぐチャンスがくるのが、待ち遠しくてならなかった。

「片付けを頼めるかしら」エレーナがコートを着ながら頼んだ。「遅刻したくないのよ」

アレックスは皿を拭《ふ》き終えると、すぐに家を出て走り出した。その土曜の朝、プレイヤーズ・スクウェアが近くなると、近くのコートでバスケットボールに興じる者たちの野次や叫びが聞こえてきた。足を止めてしばらく眺めていたが、びっくりするぐらいだれもが上手だった。どうしてアメリカ人はサッカーをしないんだろう、まさかそんなことがあろうとは、木箱に入るときには考えもしなかったな。それに、アメリカン・フットボールではゴールキーパーがいないなんてことも知らなかった。そういう思いを頭から閉め出しながら広場を横断して、チェス・プレイヤーのために空けてある芝生の一角を目指した。

まず目に入ったのは、両脚を踏ん張って立っているイヴァンの姿だった。彼はくたびれたセーターに色褪《いろあ》せたジーンズという服装で、黒いスカーフを首に巻いていた。

「遅いぞ」イヴァンがアレックスを睨みつけてロシア語で咎《とが》めた。

「ただのゲームでしょう」アレックスは言い返した。「待たせたってどうってことないんじゃないかな」

「これはゲームじゃない」イヴァンが歯を食いしばって言った。「仕事だ。仕事のときは絶対に遅刻は許されない。敵を有利にするだけだ」それ以上は一言も発せず、チェス盤が六台、隣り合って一列に並んでいるところへ移動した。それぞれの盤の片側に椅子《いす》が置かれ、坐《すわ》り手を待っていた。

イヴァンが手を叩いてそこにいる人の群れの注意を引いたと思うと、間髪を入れずに大きな声ではっきりと告知した。「この若者が同時に六人を相手にして勝負を挑む」相手になりそうな一人か二人が興味のありそうな顔をした。「それから、勝負をもっと面白くするために、彼には目隠しをしてもらう。おれは相手方の駒の動きを一つ一つ彼に教え、彼から指し手を指示してもらって、駒を動かす」

「賭《か》け率は？」群衆のなかから声がした。

「三対一だ。参加料は一ドル、彼が負けたら、勝った相手に三ドル払う」

すぐさま数人の挑戦者が進み出た。イヴァンは参加料を徴収し、彼らの氏名を手帳に書き留めると、六人の挑戦者にチェス盤を割り当てた。選ばれなかった何人かが落胆を顔に浮かべ、そのなかの一人が叫んだ。「外馬はないのか？」

「あるとも。賭け率は同じく三対一だ。だれに賭けるかを教えてくれればいい」さらに十数人の名前が手帳に記入された。「ここまでだ」最後の一人が賭けに加わった瞬間に、イヴァンが宣言した。そして、六つのチェス盤を凝視しているアレックスに歩み寄ると、自分の首からスカーフを外し、その目を覆ってからしっかりと結んだ。

「回れ右をして、チェス盤が見えないようにしろ」疑い深いだれかが要求した。

イヴァンが返事をするまでもなく、アレックスはくるりと盤に背中を向けた。

「あんたからだ」一番の盤の前に坐って神経質な表情を浮かべている若者をイヴァンが指さした。「ポーンをクイーンのビショップの３へ」彼の指した手をイヴァンが声に出して繰り返し、アレックスの指示を待った。

「ポーンをクイーンの３へ」アレックスは言った。

イヴァンは二番の盤を睨んでいる、縁の太い眼鏡の年配の男にうなずいた。「ポーンをキングの3へ」イヴァンが繰り返し、アレックスが指示を終えるや、すぐに三番の盤に移った。

見物人がプレイヤーを取り囲み、ささやきを交わしながら、六つの盤を熱心に見つめていた。三十分もしないうちに四番のプレイヤーが負けを認め、もう一時間経ったときには、まだ勝負がついていない盤は一つだけになった。

三番のプレイヤーが自分のキングを倒した瞬間、歓声が上がった。イヴァンがアレックスの目隠しを外し、アレックスは群衆に向き直ってお辞儀をした。

「失った金を取り戻すチャンスはないのか？」六人の敗者の一人が訊いた。

「あるとも」イヴァンは答えた。「二時間後に戻ってきてくれ。そのときにはもっと面白い仕組みにしてある。おれのパートナーが同時に十人を相手にするんだ」アレックスは不安になったが、それを顔には表わさなかった。「さあ、行こうか、若いの」群衆が散ってしまうや、イヴァンが言った。「おまえのお袋さんがおごってくれるピザとやらを食おうじゃないか」

〈マリオズ・ピザ・パーラー〉に足を踏み入れたとたんに明らかになったのだが、エレーナはもう皿洗いをしていなかった。大きな木のテーブルの前に立ち、大きな塊の状態の生地をこねて、均等に平らにする作業の最中だった。早くも熟練の域に達していて、九十秒ごとに新しい生地が出来上がっていた。

やがてもう一人の料理人がやってきて注文を確認し、次の客が選んだ具を生地に載せていった。三人目の料理人がその生地を、アレックスには平たい木のシャベルのように見えるものに載せ、薪《まき》が燃えている扉のないオーヴンに入れた。それは三分後に取り出され、待機している皿に移し替えられた。アレックスの計算では、六分ごとに湯気の立つ熱いピザが出来上がっていた。明らかにアメリカ人は待つことが好きでないようだった。

顔を上げたエレーナが息子を見て微笑した。

「これはイヴァン」アレックスは紹介した。「マーケットで一緒に仕事をしているんだ」

エレーナが数少ない空きテーブルの一つを指さした。

「いくら稼げたの？」アレックスは腰を下ろすや訊いた。

イヴァンが手帳を確かめ、小声で答えた。「十九ドルだ」

「だったら、ぼくの取り分は九ドル五十セントだね」アレックスは手を差し出した。

「そう急ぐな、若いの。午後にはもっと大きな勝負が待っているのを忘れるな。だから、清算はそれが終わってからだ」

「午後の相手のなかにさっきの三番の相手と同じぐらいの技量のだれかがいたらどうするの？　ぼくたちが負けて、金を失ってしまうかもしれないでしょう」

「それも悪くはないんだ」イヴァンが言ったとき、ウェイトレスがピザを二枚とコークを二杯、二人の前に置いた。

「どうして？」

「おまえがときどき負ければ、かもがますますその気になってくれるからだ。それが博奕《ばくち》打ちの弱点なんだよ。自分以外のだれかが勝つところを見たら、今度は自分の番だと思い込んで疑わなくなる」イヴァンが言い、ピザの大きな一切れを口に入れた。「お袋さんに感謝するのを忘れるな」そして、時計を見た。

アレックスは母親に目を走らせた。彼女は完全なピザ生地を作ることにいまも余念がなかった。あとどのぐらいで指示をする側になるんだろう、と息子は思った。

「よし」イヴァンが言った。「仕事に戻るぞ」

その日の夕方、夕食に間に合うように帰宅したアレックスが意外だったことに、いつもの席にドミートリイの姿がなかった。

「レニングラード行きの商船に乗ることになって」母が説明してくれた。「今夜の早い時間に出港しなくちゃならないんですって」

「ドミートリイはぼくたちにどうしてあんなによくしてくれるんだろうと、ときどき不思議に思うことってない？　何か裏があるんじゃないかって？」

「わたしは行動で人を判断するの」何を言っているんだと、母が不審の片眉《かたまゆ》を上げた。

「彼はわたしたちにこれ以上ないほど親切にしてくれているじゃないの」

「それは認めるよ。でも、犯罪者だったかもしれない見知らぬロシア人二人に、これほどまで関心を持つのは何故《なぜ》なのかな？」

「わたしたちは犯罪者じゃないわ」

「そうだけど、彼にはそれを知るすべがなかったはずでしょう。それとも、あったのかな？　それに、乗船した最初の夜に甲板で出くわしたのも、果たして偶然だったんだろうか？」

「だけど、彼はロシア人よ、わたしたちと同じよ」母が抵抗した。

「同じじゃないよ、お母さん。彼はロシアじゃなくてニューヨーク生まれだ。それに、もう一つお母さんの知らないことがある。たぶん、彼は両親とも健在だと思うよ」

エレーナが息子に向き直った。「どうしてわかるの？」

「お母さんを手伝って皿を洗うとき、彼はときどき腕時計を外すことがあるんだ。その時計の裏に文字が刻んであった――〝三十歳の誕生日に、愛をこめて、父と母〟とね。その日付は2－14－68となっていた。ほんの一年前だよ。だから、もしかしたら……」

「もしかしたら、わたしたちは夜露を凌ぐこともできなかっただろうし、あなたが大学へ行くことなんて考えられもしなかったはずよ」声が一言ごとに高くなった。「だから、もう一度言うけど——一回だけですからね——、ドミートリイをスパイするのはやめなさい。さもないと、あなたの友だちのウラジーミルのような、倫理観もなければ友だちもいない、孤独で嫌な人間になってしまうわよ」
アレックスは母の言葉にショックを受けるあまり、しばらく言葉を失った。ようやくうなだれたまま謝罪し、そのことは二度と持ち出さないと母に誓った。母が出勤したあと、どうしてあんなに怒ったのだろうと考えた。確かに母の言うとおりではある。ドミートリイはこれ以上ないほどよくしてくれている。だが、母には言っていないが、恐れていることがある。ドミートリイがKGBの一味ではあるまいかという恐れだ。

12　サーシャ

ロンドン

最終学年、サーシャは勉学を疎《おろそ》かには決してしなかった。サッカーは続けていたが、最後の試合が終わるやゴールキーパー用のグラブを置き、母でさえ感心するほど厳しい規律を自分に課した。

毎朝六時に起床し、朝食の前に二時間勉強する。学校の行き帰りは走る――それがほとんど唯一《ゆいいつ》の運動だった。クラスメイトが校庭でフレンチ・クリケットに興じているときも教室にとどまり、新たな参考書の新たなページをめくる。

その日の終わりのベルが鳴ってみんなが下校しても机に向かいつづけ、ミスター・サットンの助けを借りながら、アイザック・バロー賞の試験の新たな過去問題に取り組む。そのあとようやく走って帰り、軽い夕食をとってから自室にこもって宿題をする。机に突っ伏したまま眠ってしまうこともしばしばだった。

試験の日が近づくにつれて、母でさえ知らない数時間を何とか捻《ひね》り出し、準備の度合いをさらに強化した。

「試験はトリニティ学寮《カレッジ》の大講堂で行なわれる」校長が教えてくれた。「前の晩にケンブリッジへ行っておくほうがいいかもしれないな。そうすれば、焦《あせ》る心配もないし、無用のプレッシャーを感じることもあるまい」

「ですが、泊まる場所がありません」サーシャは言った。「ケンブリッジに知り合いはいませんし」

「私の出身カレッジに泊まれるよう、もう手配してある」

「わたしもお休みをもらって、一緒にケンブリッジへ行くほうがいいかもしれないわね」

ケンブリッジへの同行は何とか思いとどまらせられたものの、新しいスーツを買うことは――そんな余裕がないのは明らかだったが――そうはいかなかった。「競争相手と同じぐらい格好《スマート》よくあってもらいたいの」母は言った。

「ぼくに興味があるのは競争相手を出し抜く《スマーター》ことだけなんだけどね」サーシャは応じた。

運転免許を取ったばかりのベン・コーエンが、車でキングズ・クロス駅まで送ってくれた。その途中、最新のガールフレンドのことを聞かされた。この一年、自分がどんなに友人たちと疎遠《そえん》にしていたかを、サーシャは〝最新の〟という言葉で思い知らされることになった。

「それとも一つ、ケンブリッジ大学に合格したら、トライアンフTR6を買ってもらえるんだ」

「そりゃラッキーだな」

「おまえの頭脳とならいつでも交換してやるよ」車はユーストン・ロードを降り、路上駐車を許可する黄色い線の内側に停まった。

「頑張れよ」車を降りるサーシャにベンが声をかけた。「無得点《クリーン・シート》で帰ってくるんじゃないぞ」

サーシャは混み合う客車の隅に坐り、窓の向こう、列車とともに揺れながら過ぎ去っていく田園地帯を見つめた。認めたくなかったが、心細かった。母についてきてもらえばよかったと、後悔が頭をもたげた。アウェーでの試合に行くのを別にすれば、ロンドンを出るのは初めてで、時間の経過とともに不安が募っていった。

お金が必要になることがあるかもしれないからと、母から一ポンド札をもらっていたが、ケンブリッジ駅へ着いたときには好天だったから、トリニティ・カレッジまで歩くことにした。すぐにわかったのだが、どう行けばいいかは、ガウンを着た者に訊《き》けばよかった。途中で建物を目にするたびに足を止めて見入ったが、大きな門――ヘンリー八世がその上に立っていた──を初めて見たときには、別世界へ連れ込まれたような気がした。そして、そのとたんに思った──何としてもこの世界の一員になりたい。もっと勉強しておかなくてはならなかったのではないかと、またもや後悔が頭をもたげた。

年配の守衛に案内されて中庭を横断し、何世紀にもわたって踏まれて擦り切れた石の階段を上がった。最上階にたどり着くと、守衛が言った。「ここがミスター・クウィルターの部屋だったところです、ミスター・カルペンコ。あなたが次の住人になられるかもしれませんね」サーシャは内心でにんまりした。ミスター・カルペンコと呼ばれたのは初めてだった。「ディナーは七時、食堂は中庭の反対側です」そう教えると、守衛は引き返していった。サーシャがいるのは小さな書斎だったが、レストランの上の彼の部屋と較べてもそんなに広くなかった。しかし、十字に仕切られた窓の向こうを見たときにそこにあったのは、ほぼ四百年のあいだ時間が止まっていたように見える世界だった。レニングラードの裏通りの男の子が、最終的にこんなところへたどり着くなんてことが本当にあり得るのだろうか?

机に向かうと、出題される可能性があるとミスター・サットンが考えた問題の一つをもう一度おさらいした。次の問題に取りかかろうとしたとき、中庭の時計が七時を告げた。予想問題や参考書をそのままにして石の階段を駆け下り、中庭に出て、若者たちの流れに合流した。みな笑ったりお喋《しゃべ》りをしたりしながら、手入れの行き届いた芝生の外側を回るようにして歩いていて、内側へ足を踏み入れる者はいなかった。食堂の入口についてなかをうかがうと、何列にも並んだ木の長テーブルにすでに食事が準備されていて、ベンチに坐っている学生たちがとても寛《くつろ》いでいるのがよくわかった。そんなエリートの集団に混じるのが急に怖くなり、回れ右をして門をくぐると、大学の外へ出てキングズ・パレードへと歩いていった。その足が止まったのは、フィッシュ・アンド・チップスの店の前の長い列が見えたときだった。

新聞紙に包まれた夕食を食べていると、母はいい顔をしないだろうという思いが頭を掠《かす》めて、思わず苦笑した。街灯が瞬《また》きはじめるころに狭い自室へ戻り、さらに二問か三問、出題されるかもしれないとミスター・サットンが予想した問題を解き直した。それが終わってベッドに入ったときには、わずかだったが夜半を過ぎていた。間欠的にしか眠れず、中庭の時計が八時を知らせる音を聞いてぎょっとして飛び起きた。九時でなくて助かったとほっとしながらベッドを飛び出し、顔を洗って着替えをすませると、大食堂まで走り通した。

二十分後に自室へ戻り、それから一時間のあいだに四度も廊下の突き当たりにあるトイレへ行かなくてはならなかったが、それでも、試験開始時間の三十分前には試験会場の前に立っていた。時間の経過とともに受験生の列が徐々に長くなっていき、しゃべりすぎるほどしゃべる者もいれば、押し黙ったままの者もいたが、個人差こそあれ、どの顔にも緊張と不安が表われていた。九時四十五分、裾《すそ》の長い黒いガウン姿の教員が二人現われた。サーシャはあとで知ったのだが、その二人は教員《マスター》ではなく、大学教員《ドン》であり、マスターの肩書はそれぞれの学寮《カレッジ》の長のものだった。新たに覚えなくてはならない言葉がずいぶんあって、カレッジの一つ一つに独自の辞書があるのではないかとサーシャは訝《いぶか》らずにいられなかった。

ドンの一人が試験場のドアの鍵《かぎ》をあけ、行儀のいい群れが羊飼いのあとにつづいた。

「諸君の坐る席には、アルファベット順に名前が記されている」羊飼いが言い、試験場の前の一段高いところに置かれているテーブルに着いた。〈カルペンコ〉の文字は前から五列目の真ん中にあった。

「これから私と同僚とで試験問題を配る」試験監督が言った。「問題は全部で十二問、そのなかの三問に答えればよろしい。時間は九十分。一つの問題にどれだけの時間を割り当てればいいかがわからない者はここにきていないはずだ」神経質な笑いが小波《さざなみ》のように広がった。「私のホイッスルが開始の合図だ」サーシャの頭にすぐに浮かんだのは、試験の第一原則とも言うべきミスター・サットンの言葉だった――〝一番早く答えを書き終えた者が勝者であるとは限らない〟。

裏返しにされた問題用紙がそれぞれの受験生の前に置かれるや、サーシャはじりじりしながらホイッスルが鳴るのを待った。金属的な鋭い音が空気を切り裂いたとたん、サーシャの背筋を戦慄《せんりつ》が走った。問題用紙を表に返し、十二問の問題をゆっくりと読んでいって、そのうちの五問にすぐにチェックマークを入れた。その五問をもう一度読み返し、考えたあとで三問に絞った。一問は七年前に出された問題に似ていた。もう一問は得意の分野だった。だが、本当の勝利は第十一問、いまやチェックマークが二つになっているそれは、昨夜やっておいた予想問題が的中したことを意味していた。ミスター・サットンの第二原則を思い出すときだった——〝集中すること〟。

サーシャはペンを取り、実際に問題を解きはじめた。二十四分後、ペンを置いて、自分の書いた答案をゆっくりと再検討した。ミスター・クウィルターの声が聞こえるような気がした——〝何であれ間違いを正せるよう、見直しの時間を充分に残しておくこと〟。小さな修正を二カ所施してから、第六問へ移った。今度は二十五分後、書き終えた解答をふたたび再検討したあと、チェックマークが二つついている第十一問に取りかかった。答えの最後の部分を書いているときに終了のホイッスルが鳴ったが、答案用紙を回収される前に何とか完成することができた。その解答を再検討する時間がなかったことが残念で、サーシャは内心で自分を呪《のろ》った。

試験が終わって解放されると、まっすぐ自室へ戻った。小さなスーツケースに荷物をまとめて階段を下り、駅へ直行した。二度とあの門をくぐることがないのではないかと不安で、振り返ることができなかった。

ロンドンへ戻る道々、最善を尽くしたのだと自分を納得させようとした。だが、列車がキングズ・クロス駅に着くころには、最悪をしでかしてしまったという確信に取って代わられていた。

「どうだった？」息子が玄関のドアを閉めるより早く、エレーナが訊いた。

「ばっちりだよ」サーシャは心にもない答えを返した。母を安心させてやりたかった。十一シリングと六ペンスを差し出し、母の財布に戻した。

次の月曜、学校へ行くと、ミスター・サットンは教え子の手応《てごた》えを聞くよりも問題用紙を検討するほうに関心を示した。そして、サーシャが入れたチェックマークを見て笑みを浮かべたが、ほんの数日前に二人で細かくおさらいをした、ある定理に関しての問題を見落としたことを指摘はしなかった。

「結果がわかるまでどのぐらい待たなくてはならないんでしょうか？」サーシャは訊いた。

「二週間以上ということはないはずだ」ミスター・サットンが答えた。「だが、忘れるなよ、きみは依然として〝上級試験〟に合格しなくてはならないし、その結果がケンブリッジでの試験と同じぐらい重要になる可能性があるんだからな」

〝同じぐらい重要になる可能性〟という言葉がサーシャは気に入らなかったが、そうだとしても、厳しくて規律正しい日常へ戻った。〝上級試験〟の問題が少し易しすぎたために心配になったが、それはマラソンの選手が六マイルのジョギングの心配をするようなもので、取り越し苦労に過ぎなかった。もっとも、それはベンには黙っていた。彼はその試験をどんなマラソンより厳しかったと感じていたし、TR6を自分のものにして自慢できるとも、もはや思っていなかった。

「おまえならいつでもバスの運転手になれるさ」サーシャは言った。「考えてみろよ、給料はかなりいいし、休みだって多いぞ」

「ケンブリッジへ行ったら、おまえのほうが休みは多いよ」ベンは本当の気持ちを隠そうともしなかった。「ところで、土曜の夜、試験終了パーティをおれの家でやるんだ。週末は親父《おやじ》もお袋も留守だから、おまえも絶対にくるんだぞ」

サーシャはアイロンを当てたばかりの白いワイシャツにスクール・タイを締め、新しいスーツに袖《そで》を通した。ベンの家に着いたとたん、恐るべき間違いをしてしまったことに気がついた。パーティにくるのはクラスメイトが何人かだけで、ビールをがぶ飲みしてひっくり返るか、眠ってしまうか、あるいは、その両方だろうと思っていたのだった。

次の間違いに気づいたのは、レストランの上の自分と母のアパートより広い玄関に入ったときだった。男子と同じ人数の女子がいて、学校の制服を着ている者は一人もいなかった。サーシャは居間に着くはるか前にネクタイを取り、シャツのボタンを外した。

笑顔でみんなを見回したものの、自分のことを全員が知ってるらしいことにはまるで気づかなかった。一時間以上経ってようやく一人の女子と口をきいたが、彼女は現われたときとほとんど同じぐらいあっさりと消えてしまった。

「あの人、別の星からきたみたい」彼女がベンに言うのが聞こえた。

「その星がぼくのものでないのが残念だよ」ベンが応えた。

女の子と至って気楽に話せて、部屋に女性は彼女一人しかいないように思わせられるベンが羨《うらや》ましく、自分にその能力がないのが恨めしかった。というわけで、坐り心地のいい椅子に沈み、目の前で繰り広げられていることを見物すると決めた。ルールを知らないゲームを見ている野次馬のように。

凍りついたのは、とりわけ魅力的な女の子が自分のほうに歩いてくるのを見たときだった。彼女もまたあっという間に消えてしまうのではないだろうな？

「こんにちは」彼女が言った。「わたし、シャーロット・デンジャーフィールド。お友だちはチャーリーって呼んでるわ」彼女の氷はすでに溶けていたが、サーシャは依然として凍ったままだった。その氷を溶かそうと、彼女がふたたび試みた。「九月にケンブリッジへ行ければいいと思ってるの」

「数学を勉強しに？」サーシャは本当であることを期待しながら訊いた。

彼女が噴き出し、それが優しい笑いに変わって、さらには人を魅了せずにはおかない微笑になった。「違うわよ、わたしは美術史家なの。というか、せめてそうでありたいんだけどね」どうやって話をつなごうかと考えながらも、サーシャは椅子の袖に腰掛けている彼女の脚から目が離せず、それがあまりあからさまにならないよう努力しなくてはならなかった。

「アイザック・バロー賞を勝ち取るのはあなただって、みんなが言ってるわ。それに引き替え、わたしはすべての科目がぎりぎりだから、指を全部絡《から》めてひたすら幸運を祈るしかないの。足の指も含めてね」

サーシャはこの会話を何としても途切れさせたくなかったが、生まれてから美術館に行ったことなどなかったから、こう尋ねるのが精一杯だった。「好きな画家はだれ？」

「ルーベンスよ」彼女は躊躇《ちゆうちよ》なく答えた。「特にアントワープ時代の初期作品がいいわ。そして、これは間違いないと考えていいんだけど、あのころの彼はすべての作品を一人で描いているの」

「後期の作品は別人が描いたということ？」

「そうじゃないんだけど」彼女が言った。「有名になったとたんに法王からも依頼がくるようになって、有望な弟子の手助けを許したの。あなたの好きな画家はだれ？」

「ぼくの好きな画家？」

「そうよ」

「レオナルド・ダ・ヴィンチだ」サーシャは最初に頭に浮かんだ名前を口にした。

彼女が微笑した。「それはほとんど驚くに当たらないわね。だって、彼もあなたと同じく数学者だったんですもの。一番のお気に入りはどの作品？」

「『モナ・リザ』かな」サーシャは答えた。ダ・ヴィンチの作品はそれしか知らなかった。

「わたし、夏に両親とパリに行くんだけど」チャーリーが言った。「オリジナルを見るのをいまから楽しみにしているの」

「オリジナル？」

「ルーヴル美術館よ」

次にどんな話をしようかとサーシャが考えていると、チャーリーが隣りに坐り直し、身を乗り出してそっとキスをした。それから一時間、会話はほとんどなかったが、サーシャはまったく辛《つら》くなかったし、別の星からきた生物のように彼女に扱われもしなかった。

夜半を過ぎて友人の何人かが帰りはじめると、サーシャは勇を奮って言った。「送ろうか？」本当にその女性を好きならそうするのが紳士の振舞いだと、母に教えられていた。〝彼女と手をつないで歩いてもいいけど、玄関の前に着いたら頰にキスをして、『また会えるといいね』と言うにとどめるのよ。そうすれば、あなたが気にかけてくれていると彼女も思うから。何の心配もないほど順調にいったときは、電話番号を訊いてもいいけどね〟。

「ありがとう」チャーリーが応えた。

チャーリーがバッグから鍵を取り出すと、サーシャは彼女のほうへ身を乗り出し、母の助言に従おうとした。好きな女の子の唇が開き、サーシャは自分が爆発するのではないかと思った。

「今度の土曜、朝の九時ごろに迎えにきてもらえる？」チャーリーが玄関の鍵を開けながら言った。「ナショナル・ギャラリーへ行って、ルーベンスの作品を見せてあげる」

そして、家に入っていった。

自分の住処《すみか》へと歩いているときのサーシャは、確かに別の星にいた。しかも、重力のない星に。

フラム・ブロードウェイからトラファルガー・スクウェアまでの地下鉄のなかでチャーリーはほとんど一人でしゃべりつづけ、ナショナル・ギャラリーの階段を上がりきったとたんに、またもやほとんど一人でしゃべりつづけた。

サーシャにとって最初はチャーリーと一緒にいるための口実でしかなかったはずのこ

とが、恋の始まりへと変容することになった。オランダ人に誘惑され、スペイン人に騙《だま》され、イタリア人に魅了され、チャーリーにうっとりさせられた。

「ロンドンにはほかにも美術館があるのかな?」階段を下りて、トラファルガー広場にたむろしている鳩《はと》と合流しながら、サーシャは訊いた。

チャーリーは笑わなかった。そう遠くない将来、自分に答えられない質問をサーシャがするだろうことはすでにわかっていた。

フラムに戻ったとき、サーシャは彼女をモレッティズへ連れていって一緒に昼食をとりたかったが、結局は近辺のコーヒー・ショップでお茶を濁すことにした。懐《ふところ》具合が許してくれなかったこともあるが、それだけが理由ではなかった。サーシャの母に紹介するのはもう少し待ってほしいとチャーリーに頼まれたのだった。

月曜の朝、チャーリーのことがいまだサーシャの頭から去らないうちに、ミスター・クウィルターから自宅へ電話があり、会いたいからちょっと立ち寄るようにと言われた。〝ちょっと立ち寄る〟という言い方がおかしくて、サーシャは思わず笑ってしまった。

いまにも脚から力が抜け落ちてしまうのではないかと不安に駆られながら校門をくぐり、校長室へと廊下を下っていった。意識が朦朧《もうろう》とするほどパンチを浴びせられて最終ラウンドを迎えようとする、ボクサーのような気分だった。

ドアをノックすると、ミスター・クウィルターのいつもの返事が返ってきた。「どうぞ！」サーシャはドアを開けたが、校長の顔からは何一つ読み取ることができなかった。判決を聞くまでは立っているほうがよかったから、坐るようにという勧めを断わった。

「二番だったよ」ミスター・クウィルターが告げた。「おめでとう」サーシャはがっくり気落ちした。二番なのにおめでとうと言われる意味がわからなかった。「一番はマンチェスター・グラマースクールの生徒で、彼は百点満点、一方、きみは九十八点だ。もちろん」校長がつづけた。「きみはがっかりするだろうし、それも無理はない。だが、いい知らせもある。〝上級試験〟の結果を査定した結果、トリニティ・カレッジはきみにも奨学金を給付するにやぶさかではないとのことだ」

「でも、ぼくは二番だったと、たったいまおっしゃったはずですが」

「数学ではそのとおりだ。だが、ロシア語で他を寄せつけなかったのだよ」

真っ先に頭に浮かんだのは——願わくはチャーリーも……。

13 アレックス

ブルックリン

イヴァンが二十三ドルをアレックスに渡して言った。「今日もいい一日だったな。こんな簡単な金儲《かねもう》けをそう簡単にやめられるわけがない。第一、やめる理由がない。というわけだから、今度の土曜もやるぞ。十一時きっかりにきてくれ」

「土曜に限定するのはどうしてなの？」アレックスは訊いた。「毎日やったら、もっとお金が入ってくるのに？」

「そんなことをしたら、向こうの金がつづかなくなるだけだ。いずれにしても、おまえのしていることがお袋さんにばれてみろ、やめさせられるに決まってる」

アレックスは皺《しわ》くちゃの紙幣をジーンズの尻《しり》ポケットに突っ込み、パートナーと握手をした。「それじゃ、また今度の土曜日に」

「たまには時間を守る努力をしろ」イヴァンが言った。

マーケットのほうへ歩きながら、アレックスは口笛を吹きはじめた。早くも大金持ちになった——三十までにはそうなってみせると母に見得を切っていた——気分だった。毎週日曜の夜、母に十ドル渡していた。週末にマーケットで片手間の仕事をしていて、その賃金だと説明してあった。実はマーケットはすでに第二の勝手知ったるわが家になっていて、放課後、母がまだ仕事をしているあいだに露店を回って観察し、信用できるのはだれか、信用できないのはだれか——こっちのほうが大事だった——を早くも突き止めていた。果物と野菜を買うのはバーニー・カウフマンの店と決めてあった。彼は釣り銭をごまかすこともなかったし、昨日の売れ残りを押しつけたりもしなかった。

「じゃがいもを二ポンド、インゲン豆を少し、オレンジを二個」アレックスは母親に渡された買い物リストを見ながら注文した。「ああ、それからビートを一つ、お願いします、バーニー」

「三ドルもらうよ、ミスター・ロックフェラー」バーニーが紙袋を二つ差し出しながら言った。「ちょっと言っておきたいんだが、アレックス、おまえさんが客になってくれて本当によかったよ。ニューヨーク大学でも十分通用するはずだ、おれが言うんだから間違いない」

「果物と野菜をよそで買わなくちゃならなくなるみたいな口振りだけど、どうして？」

「近い将来、そうならざるを得ないからだ。二週間後にこの店を畳まなきゃならない」

「なぜ?」アレックスは訊いた。バーニーはいつまでもこのマーケットにいつづけるものと思い込んでいたのだった。

「今月末に営業許可を更新しなくちゃならないんだが、所有者が週に八十ドルの場所代を要求しているんだ。そんなに払ったんじゃ、損を出さないようにするのが精一杯だからな。どのみちおれももうすぐ六十だし、長い時間ここに立ってるのがきつくなってきてもいる、特に冬場はな」バーニーが仕入れのために毎朝四時に起きて、午後は五時を過ぎないと帰らないことを、アレックスは知っていた。

友人が一夜にして消えるのを、アレックスは受け容《い》れられなかった。訊きたいことは山ほどあったが、考える時間が必要だった。アレックスはバーニーに礼を言い、帰宅の途についた。

思案に耽《ふけ》りながら慈善商店の前を通り過ぎようとしたとき、アディーがドアを開けて、大声でアレックスを呼んだ。「ちょっと待って、アレックス。いいものがあるの」

アレックスが引き返して店に入ると、アディーが新品のスーツに見えるものをラックから外して言った。「試着してみて」

「どうしてこんなものがここにあるんだ?」アレックスは袖を通しながら訊いた。

「常連のお客さんのなかに、派手に買い物をする人がいるんだけど、何日か経《た》って、もういらないからってここへ持ってくるのよ」

きっと金持ちに違いないが、どんな男なんだろう、とアレックスは想像しようとした。

「生地は何なのかな？」彼はスーツを撫《な》でながら訊いた。

「カシミアよ。気に入った？」

「気に入らないわけがないけど、ぼくに買える値段かな？」

「あなたなら十ドルでいいわ」アディーがささやいた。

「どうして？」

「これがわたしのボスの目に触れる前に店に入ってきて、出ていくからよ」

アレックスはジーンズを脱いでズボン――ボタンではなく、ジッパーで閉じるようになっていた――を穿《は》くと、全身が映る鏡で自分の格好を確認した。ベージュは一番好きな色というわけではなかったが、それでも百ドルのスーツのように見えた。

「わたしの目に狂いはなかったわね」アディーが言った。「ぴったりじゃない。あなたのために作られたみたいよ」

「ありがとう」アレックスは十ドルを渡した。

「今度の土曜日も映画に行かない？」ジーンズを穿き直しているアレックスをアディーが誘った。

「ジョン・ウェインの『トゥルー・グリット』はどうだい。観《み》たいと思ってたんだ」スーツを畳んで袋に入れているアディーに、アレックスは言った。「きみにはどう感謝したらいいかわからないよ」

「どう感謝してくれたらいいか、考えてみるわね」店を出るアレックスに、アディーが言った。

仮住まいへ帰ろうと歩くうちに、頭のなかはどうすれば週に八十ドル稼げるだろうという思案へ移っていった。バーニーの露店を借りるのに必要な金を。週末の賭けチェスで二十ドルかそこらは手にしていたが、不足額を埋め合わせる方策が思いつかなかった。ついこのあいだ、またも昇給したとはいえ、母にそんな金の余裕があるわけはない。でも、ドミートリイならどうだろう。彼はこのあいだモスクワへ行って戻ってきたばかりだ。きっと懐も温かいはずだ。

彼をどう口説くか、作戦は帰り着くはるか前にできていた。玄関のドアを開けると、ドミートリイの調子っ外れの歌声が聞こえてきた。アレックスはキッチンへ行き、モスクワの土産話に耳を澄ませた。

「魅力的な街だぞ」ドミートリイが言った。「赤の広場、クレムリン、レーニン廟《びょう》。おまえもいつかモスクワを訪ねるべきだな、アレックス」

「お断わりだね」アレックスはきっぱりと拒絶した。「レーニン廟に興味はないよ。ぼくはもうアメリカ人だ。大金持ちになるんだ」

その話はもう何度も聞いていたからドミートリイは驚きもしなかったが、今回はそこにもう一つの新たな言葉が付け加えられて、それに驚くことになった。「だから、ぼくのパートナーになってもらえないかな」

「そりゃどういう意味だ？」ドミートリイは訝った。

「余分なお金はどのぐらいあるの？」アレックスが訊いた。

ドミートリイはためらっていたが、ようやく教えた。「三百ドルほどかな。海の上じゃ、使おうにもほとんど使い道がないからな」

「それを投資する気はない？」

「何に？」

「物じゃなくて、人にだよ」アレックスは言った。流しに湯を溜《た》めて皿を洗い終わるころには、三百二十ドルが必要な理由と、朝四時に起きるつもりでいる理由の説明が完了していた。

「お母さんは何と言ってるんだ？」ドミートリイはそれだけ言った。

「まだ話してない」

次の月曜、アレックスは授業に集中するのが難しかった。半分眠っていたが、起きていることができた生徒はわずかに六人で、しかも彼が半分眠っていることに気づいた者は、教師を除けば一人もいなかった。

四時にベルが鳴ると、真っ先に教室をあとにしてマーケットへと走りつづけた。バーニーの露店に飛び込むと、息が整うやすぐさま、客の相手をしている老店主に質問を浴びせはじめた。

「ぼくがここを借りたら」アレックスは言った。「ここで仕事をつづける気はある？」

「おれは自転車操業の苦しみから解放されようとしてるんだぞ、それなのに、まだペダルを踏みつづけさせようってのか？」バーニーがにやりと笑った。

「でも、毎朝、ぼくが仕入れをすれば、あなたは八時前にここへこなくてすむわけでしょう。午後だって、放課後はぼくが代わりますよ」

バーニーは応えなかった。

「週給は四十ドルです」紙袋に葡萄《ぶどう》を入れて客に渡そうとしているバーニーに、アレックスは言った。

「考えさせてくれ」バーニーが言った。「だが、おれがうんと言ったとしても、それですべて解決とはいかないぞ」

「何が問題なんですか？」アレックスは訊いた。

「何がじゃなくて、だれがだ。おまえさんの計画を認めてもらわなくちゃならない相手がもう一人いる」

「それはだれですか？」アレックスは訊いた。「あなたがうんと言ってくれるまで、母に話すつもりはないんですけど」

「おれが言ってるのは、おまえさんのお袋のことじゃないよ」

「だったら、だれですか？」

「おれの露店の権利を持っている男さ。このマーケットの露店の大半の権利を持っているんだが、おまえさんには充分な支払能力があると、そのミスター・ウルフに認めさせなくちゃならん。なぜなら、営業許可を保証できるのが彼だけだからだ」

「では、ミスター・ウルフに会うにはどこへ行けばいいんです？」

「オーシャン・パークウェイ三〇四九番地に事務所を構えてる。毎朝六時にそこへ出てきて、夜の八時より早く引き上げることはない。言っておくが、アレックス、あの男はそれはそれは卑《いや》しいろくでなしだぞ」

「明日の午後、同じ時間にここへきます」アレックスは家に帰ろうとしながら言った。

「そのときには、この店はぼくのものになってるはずです」

キッチンに飛び込むと、テーブルを前にして坐《すわ》っていたドミートリイが片目をつぶって見せた。そこでのお喋りではありとあらゆることが話題になったが、アレックスは一番の関心事を明らかにするのを辛抱強く我慢し、母が仕事に出かけるのを待った。

「あなた、ほとんど食べてないじゃないの」エレーナが時間を気にしながら言った。

「お腹《なか》が空《す》いてないだけだよ、お母さん」

「今夜は仕事なの?」エレーナが訊き、アレックスはばれたかと一瞬不安になったが、すぐにその真意に気がついた。

「そうなんだ。建国の父たちに関する小論文を書かなくちゃならないんだよ。ハミルトンとジェファーソンについて、そして、彼らが一緒に合衆国憲法を作ることになった経緯について、勉強しているところなんだ」

「面白そうじゃないの。書き上げたらここのテーブルに置いておいてもらえないかしら。今夜、帰ってから読ませてもらうから」エレーナがコートを着ながら言った。

「おまえのお袋さんは馬鹿《ばか》じゃないぞ」玄関が閉まるのを待って、ドミートリイが言った。「おまえがハミルトンやジェファーソンよりロックフェラーやフォードに興味を持っていることを知られたら、大揉《おおも》めに揉めるんじゃないか?」

「それなら、知られないようにすればいいさ」

アレックスはオーシャン・パークウェイを歩きながら、ミスター・ウルフにどう話すか、予想される質問にどう答えるか、もう一度復習した。新しいスーツで決めてはいたが、週に八十ドルを支払う余裕がある人物に見えるかどうかは祈るしかなかった。これから対峙《たいじ》する相手をどう説得するか、頭がそれだけに占められていたせいで三〇四九番地を通り過ぎてしまい、引き返すはめになった。ミスター・ウルフの事務所の前に着くと、深呼吸を一つしてからドアを開け、一気になかに入った。カウンターの向こうに取り澄ました中年女性が坐っていたが、彼女は若者の姿を見て驚きを隠せなかった。

「ミスター・ウルフにお目にかかりたいんだが」アレックスは彼女が口を開くより早く用向きを告げた。

「お約束かしら？」

「そうではないけど、きっと会ってもらえるはずだ」

「お名前は？」

「アレックス・カルペンコ」

「席にいらっしゃるかどうか確かめてきます」彼女は隣りの部屋へ姿を消した。

「いるに決まってる」アレックスはつぶやいた。「そうでなかったら、席を外していると言ったはずだものな」そして、檻《おり》のなかの虎《とら》のようにそこを歩きまわりながら、猛獣使いが戻ってくるのを待った。

ようやくドアが開き、女猛獣使いがふたたび姿を現わした。「十分でよければお目にかかるそうですが、ミスター・カルペンコ」ミスター・カルペンコと呼ばれたのは初めてだった——果たして吉兆だろうか？「それ以上は無理です」彼女がきっぱりと宣言し、脇《わき》に寄って道を開けた。

アレックスはネクタイを直し、背筋を伸ばしてミスター・ウルフのオフィスへ入った。

実際より年上に見えてほしかった。露店の所有権を持っている男が、散らかった机から顔を上げた。オリーヴグリーンの三つ揃《ぞろ》いのスーツに茶色の開襟《かいきん》シャツという服装だった。禿《は》げていることを何とか隠そうと、残り少なくなった髪が頭頂部を横断していた。食事に出るとき以外はほとんど席を離れないことを、だぶついた顎《あご》が明らかにしていた。

「用は何だ、若造?」半分になった葉巻をくわえたまま上下させながら、ウルフが訊いた。

「バーニー・カウフマンの露店ですが、更新期限がきたらぼくに引き継がせてもらえませんか?」

「賃貸料を払う当てがあるのか?」ウルフが訊いた。「おれの露店は安くないぞ」

「それはパートナーが提供してくれます、金額が折り合えばですけどね」

「金額はもう決まってる」ウルフが言った。「だから、問題はおまえがそれを払えるかどうかだけだ」

「契約期間は何年ですか?」アレックスは主導権を取り戻そうとして訊いた。

「五年だ。それから、契約書にサインするのは成年でなくてはならない」

「現金の前払いで、ひと月当たりの賃貸料を二百五十ドルでどうでしょう」アレックスは交渉を開始した。「これで決めましょうよ」

「ひと月当たりの賃貸料は三百二十ドルだ、若造」葉巻はくわえられたまま上下するだけで、口から離れることがなかった。「しかも、この目で現金を見ないと駄目だ」

その金額を払えないことはわかっていたから黙って引き退《さ》がるべきかもしれなかったが、後先を考えないギャンブラーよろしく金は何とかなるものだといまや信じているアレックスは、わかったとうなずいた。ウルフがようやく葉巻を口から離し、机の引き出しから契約書を取り出してアレックスに差し出した。「サインする前に注意して読むんだぞ、若造。小賢《こざか》しい弁護士どもが異議申し立てをしてきたことがないではないが、あいつらが勝った試しは一度もないんだからな。よく読んだらわかるだろうが、違約条項はすべておれに有利にできているんだ」

ウルフの口に葉巻が戻った。彼はそれを深く喫《す》い、紫煙をたっぷり吐き出して言った。「明日の朝、早い時間に金を持ってここへくるんだ、若造。学校へ行くんだろうが、遅刻させたくないからな」

これがギャング映画なら、ジェイムズ・キャグニーがウルフを蜂《はち》の巣にしてこの帝国を乗っ取っただろう。だが、現実の世界にいるアレックスはウルフの事務所を肩をすぼめるようにしてあとにすると、のろのろと帰宅の途についた。ふた月目の賃貸料を払えるだけの儲けをあの露店で上げられるかどうか、自信があるとは言えなかった。

最初のひと月分の賃貸料――三百二十ドル――はすでにドミートリイが工面してくれていたが、母の許しはまだ得ておらず、許してくれたとしても見返りに何を要求されるかはよくわかっていた。最近は学校の勉強にしっかり励んでいるとは言い難く、クラスで上位六人のなかに何とかいつづけてはいるものの、この数カ月はその場しのぎもいいところだった。そんな状態で、放課後はほとんど毎日バーニーの露店で過ごして商売を学び、週末はイヴァンと一緒に生き延びるのに足りるだけの余分な金を稼ぐことに費やしていると、二週間後、驚いたことに校長から呼出しがあった。個人的なことについて会って話をしたいから、土曜の午前中に校長室にくるようにとのことだった。

午前十時になる一分前に校長室の前に立つと——四時に仕入れに行って、八時にバーニーがくる前に一時間仕事をしていた——、ドアをノックし、入室を許可する返事を待った。

「ニューヨーク大学へ進みたいという希望はいまも変わっていないのかな、カルペンコ?」アレックスが着席もしないうちに校長が訊いた。

アレックスはこう言いたかった——いいえ、いま考えているのは〈シアーズ〉と張り合う帝国を築き上げることです。そのためには、大学へ行く時間はありません。だが、こう答えるにとどめた——「はい、サー」。もっと勉強し、大学に行けるだけの成績を収めると、母に約束していた。

「それなら、もっと学業に専心しなくてはならないな」校長が言った。「最近のきみは頑張っているとは到底言えない。いまさら念を押すまでもないと思うが、入学試験までもう半年もないし、試験官は林檎《りんご》一ポンドがいくらするかに関心があるわけでもない」

「もっと勉強を頑張ります」アレックスは言った。

校長は納得したようではなかったが、それでも、帰っていいとうなずいた。

「失礼します、サー」アレックスは言った。校長室を出るや、最初から最後まで走りに走ってプレイヤーズ・スクウェアを目指したが、時計を睨《にら》んで行きつ戻りつしているイヴァンを見た瞬間、何分か遅れたことに気づかざるを得なかった。十二人のかもがすでにチェス盤を前にして、最初の一手を指すのをじりじりしながら待っていた。

「今回はどんな言い訳を聞かせてくれるんだ？」イヴァンが咎《とが》めた。


船がレニングラードへ着くと、ドミートリイは必ず港の近くの、ほとんど毎晩コーリャの姿があるはずの飲み屋へ直行することにしていた。

コーリャと目が合うや、ドミートリイは店を出て街を横断し、モスクワ駅へ行く。そこで各駅停車の切符を買い、十六番ホームと十七番ホームのあいだの待合室に入る。コーリャが現われるまでに、隅の、窓から離れていて覗《のぞ》き見られる心配のない席を確保する。ほとんど人気はなく、ときどき街娼《がいしょう》が客を漁《あさ》りにくるぐらいだが、彼女たちにしても、せいぜい十五分もしたら追い出されてしまう。

コーリャとドミートリイも、一緒にいる時間は十五分と決めていた。観察力の鋭いポーターや非番のKGB――こっちのほうがまずかったが、実は彼らに非番はなかった――に見つかり、不審に思われるのを避けなくてはならないからだった。密会のルールは最初のときに決めてあった――お互いに訊くべきことを準備しておく、答えのいくつかについても同様にする。今回はエレーナとアレックスが国外へと逃げてから最初の密会であり、コーリャが何としても知りたがるのは姉と甥《おい》が新世界でどうしているかだろう、とドミートリイは確信していた。

コーリャはやってくるやドミートリイの隣に腰を下ろし、新聞を広げた。握手も、元気かの挨拶《あいさつ》も、軽口も省かれた。

「エレーナはマリオズというピザ・パーラーで働いている」ドミートリイは口を開いた。「もう三回も昇進していて、いまや副店長だ。マリオでさえわが身を案じはじめているぐらいだよ。エレーナの唯一《ゆいいつ》の問題は肥《ふと》り出したことかな。まあ、本人がそう思っているだけだけどな。ここの将校クラブにいたときには心配する必要のないことだったんだろう」

「男はいるのか?」

「アレックスを別にすれば、おれが知る限りでは一人もいない」

「アレックス?」

「アレクサンドルだよ。アレックスと呼べと言ってきかないんだ。よりアメリカ人らしいんだとさ」

「学校はどうなんだ？」

「成績は十分に上位だが、もっとできるはずだ。すでにニューヨーク大学への入学が決まっていて、秋からは経済学を専攻することになってる。だけど、もし本当にやりたいことをやってもいいと言われたら、大学をすっ飛ばして、すぐに実社会へ出ていくだろうな。なにしろ、自分を次のジョン・D・ロックフェラーだと見ているんだから」

「ロックフェラー？」

「アメリカ実業界の巨頭だよ――彼の名前を冠《かぶ》せたビルまである」ドミートリイは教えてやった。

新聞をめくりながら、コーリャがにやりと笑った。「だが、エレーナを見るおれの目に間違いがなければ、それでも息子を大学へ行かせて、彼女が言うところのきちんとした職に就かせたがるだろうな」

「まったくそのとおりだよ」ドミートリイは同意した。「しかし、アレックスは大金持ちになると決めているからな。ついこのあいだも、自分の新規事業に三百二十ドル投資しろと言ってきたぐらいだ」

「おまえさんにその余裕がある理由を知っていてのことなのか？」

「そうじゃない。海の上にいるあいだは金の遣いようがないんだというような話をしたことはあったけどな」

「その理由を感づかれるのは時間の問題かもしれんぞ。だが、白状すれば、おれだって金があったら、あいつになら投資すると思う」コーリャが言った。「あいつは自信を父親から、常識を母親から受け継いでいる。そのロックフェラーが何者かは知らないが、彼もあいつからは目を離さないほうがいい」

ドミートリイは声を上げて笑った。「おれの投資がどうなっているかについては、逐一おまえさんに報告してやるよ」

「楽しみにしてるよ」コーリャが言った。「エレーナとアレクサンドルによろしく伝えてくれ」

「もちろんだ。二人に伝えてほしいことが何かあるか?」

「あるとも。どうやらおれは港湾労働組合の次の委員長になるらしい。したがって、コンスタンチンの遺志を引き継ぐことになるわけだ。まあ、彼には到底敵《かな》わないけどな」

「きっとコンスタンチンはおまえさんを誇りに思ってるぞ」

「いや、それはまだ早すぎる。乗り越えなくちゃならない問題がまだいくつか残ってるんだ。とりわけポリヤコフが厄介で、あいつは独自の候補者を立て、そいつを委員長にしようとしている。筋金入りの熱烈な共産党員で、そいつが委員長になったら、何だろうと組合の情報はポリヤコフに筒抜けだ」

「それはつまり、当日港にいながらエレーナとアレックスの国外逃亡を防げなかったにもかかわらず、ポリヤコフはいまもそのときの地位を守っているということか？」

「実は、あいつはあの大失態を自分に有利になるよう逆手にとったんだ」コーリャが言った。「逃亡を企てる者が出るかもしれないという密告があったので、自分はカップ戦の決勝の応援に行かなかったと港湾司令官に報告したのさ」

「それなら、なぜポリヤコフは二人を逮捕しなかったんだ？」

「一人きりでいるときに十数人の男に不意を襲われて動けなかったと弁明し、そこにいたのが自分でなかったら、もっとはるかに大勢の反体制の連中があの船に乗っていたはずだと主張したんだ」

「そんな言い訳が通用したのか？」

「そうなんだろう。だが、聞いたところでは、あいつの近い将来の昇進はないらしい」

「おまえさんに疑いの目は向けられなかったのか？」

「ああ、向けようがなかったからな。おれは後半が始まるはるか前に競技場に戻って、それから一時間は北の立ち見席をあちこち移動しつづけた。だから、試合が終わったときには、千人を超す労働者仲間がおれを見たと断言できた。というわけで、おれは潔白だと見なされた」

「それなら一安心だ」

「実はそうでもないんだ」コーリャが言った。「ポリヤコフが納得していないんだよ。おれが労働組合の委員長になるのを何としても阻止するとあいつが決めている、それがもう一つの理由なんだ」

「で、どっちが勝ったんだ？」

「勝ったって、何に？」

「カップ戦の決勝だよ。聞いてきてくれと、アレックスにずっと頼まれていたんだ」

「こっちがモスクワを叩《たた》きのめしたに決まってるだろう。スコアは2－1だけどな。でも、レフェリーがKGBで、向こうに有利な笛を吹いていたんだ」

ドミートリイはふたたび声を上げて笑い、時間が迫っていることに気づいて付け加えた。「ほかにおれに話しておくことはないか？」

「ある」コーリャがまた新聞をめくりながら言った。「アレクサンドルが知ったら面白がるかもしれない話だ。あいつのクラスメイトだったウラジーミルが、コムソモール大学の委員に選出された。今度おれとおまえさんが会ったときには委員長になっているかもしれんが、そうだとしても驚くなと伝えてくれ」

「最後に一つだけ」ドミートリイが言った。「おまえさんのヴィザを何とかできたら、ニューヨークへきて一緒に暮らすことを考えてもらえないかな？　エレーナがそれを知りたがっているんだ」

「エレーナの優しさはありがたいが、ポリヤコフがいるあいだはヴィザは絶対に下りない。それに、おれにはまだここでやるべき大事なことがある。わかってくれるかどうかはともかく、親愛なる姉にそう伝えてくれ」コーリャが新聞を畳んだ。話すべきことはすべて話し、聞くべきことはすべて聞いたという合図だった。ちょうどそのとき、列車が十七番ホームへ入ってきて、ブレーキを軋《きし》ませながら停止した。

ドミートリイは立ち上がると、押し合いへし合いしながらプラットフォームに群れはじめた人々に紛れ込み、船へ帰る長い道のりを歩き出した。ときどき振り返って尾行されていないことを確かめながら、コーリャのことが心配でならなかった。彼が引き受けている危険は、彼が共産主義体制を忌《い》み嫌っているが故《ゆえ》だった。ほかの情報提供者と違って、決して金を要求しなかった。金で買えない人間は確かにいるのだ。

14 サーシャ

ケンブリッジ大学

書き上げた論文を読み直して二カ所手直しをするや、サーシャは時計に目を走らせた。学生であることを示す裾《すそ》の長い黒いガウンを急いで羽織り、階段を駆け下りて中庭を突っ切ったあと、今度は階段を駆け上がって、四階で足を止めた。十時を知らせるチャイムの最初の音が聞こえたのと同時だった。

ストリーター博士の授業に、遅刻は一分たりと許されなかった。中庭の大時計が鳴った瞬間に講義が始まり、一時間後に同じ大時計が鳴った瞬間に講義が終わるのである。サーシャは息を整えてドアをノックし、十回目のチャイムの音とともに入室した。すでに二人の学生が煖炉《だんろ》の前に坐って、きつね色にトーストしたクランペットを愉《たの》しんでいた。

「おはようございます、ストリーター博士」サーシャは小論文を差し出した。

「おはよう、カルペンコ」ストリーターがロシア語で応《こた》えた。「きみはクランペットを食べ損ねたわけだが、時間を守るのは得意ではないようだな。それでも、お茶にはまだ間に合うぞ」

「ありがとうございます、サー」

ストリーターが四つ目のカップにお茶を満たしてから口を開いた。「今日はレーニンとスターリンの関係を考えたい。レーニンはスターリンをまったく尊敬していなかっただけでなく、露骨に見下していた。しかし、革命を成功に導くためには政治的な敵対者を何としても排除しなくてはならず、それには金が必要だとわかってもいた。そこに登場したのが、グルジアの若きならず者で、彼は敵の排除と金の獲得という二つの任務を喜び勇んで実行した。銀行を襲い、邪魔をする者はためらうことなく殺した。たまたま居合わせた無辜《むこ》の人々にも容赦はしなかった」

ストリーター博士は歴史の裏側を明らかにしつづけ、サーシャはそれをノートに取っていった。自分がロシアの歴史について本当は何も知らないに等しく、レニングラードの教師たちは歴史の改竄《かいざん》という非道を企てるＫＧＢが検閲した教科書の記述を鸚鵡《おうむ》返しにしていただけだったのだと気づくのに、長い時間はかからなかった。

「私は証明された事実にしか関心がない」ストリーターが言った。「もちろん、それは信頼できる証拠に裏付けられていなくてはならない。そして、プロパガンダは証拠にはなり得ない。あれは果てしなく繰り返して、騙されやすい者たちに事実として受け容れさせるための小細工に過ぎない。たとえばスターリンは、一九四一年には自分はモスクワにいて、ドイツ軍が二十マイル足らずのところまで迫ってきたときには前線で指揮を執っていたと全国民を納得させることに成功した。ところが、実はそのときはクイビシェフへ逃げてしまっていて、ドイツ軍が撤退しはじめるやモスクワへ戻ったのではないかという説もある。私は後者のほうがはるかに有望だと考えるが、〝有望だと考える〟としか言えないのは何故《なぜ》だと思う？　それは反論の余地のない証拠を私が持っていないからであり、歴史家としては確率が九十パーセントでも充分とは言えないからだ」

サーシャは週に二回のその講義が面白く、一度も欠席したことがなかったが、その一方で、ベン・コーエンから学究的であるだけが人生ではないと説得されつづけていた。ベンはこのところ学生自治会に入り、政治に関心を持ちはじめていた。一向に諦《あきら》める様子がないまま攻め立てられて、サーシャはついに降参し、次の討論会に一緒に参加することに同意した。サーシャがトリニティ学寮《カレッジ》の外へ出ることは滅多になかったが、ニューナム学寮《カレッジ》でチャーリーと時間を過ごすときは別だった。しかし、ストリーター博士は最初の講義のとき、いまここにいる三人は全員が数学の優等卒業試験の一級合格者になることを期待すると明言していた。それ以外は絶対に受け容れられない、と。この三人が運動で後れを取ったとしても、自分の任務は彼らの頭を鍛えることであって、筋肉を鍛えることではない、というのが博士の考えだった。しかしサーシャは、学生自治会に顔を出すぐらいは害はないだろうと感じていた。

一時間はあっという間に過ぎて、ふたたびチャイムが鳴ると、サーシャはノートを閉じた。広げていた資料を渋々まとめて部屋を出ようとしたとき、ストリーター博士に呼び止められた。「ちょっといいかな、カルペンコ？」

「はい、もちろんです、サー」

「今夜だが、何か予定があるのかな？」

「学生自治会へ行こうと思っていました」

「〝この学寮は女王と国のためには戦わない〟だったな」

「はい、サー。あなたもいらっしゃるんでしょうか？」

「いや、私は行かない。いまでも戦争の最中なんだ」ストリーターは言ったが、そのあとに説明はつづかなかった。「しかし、いつか予定のない夜に、夕食のあとで私とチェスをやらないか？　そこではキングやクイーンやナイトが牢獄《ろうごく》につながれることも、処刑されることも、暗殺されることもなく、ただ盤上を移動して、ときどき排除されるだけだ」サーシャは微笑した。「だが、これだけは言っておかなくてはならないだろうな、カルペンコ、私には秘めた動機がある。実は私はこの大学のチェスの代表チームの部長を仰《おお》せつかっている。というわけで、オックスフォードとの対抗戦に選抜すべき腕の持ち主かどうか、きみの技量を確かめたいと考えているのだよ」

「彼女とはもう寝たのか？」

「ベン、おまえはおれが出くわしたなかで一番の無礼者だな」

「そう思うとしたら、それはおまえが世の荒波から手厚く守られた人生を送っているおかげだからだ。さあ、質問に答えろ。彼女と寝たのか？」

「まだだ。白状すると、彼女がおれをどう思っているかすらよくわからない」

「どうやったらそんなふうに頭抜けた頭のよさと頭抜けた頭の悪さを同時に持てるんだ、サーシャ？　チャーリーはおまえに首ったけだ。それに気づいていない人間はおまえだけだ」

「だけど、そうだとしても簡単じゃないだろう」サーシャは言った。「だって、ニューナム・カレッジは六時を過ぎて男を部屋に入れるのを禁じているし、万一入れたとしても――おれの記憶が正しければ――、その男は常に二本の足を床に着けて立っていなくちゃならないんだからな」

「おまえはびっくりするかもしれんが、サーシャ、大抵の人間は六時になる前にセックスすることを知ってるぞ。しかも、二本の足を床に着けたままでできるってこともな」

サーシャはまだわからないようだった。「だけど、おれがおまえに会いにきたのはそんなことを教えるためじゃない。今夜の討論会に行く気は変わってないんだな？」

「〝この学寮は女王と国のためには戦わない〟か」サーシャは言った。「馬鹿げた主張だけど、行くよ。こてんぱんに論破されるのを見にな」

「おれにはそこまでの確信はないな。女王は公営住宅に住むべきだという理想論を喜んで支持する、急進的な左翼が山ほどいるんだ。だけど、おまえにきてほしい、もう一つの理由がある。おまえがおれの最新のガールフレンドに会えるからだ」

「彼女とはもう寝たのか？」サーシャはにやりと笑って訊《き》いた。

「まだだけど、そう遠くはないはずだ。彼女はおれに入れ上げてる。そして、おれはそれを知ってるんだから」

「ベン」サーシャは軽蔑《けいべつ》の口調で応じた。「英語はキーツ、シェリー、そして、シェイクスピアの言語なんだぞ、わかってるんだろうな」

「そして、おまえはハロルド・ロビンズを読んだことがないに決まってるよな」

「ああ、そのとおりだ」サーシャは大袈裟《おおげさ》にため息をついて見せた。「だが、〝おれに入れ上げてる〟なんて上品な形容をおまえにされる不幸なレディにお目にかかる理由がほかにないとなったら、行くしかないだろうな」

「実は彼女はとても聡明《そうめい》でもあるんだ」

「そんなことはあり得ない。考えてもみろ、おまえの相手だぞ」

「そして、学生自治会でただ一人の女性委員でもある」ベンは友人の嘲《あざけ》りをものともせずに言い返した。

「だったら、ますます高嶺《たかね》の花じゃないか」

「いったんベッドに連れ込んだら、高嶺の花なんてものは存在しなくなるんだ」

「ベン、おまえ、本当にそれしか頭にないんだな」

「チャーリーも誘ったらどうだ？　そうすれば、討論会のあとで一緒に晩飯が食えるだろう」

「わかった、降参だ。さて、そろそろ帰ってくれ。一時間後に講義があるんで、その前に小論文の見直しをしなくちゃならないんだ」

「おれなんか、まだ書いてもいないぞ」

「土地経済学をやってる連中でも小論文を書かなくちゃならないとは、いまのいままで知らなかったな」

　サーシャにとって学生自治会へ行くのは初めてだったが、討論会の会場に足を踏み入れるやいなや、ベンがここの常連であることがわかった。最前列に近いベンチに二つの席を確保したとおもうと、すぐさま周囲のベンチでの騒々しいお喋《しゃべ》りの仲間入りをした。

それがようやく収まったのは、自治会役員が入ってきて、会場の前の一段高くなったところに据えられた三脚のハイバックの椅子《いす》に腰を下ろしたときだった。

「真ん中に坐っているのがケアリー」ベンがささやいた。「いまの自治会の委員長だ。いつの日か、おれがあそこに坐ってやるんだ」サーシャが苦笑したとき、ケアリーが立ち上がった。「では、副委員長にこの前の委員会の議事録を読み上げてもらいます」

クリス・スミスが議事録を読み上げているあいだ、サーシャはぎっしり埋まっている一階席を見わたし、さらに二階席を見上げた。そこも混んでいて、熱心な学生が手摺《てす》りから身を乗り出さんばかりに討論の開始を待っていた。

議事録の読み上げが終わって副委員長が着席すると、ふたたび委員長が立ち上がった。「紳士諸君、国会議員であるライト・オナラブル・ミスター・アントニー・ウェッジウッド・ベンに、これから本日の討論会の口火を切っていただきます。テーマは〝この学寮は女王と国のためには戦わない〟です」

立ち上がったミスター・ベンは、大きな、熱い拍手喝采《かっさい》に迎えられた。サーシャは会場を見回して、ここにいる学生の大多数が彼を支持しているらしいとわかった。

「委員長、この討論会に招いていただき、今日のテーマについて最初の発言を許されたことを嬉《うれ》しく思います」ミスター・ベンが口を開いた。「そのとりわけての理由は、イギリスが民主国家でないことをわれわれ全員が知っているからであります。国家の長が選挙で選ばれてもいないのに、一体だれがそんなことを主張できるでしょう？　第二院を構成している大多数が七百人の世襲貴族で、その大半が生活するための仕事を必要とせず、自分たちの生得の権利が脅《おびや》かされたときには必ず登院して投票する、それだけが議会への寄与なのです。それなのに、まさにそういう人々が、自分たちが敵と見なした相手との戦争に若者を送り込むべきかどうかを決めることができるのです」

「異議なし《ヒヤ・ヒヤ》！」と「恥を知れ《シェイム》！」という、どちらとも優劣のつけがたい激しい野次に、ベンはしばしば演説の中断を余儀なくされた。サーシャは必ずしもその演説の内容に与《くみ》するものではなかったが、この会場にいる全員の耳目をベンが集めていることは否定できなかった。ベンが着席するや、それまでにも増して大きな、会場が揺れるほどの拍手喝采と怒号が湧《わ》き起こった。

ミスター・ベンに反論すべく堂々たる紳士、保守党代議士のサー・ヒュー・マンロー提督が立ち上がり、第二次世界大戦においてイギリスが国王と祖国のために戦わなかったら、バッキンガム宮殿の玉座につくことになったのは女王エリザベス二世ではなく、アドルフ・ヒトラーだったはずだと指摘した。とたんに、ミスター・ベンの演説には徹底して沈黙を守っていた一画から「異議なし！」の声が轟《とどろ》いた。マンロー提督が席に戻ると、双方の応援弁士がやはり優劣つけがたい熱のこもった演説をしたが、サーシャには依然としてミスター・ベンのほうに分があるように見えた。

そのあとにつづいた四人全員の演説に注意深く耳を澄ませたあとも、これほどまでに異なる見解をこんなにおおっぴらに、しかも、反動を恐れる様子もなく表明できることへの驚きは解消されなかった。これがレニングラードだったら、学生の半数はもう逮捕され、弁士の少なくとも二人は、銃殺はされないまでも刑務所送りになっているはずだった。

自治会委員長がふたたび立ち上がり、聴衆に向かって投票に移る前に発言を許可する旨《むね》を宣言したあと、きっぱりと付け加えた。「ただし、一分以内でお願いします」次から次へ途切れることのない発言がつづき、女王と国のために戦うことはしないと宣言する学生がいる一方で、他国の支配下に置かれるぐらいなら戦場で死ぬほうを選ぶと断言する学生もいた。オックスフォード大学の元学生自治会委員長だったというタリク・アリの演説を聴いたあと、サーシャはもはや自分を抑えきれなくなっていることに気づいた。委員長が次の発言を求めた瞬間、思わず弾《はじ》かれたように立ち上がってしまい、自分のほうをケアリーが指さしたのを見てぎょっとした。

会場の前のほうへ向かってのろのろと歩きながら、サーシャは早くも後悔しはじめていた。彼がどっちの応援をするのかわからず、会場は静かになっていた。震えを抑えるために、送達箱《ディスパッチ・ボックス》を握り締めなくてはならなかった。

「みなさん」ほとんどささやくような声だった。「私はサーシャ・カルペンコです。レニングラードで生まれて、十六年をそこで過ごしました。共産主義者に父を殺されるまでのことです」会場が初めて完全に静まり返り、そこにいる全員の目がそのままサーシャに釘付《くぎ》けになった。「殺された理由は」彼はつづけた。「労働組合を作ろうとしたからです。同僚である港湾労働者たちが、イギリスにいるみなさんが保証されているのと同じ権利を享受《きようじゆ》できるようにしようとしたからです。それは民主主義の下で生きる特権の一つです。ウィンストン・チャーチルはこう言っています——〝民主主義は最悪の政治形態である。ただし、それ以外のすべての政治形態を別にすればだが〟と。そして、そのとおりなのです。私はこの国の生まれでないことを謝るつもりはありませんが、共産主義の圧政から逃れることができ、この討論会に参加を許されているのをありがたく思っています。ロシアでは決して開くことができない討論会なのです。なぜなら、もし開いたら、ミスター・ウェッジウッド・ベンは銃殺され、ミスター・タリク・アリはシベリアの塩鉱送りになってしまうからです」

「なるほど、それはいい考えだ」と何人かが野次を飛ばし、耳障《みみざわ》りな笑いがそれにつづいた。サーシャはそれが収まるのを待って話を再開した。「あなたたちは笑うかもしれないけれども、もしここがソヴィエトだったら、今夜、このテーマに賛同の意見を述べた者は一人残らず逮捕され、この場にいるだけだった学生たちも例外なく港での労働を強いられることになるんです。それは断言してもいい。なぜなら、私自身の身に起こったことだからです」自分の言葉が仲間の学生にどう響いているか、それはまったくわからなかった。

「母と私はあの全体主義国家から脱出することができ、幸いにもイギリスへたどり着いて、難民として受け容《い》れてもらえました。それでも、ここでみなさんにこう言わなくてはなりません。あの独裁体制と戦うためなら明日にでもソヴィエトへ帰り、共産主義者どもを駆逐して国民の一人一人が例外なく選挙権を持つ民主国家に変えられる可能性がわずかでもあるなら、喜んで命を捧《ささ》げるつもりだと」

喝采にさえぎられてサーシャはいったん口を閉じ、それを利用して考えをまとめてから話を再開した。「このテーマを公平に討論し、投票して、そのあとは友人たちとバーへ繰り出すのはまったく楽しいことです。しかし、この演説をあの国で行なったら、私は鉄格子《バーズ》の向こうへ連れていかれ、長い年月を、ひょっとしたら死ぬまで、強制収容所で過ごすことになるでしょう。今夜のテーマに反対投票をしていただくよう、心からお願いします。なぜなら、今夜のテーマを支持することは世界じゅうの悪の独裁者に手を貸すのと同じだからです。自分が独裁者である限り、専制は民主主義より優れたシステムだと、彼らはそう見なしているのです。今夜、ここからメッセージを送るのです。専制下に置かれるぐらいなら、自分たちの国とその価値を守るために命を捧げるほうがましだというメッセージを」

席へ戻ろうとすると、会場全体から承認の声が湧き起こった。ミスター・ウェッジウッド・ベンとミスター・タリク・アリが立ち上がって熱烈な拍手をしてくれているのを見て、サーシャは感動した。全員がようやく着席すると、会長がふたたび立ち上がり、賛否の決を採るための投票に移ると宣言した。

二十分後、副委員長が立ち上がり、今夜の動議が三一二票対二九八票で否決されたことを告げた。サーシャはとたんに学生の群れに取り囲まれ、祝意を評されて握手を求められた。サーシャをこの討論会に誘ったベンは、自分の席にとどまったまま勝利に浸っていた。委員の一人が彼のほうへ身を乗り出し、耳元でささやいた。「委員会室でのパーティに、きみときみのあの友人も参加してくれないだろうかと委員長が言っているんだけどな」

「もちろんだ」ベンは応え、サーシャを会場から連れ出すと、大きな階段を上がって委員会主催のパーティに加わった。

だれよりも先にサーシャに歩み寄って祝意を表したのは、ミスター・ウェッジウッド・ベンだった。

「見事な演説だった」彼は言った。「きみが政治の世界で貢献しようと考えてくれているのを願うばかりだ。きみはたくさん提案すべきものを持っているはずだからな」

「ですが、あなたと同じ側の席にいるとは限りませんよ」サーシャは言った。

「そのときは、価値ある敵として、サー付きで呼ばせてもらおうか」

サーシャがその言葉に応えようとしたとき、若い女性がやはり彼に祝意を述べようとやってきた。

「フィオーナだ」サーシャの友人のほうのベンが紹介した。「本大学学生自治会唯一の女性委員だ」

サーシャは好感を持ったが、それは彼女がその地位にいるからであるだけでなく、だれにも教えてもらう必要もない、輝くばかりの美人だからでもあった。

「初対面だなんて意外だわね、サーシャ」彼女がサーシャの腕に触って言った。

「われわれ凡俗の徒と違って、こいつは本から顔を上げることが滅多にないんだ」ベンは言ったが、サーシャの目が彼女に釘付けになっていることに気づいていなかった。

「ＣＵＣＡに加わってもらえるよう説得できないかと思ったんだけど」

「ＣＵＣＡ？」サーシャは訊き返した。

「大学保守党倶楽部《ユニヴァーシティ・コンサーヴァティヴ・クラブ》のことだ」ベンが言った。「おれもフィオーナに誘われたんだよ」

「聞いているところでは、自治会でのきみの演説はずいぶん印象的なものだったようじゃないか」ストリーター博士がクイーンを護《まも》ろうとルークを動かしながら言った。

「イギリス人はとても文明的なんですね」サーシャはチェス盤を睨んだままで応えた。

「それがどんなに馬鹿げたものであろうと、情報不足なものであろうと、自説を述べることをだれにでも認めているんですから。もちろんあなたは驚きもなさらないでしょうが、サー、レニングラードのぼくの学校には討論会ができるような組織はありませんでした」

「独裁者は他人の意見には耳を貸さないものだからな。いいかね、あのウェリントン公《こう》爵《しゃく》でさえ、首相としての最初の閣議を終えたとき、味方であるはずの閣僚が自分の命令を黙って実行するどころか、それ以外の方策を検討する話し合いを持ちたがったことに驚いたぐらいだ。鉄人公爵をもってしても、閣僚が自分の意見を持っているかもしれないという事実を受け容れる準備ができるまでには、しばらく時間がかかったんだ」

サーシャは笑い、ビショップを動かした。

「だが、警告しておくぞ、サーシャ。イギリス人は文明的かもしれないが、賢いというだけでは仲間に加えてくれないんだ。第一級の知性を疑う人間は大勢いるし、発言の中身ではなく、発言するときの訛《なま》りで判断する者もいる。さらには、名前を聞いた瞬間に敵と見なす者もいるだろう。しかし、学位を取って卒業したあともトリニティ・カレッジにとどまることを選ぶのであれば話は別だ。愚かにもこの聖なる壁の外に出るという危険を冒せば、そういう偏見に直面することになるだけだろう」

トリニティ・カレッジにとどまって次世代を教えるなど、サーシャは夢にも思ったことがなかった。つい数日前には現役閣僚から政治の世界へ進むことを考えろと励まされ、今日は監督教官からケンブリッジに残るよう勧められるとは。サーシャはポーンを動かした。

「きみには天賦《てんぷ》の才がある」ストリーター博士が言った。「カレッジがきみを手放したがるはずがない」そして、ふたたびルークを動かした。「だが、私の見るところでは、きみはわれわれをかなりつまらない人間の集まりと見なし、外の世界のほうが刺激的で征服するに値すると考える可能性がありそうだな」

「ぼくの将来をちらりとでも気にしていただいただけでも身に余る光栄です」サーシャはクイーンをつまみ上げながら言った。

「どんなものであってもかまわないから、将来について考えることがあったら必ず私に教えてもらいたい」ストリーター博士が言った。「どっちへ転んでもだぞ」

「現時点でぼくが考えていることは一つだけです、サー。チェックメイト」

　机の上の電話が鳴り出したが、ストリーター博士は目もくれなかった。

「第二次大戦終結後にベルリンを四分割し、英、米、仏、露の連合国がそれぞれ管理するという決定は、せいぜいが政治的な妥協の産物でしかなかった」電話が鳴り止《や》んだ。

「一九四九年、東ドイツになる区域に住んでいた人々が大挙して西側へ逃げ出しはじめたときの東ドイツ政府の反応は、あわてふためいて高さ十一フィートの、〝ベルリンの壁〟として知られることになる障壁を造ることだった。てっぺんに鉄条網を張り巡らせた、全長九十マイル以上にも及ぶこのコンクリートの怪物の目的はたった一つ、東ドイツ市民が西側へ逃げ出すのを阻止することでしかなかった」

電話がまた鳴り出した。

「あの壁を登ろうと百人を超す人々が命を失った。自明のことだが、共産主義の美徳の記念碑としては、そのイメージをひどく損なっている」

電話が鳴り止んだ。

「うまくいけば私が生きているあいだに、きみたちが生きているあいだにはもちろん間違いなく」ストリーター博士がつづけた。「あの壁が壊されて、ドイツがふたたび一つの国になるのを見ることができるだろう。ヨーロッパの平和を維持するには、それしか道はないのだ」

ドアに大きなノックがあった。ストリーター博士はため息をつくと渋々立ち上がり、ゆっくりと部屋を横切っていった。邪魔者に対しての第一声はすでに用意されていた。ドアを開けると、上席守衛が赤い顔で当惑して立っていた。

「パーキンズ、私はいま、講義の最中だ。このカレッジが火事だとか、あるいは、火星人が攻めてこようとしているのでない限り、邪魔をされる——」

「火星人どころではありません、サー、はるかに悪い事態です」

「しかし、火星人の襲来より悪い事態などあり得ないだろう、パーキンズ？」

「オックスフォード大学から九人が守衛詰所に乗り込んできて、戦いを望んでいるのです」

「だれと戦うのかね？」

「あなたと、サー、ケンブリッジ大学チェス・チームとです」

「日にちを間違うとは、いかにもあの連中のやりそうなことだ」ストリーター博士は机へ戻って予定表を開いたが、そのとたんに口走った。「くそ」

ストリーター博士が悪態をつくのを聞くのは初めてだったし、言葉を失うのを目《ま》の当たりにするのも初めてだった。

「くそ」ストリーター博士は少し間を置いてその悪態を繰り返すと、予定表を乱暴に閉じ、サーシャたちに向かって言った。「諸君《ジエントルメン》、途中で申し訳ないが、今日の講義はここまでにさせてもらう」そして、時計を見て付け加えた。「十九分の借りだな。今週の小論文のテーマは、〝コンラート・アデナウアーが第二次大戦後の最初の西ドイツ首相として演じた役割について〟だ。A・J・P・テイラーとリチャード・ヒスコックスを読むことを奨《すす》めておこう。そのことについて、二人は異なる意見を持っている。どちらも完全には正しくないが、諸君なら鵜《う》呑《の》みにする心配はあるまい」そのあと部屋を出ようとして、あたかもいま思いついたかのようにサーシャに声をかけた。「カルペンコ、きみにもケンブリッジ・チームの一員として戦いに参加してもらいたいのだが、どうだろう？」

上席守衛は決して疎《おろそ》かにできない緊急事態だと見なした場合にしか出さない速度で急いで階段を下りていき、その後ろにストリーター博士がつづいて、さらにその後ろにサーシャがつづいた。守衛詰所に入るや、博士は今日の対戦相手であり、実は一度も好きになったことのないウェールズ人、ガレス・ジェンキンズの友好的な笑顔と、にやにや笑いを懸命にこらえようとしている八人のオックスフォード大学の学生に迎えられた。

「失礼した、ガレス」ストリーター博士が言った。「てっきり来週だと思っていたものでね」

「予定は今日の午後四時、これがその確認文書だ、エドワード」ジェンキンズが紛《まご》うことなきストリーター博士の筆跡の署名がある文書を差し出した。

「一時間ほど待ってもらえないか、オールド・チャップ、こっちのメンバーを集めなくてはならないのでね」

「気の毒だが応じられないな、エドワード。対戦の開始は今日の午後四時と、すでに決まっている」ジェンキンズが拒否し、時計を見て付け加えた。「四時まであと十六分、間に合わなければ、われわれの完封勝ちと記録されることになる」オックスフォード・

チームはすでに祝勝気分だった。

「しかし、十六分でメンバー全員を集めるのはまず不可能だ。無茶を言わないでくれ、ガレス」

「モントゴメリー元帥《げんすい》がエル・アラメインの戦いを一時間ほど待ってくれないか、オールド・チャップ、日にちを間違えてこちらの準備ができていないんだと言ったら、ロンメルはどうしたと思う？」

「これはエル・アラメインの戦いではない」ストリーター博士は反論した。

「きみにとってはそうかもしれないがな」というのが、ガレス・ジェンキンズの返答だった。

「だが、いま、こちらには一人しかいないんだぞ」ストリーター博士は思うにまかせない苛立《いらだ》ちが募っているようだった。

「では、その一人がわれわれのほうの八人全員と戦うしかあるまい」ジェンキンズが言い、一拍置いて付け加えた。「同時に」

「しかし――」ストリーター博士が抵抗しようとした。

「ぼくはかまいませんよ」サーシャは言った。

「面白そうじゃないか」ジェンキンズが言った。「〝エル・アラメインの戦い〟というより〝軽騎兵の突撃〟だな」

ストリーター博士は渋々オックスフォード・チームを守衛詰所から連れ出し、中庭を横断して学生社交室《ジュニア・コンビネーション・ルーム》へ案内した。二人の用務員がそこの大食堂のテーブルに手早くチェス盤を並べて準備し、ストリーター博士はせめてもう一人でも味方がやってきてくれないかと、時計を見ては入口へ目を走らせつづけた。だが目に入るのは、やがてそうなるであろう完敗の目撃証人たらんと押し寄せる学生ばかりだった。

オックスフォード大学の八人はそれぞれチェス盤を前にして戦闘開始を待っていた。サーシャは橋の上に立つホレイショーのように独りで、ストリーター博士とジェンキンズは審判役としてテーブルの両側で、位置に着いた。

壁の時計が四時を打ち、ジェンキンズが宣言した。「時間だ。試合開始」オックスフォード・チームの一番手がクイーンのポーンを二枡《ます》前に進めた。それに対応すべくサーシャがキングのポーンを一枡進めたとき、ケンブリッジ・チームのキャプテンが飛び込んできた。

「すみません、サー」彼は息を整えながら言った。「試合は来週だと思っていました」

「私の過失《メイア・クルパ》だ」ストリーター博士が認めた。「二つ目の盤を引き受けてくれないか、いま始まったばかりだ」

「気の毒だが、それは認められない」ジェンキンズが拒否した。「わがほうがすでに最初の手を指している。つまり、試合は進行しているということだ。したがって、ケンブリッジ・チームのキャプテンはもはや参加資格を失っている」

ストリーター博士は異議を唱えようとしたが、モントゴメリー元帥の名前をまたもや濫用《らんよう》することになるだけだと気づいて、やむなく思いとどまった。

オックスフォード・チームの二番手が最初の手を指した。サーシャはすぐに迎え撃ち、難しい戦いに挑んでいる彼を見ようと数を増しつつある学生の視線のなか、次の盤へ移動した。数分後、ケンブリッジ・チームのメンバーがさらに二人やってきたが、やはり拱手《きょうしゅ》傍観することしか許されなかった。

サーシャは二十分足らずで相手の一番手を打ち負かし、控えめな拍手喝采を受けた。その十一分後に、次のオックスフォードのキングが倒れた。そのころにはケンブリッジ・チームのメンバー全員が姿を見せていたが、会場があまりに混んでいるために、二階席からの観戦を余儀なくされる有様だった。

オックスフォード・チームの三番手と四番手は多少長く頑張ったものの、サーシャの前には一時間と持ち堪《こた》えられずに白旗を掲げた。そのころには会場で空いているのは立ち見席だけで、二階席《ドン》は学生で膨れ上がって、そこには年配の教員も何人か含まれていた。

オックスフォード・チームの次の三人はさらに三十分抵抗をつづけたが、結局は敵の軍門に下ることになり、戦場に残っているのは大将格だけになった。〝辛抱だぞ〟という父の声がサーシャの耳によみがえった。そうすれば、最後には相手がミスをする。息子は父の声に従い、二十分後、ルークを犠牲にした。オックスフォード・チームのキャプテンはその対処を誤り、七手進んだところで後悔することになった。「チェックメイト」と、サーシャが八度目の宣言をしたのである。

オックスフォード・チームのキャプテンが立ち上がってサーシャと握手をし、頭を下げて言った。「手も足も出なかったよ」とたんに、大きな拍手喝采が轟いた。

「もちろん、完封勝ちだな」拍手喝采が収まるや、ストリーター博士は言った。「教えておくのがフェアだと思うが、ガレス、若きカルペンコは新入生なんだ。それから、来年はわれわれがきみたちのところへ遠征する番だが、そのときは必ず日時を違《たが》えることがないようにするからな」

飲み物の金を女性に払ってもらうことに慣れる日がくるものだろうか、とサーシャは訝《いぶか》った。「学生自治会の委員に立候補しようと考えたことはない？」フィオーナがビールを差し出しながら訊いた。

サーシャは受け取ったビールに口をつけ、どう答えるか、考える時間を稼いだ。「立候補して、どんな意味があるんだろう？」彼はようやく口を開いた。「どっちの党を支持するかすらまだ決められないんだぞ。そんな候補者に投票するやつなんているのかな？」

「おまえが思っているよりはるかに大勢が投票するさ」ベンが言い、ゆっくりとビールを喉《のど》に流し込んだ。「〝女王と国〟についての討論会での感動的な演説、それにつづく、たった独りでの劇的なオックスフォードのチェス・チーム完全撃破だ。おまえがロシア分離主義者として立候補したら、みんなおまえに投票するに決まってる」

「おまえは立候補しないのか、ベン？」サーシャは訊いた。

「するとも。そして、フィオーナは副委員長に名乗りを上げることになってる」ベンが断言した。

「まあ、きみの最も忠実な崇拝者がここに二人いるから、少なくとも二票は保証されたと思ってもらっていいんじゃないか」サーシャは言った。

「ありがとう」フィオーナが応じた。「でも、女がいるべき場所は台所だと考えている男性はいまも多いわよ。わたしが属している党のなかにだっているんだから」

「可哀相《かわいそう》なそいつらに」ベンがグラスを挙げた。

「もちろん、わたしのことをアッティラ・ザ・フンの右側にいるべきだと考えている労働者クラブの連中にもね」

ベンが空になったグラスをテーブルに戻して言った。「もう一杯どうだ？」

「いや、結構だ」サーシャは断わった。「今夜のうちに準備しなくちゃならないことがあるんだよ。ストリーター博士の見方では、ソヴィエト人民こそ全体主義体制下で――それが帝政であろうとも――暮らすのに最も適しているんだが、ぼくはそれは間違っていると考えている。どうしてそう考えるか、その理由を博士に説明するつもりでいるんだ」

「ずいぶんと大胆だな」ベンが言った。「自分の監督教官に異議を唱えるなんて度胸は、おれにはないな」

「おまえが講義を聴きに行ったとして、その教官はおまえだとわかるのか？」

ベンはその皮肉を無視した。「きみはどうだ、フィオーナ？　もう一杯付き合うか？」

「そうしたいのは山々だけど、ベン、わたしも寝なくちゃならないの。明日の不法行為講義の時間に眠ってしまいたくないから」

「ぼくも一緒に引き上げてもいいんだけど」ベンが言った。「あそこに自由党《リベラル》の連中がいる。委員に選ばれる可能性が多少でもぼくにあるのなら、あいつらをおだててその気にさせる必要があるからな」

「わたしを売り込むのも忘れないでね」フィオーナが言った。「それから、もう選挙が近いんだから、彼らに飲み物を奢《おご》ったりしたら立候補資格を失うわよ、それを肝に銘じておいて」

「ねえ、ベンの言うとおりよ」学生自治会のバーをあとにして石畳の小径《こみち》をキングズ・パレードへと歩いているとき、フィオーナが言った。

「言うとおりって、何が？」

「あなたが委員に立候補すべきだってことよ」フィオーナが答えた。「一回目は当選できないかもしれないけど、到達目標を設定することにはなるわ」

「何に到達するんだ？」

「もっと高い役職によ」

「ぼくはそうは思わないな。それはきみに任せるよ」

「少なくとも考えるべきではあるわね。あなたの場合、どの党を支持するかを決めたら、すぐにも学生自治会の委員長にだってなれるんだから」

「次の委員長にはきみがなるものと思っていたんだけどな」

「なるわよ。でも、委員長は毎学期選出されるんだから、わたしとあなたと両方がなったっていいじゃない」

「委員に立候補することも考えたことがなかったんだぞ」サーシャは言った。「まして委員長なんてとんでもない」

「だったら、考えるときよ。わたしのカレッジまで送ってくれるの？」

「もちろん」

「あなたって、素晴らしく古風ね」フィオーナがからかい、サーシャの手を取った。

サーシャはふたたび驚いた。女性が先手を取るなんて。いまやクイーンのポーンが一枡先に進んでいた。

フィオーナのカレッジへと手をつないで歩きながら、サーシャはチャーリーのことを考えないわけにいかなかった。彼女は間違いなく自治会をあまり好いていないし、特にフィオーナを好いていないはずだった。

「あなた、帰り道がわかるの、サーシャ？」ニューナム・カレッジの入口に着くとフィオーナが訊いてきたが、サーシャが答える間もなく付け加えた。「わたしの部屋で一杯どう？」

「守衛詰所の前をどうやって気づかれずに通り過ぎるんだ？」サーシャは出口を探しながら訊いた。

フィオーナが笑った。「教えてあげる」彼女はまたもやサーシャの手を取り、建物の裏手へと回っていった。「非常階段が見える？　四階のあの窓がわたしの部屋よ。あの窓が明るくなったら、非常階段を上がってきて」そしてそれ以上は何も言わず、立ち尽くしているサーシャを残して去っていった。

サーシャは考えをまとめようとした。このままトリニティ・カレッジへ帰ろうかと思っていると四階に明かりが灯《とも》り、フィオーナが窓を押し開けて、自覚していないロミオに微笑を送ってきた。

サーシャは非常階段に取りつくと四階へ上がり、窓から部屋へと潜り込んだ。見ると、フィオーナがベッドのそばに立ってブラウスのボタンを外しているところだった。彼女はサーシャの前に立つと、ジャケットを肩から脱がせ、首に、顔に、そして、唇にキスをした。サーシャが身体《からだ》を離すと、ブラウスはすでに脱ぎ捨てられていた。

「だけど、きみはベンと付き合ってるんじゃないのか？」サーシャは訊いた。

「彼がそう思ってくれているほうが、わたしの目的には都合がいいの」フィオーナがサーシャをベッドのほうへ引っ張りながら言った。「でも、ベンに対するわたしの関心は、ユダヤ人票をわたしのものにできる能力だけなの」

サーシャはとたんに立ち上がって彼女を押しやった。

「わたし、何か言った？」

「きみがわかっていないとしても、フィオーナ、ぼくにはそれを説明する能力がない」サーシャはジャケットを床から拾い上げると、窓のほうへ歩き出した。振り返ると、フィオーナは怒りを隠せずにいたが、それでも美しいと認めざるを得なかった。自治会の委員に立候補すると決めたのは、非常階段を下りてトリニティ・カレッジへと歩いているときのことだった。

15　アレックス

ニューヨーク大学

アレックスは金が底を突き、だれに助けを求めればいいか思案した。だが、答えは出なかった。

大学に入ったばかりの新入生は大半が何週間かかけてその日常に慣れ、落ち着くことができる。だが、アレックスにはその何週間かがなかった。バーニーの露店——地元のほとんどがまだそう見なしていた——が、まさに赤字に転落する危機に陥ったのである。あの手この手で経費削減に努めてはいたが、ウルフは依然として店に現われ、ひと月あたり三百二十ドルの家賃を請求しつづけていた。のみならず、契約書にあるとおり前払いでなくてはならないことを、定期的に思い出させるのだった。だが、いまのアレックスにはその三百二十ドルがなく、月曜の午前中にそれを現金で渡せなければ、露店はもはや彼のものではなくなるはずだった。またもやの短期融資を頼めそうなのはだれだろう？

いま、アレックスは階段教室でノートにペンを走らせていた。講義の内容を書き留めていると周囲の学生は思っているはずだったが、アレックスの頭には露店を手放さずにすむ方策を見つけ出すことしかなかった。朝食のとき、成績はクラスで常に上位六人に入っていると母に保証したが、そうだとしても、もう一つの心配を打ち明けるわけにはいかなかった。

「ウォール街の暴落が避けられていたら、そして、経済の専門家がもっと早い段階でその兆《きざ》しに気づいていたら、あるいは、彼らが……」

アレックスは自分のノートを見ながら、だれにこの苦境からの救出を頼めばいいか――母か、ドミートリイか、それとも、イヴァンか――、可能性を一人ずつ考えていった。母は話の半分しか知らず、しかも、それはいいほうの半分で、ミスター・ウルフには会ったこともないし、イヴァンについてはアレックスと一緒にマリオの店で昼食をとったときに遠目に見たに過ぎない。それに、だれであれああいう怪しげな風体の人間は好きではないと、母は一度ならず口にしていた。

母の言うとおりかもしれないと、アレックスは最近になって思いはじめていた。イヴァンはマーケットで仕事をしていることになっているが、そこで彼を見たことは、母は一度もないはずだ。それに、息子にはマーケットの商人ではなく、弁護士か会計士になってもらいたいのだと口癖のように明言している。エアコンのついたマンハッタンのオフィスで仕事をし、夜は妻と三人の子供が待つわが家へ必ず帰り、ブルックリンではなくてアッパー・イーストサイドに住んでほしいのだと。

「そんなの夢物語だよ」とアレックスは言いたかったが、スーツを着たら起業家になる街で、息子が商人《あきんど》で一生を終わるなど、母が認めるはずがないことはよくわかっていた。というわけで、母については、その名前に線を引いて消すしかなかった。

ドミートリイはどうか？　与える人であって、奪う人でないことはすでに証明されている。どこまでも信頼できて、どこまでも気前のいい人のようだ。そして、自分と母に雨露をしのぐ場所を提供してくれ、露店を持つ原資を最初に融通してくれた、まさにその人でもある。だが、その返済がまだすんでいない。さらに悪いことに、彼はいま海の上にいて、帰ってくるまで十日も待たなくてはならない。

ドミートリイは秘密を隠している、とアレックスは依然として疑っていた。だが、母の言うとおり、善良な人というだけなのかもしれない。アレックスはドミートリイという文字を、渋々線を引いて消した。結果、残る候補者は一人しかいなくなった。

イヴァン。彼との関係は徐々に脆《もろ》さを増している。チェスの賭《か》け試合に何分か遅刻しただけでたびたび癇癪《かんしゃく》を破裂させていたし、ここへきて疑わざるを得なくなってもいる――週末の賭けチェスでの上がりを公平に分配してくれていないのではないか。手帳に書かれた内容を見せてもらったことは一度もなかったし、外馬を受け付けるのはアレックスが目隠しをしているときと決まっていた。

一年が経《た》っていたが、アレックスはイヴァンのことをほとんど知らなかった。本業が何なのかも教えてもらっていなかったし、わかっていることと言えば、ささやかな輸出の仕事を副業としていることぐらいだった。それにもかかわらず、イヴァンこそがミスター・ウルフとの契約を守るための、唯一《ゆいいつ》見込みのある候補者に思われた。

アレックスはその名前をゆっくりと丸く囲むと、決心した——チェスと同じで、最大の防御は攻撃だ。今度の土曜の昼食休憩のとき、融資の話を切り出そう。

「週末を使って小論文を書いてもらいたい」講師が言った。「テーマは、〝ローズヴェルトが大統領に就任して最初の百日がターニングポイントだったかどうか〟で……」

それはアレックスが予定している週末の使い方ではなかった。

「ちょっと待て、おまえの話を整理させてくれ」目の前に大きなピザが置かれると、イヴァンがロシア語で言った。「おまえはいま露店を借りていて——」

「五年の営業許可を取ってある」

「——ひと月の賃料は三百二十ドル、そして、現時点では微々たる利益しか出ていない」

「このままだと、来月分の賃料にも足りない程度の利益だよ」

「だが、時間を十分に与えられさえすれば問題は解決すると、そう考えているわけだ」

「二つ目の露店を借りられたら、尚更《なおさら》ね」

「だけど、いま借りてる露店の賃料も払えないんだろう」

「それはそうだけど、あんたと組んだら絶対に大丈夫だという自信がある――」

「忘れろ」イヴァンがさえぎった。「二軒目の露店を借りたりしたら、損が二倍になるだけだ」

アレックスは俯《うつむ》き、手をつけていないピザを見つめた。

「だが」イヴァンが二切れ目をつまんで言った。「問題がキャッシュフローだけなら、助けてやれるかもしれん」

「何でもするよ」

「先週、運び屋の一人を馘《くび》にした。それで、信用できる代わりのやつを探してるんだ」

「でも、それはぼくがニューヨーク大学を中途退学しなくちゃならないってことでしょう。そんなことをしたら、母に親子の縁を切られてしまうよ」

「おまえならどっちの世界でも一番になれるかもしれんぞ」イヴァンが言った。「おれがおまえを必要とするのは週に二度か三度、しかも、二時間だけだからな」

「でも、そんなことで充分な稼ぎになるなんてあり得ない――」

「必ず呼出しに応じるなら、週に百ドル払ってやろう。それだけあれば、多少は手許《てもと》に残るはずだ」

「その見返りに、ぼくに何をさせようとしているの？」

「至って簡単なことだ。忘れるなよ、おれはおまえと同じ移民なんだ」イヴァンが言った。「まったくの新参者ではないかもしれないが、こっちへきてそんなに長いわけでもない。それでも、ささやかながら結構ちゃんとした輸出入業を営んでいる。そして、いつだって優秀な副官を捜している」

「薬物《ドラッグ》にまつわることには一切関係しないからね」アレックスはきっぱりと言った。そんなことをしたら間違いなくソヴィエトへ送り返されてしまう。

「おれだってそんなものに手は出さないさ」イヴァンが言った。「だが、白状すると、おれの商売はユダヤ人なら適法《コッシャー》とは言わないだろうから、おまえはあまり詳しく知らないほうがいいかもしれんな」

「盗品を扱ってるってこと？」

「必ずしもそうじゃないが、港を出るトラックの荷台から煙草《たばこ》が何カートンか落ちることだってないわけじゃないし、船が荷物を下ろしたあとの積荷目録にウィスキーの木箱が載っていないことも、ときにはあるかもしれないだろう」

「でも、それだって、ぼくがあんまりやりたいことじゃない――」

「だから、おまえにやらせるつもりはない。おまえがやるのはそういうのとは関係のない仕事だ。おれが求めているのは、現場でおれの仕事をしている連中にメッセージを届けるだけの配達人なんだ。おまえほどの頭があれば、そのぐらいは朝飯前だろう」

「だけど、そんな朝飯前の仕事に、どうして週に百ドルも払う価値があるのかな?」アレックスは訝った。

「おまえはロシア語と英語を話せる。そして、おれの運び屋の大半はロシア人だ」イヴァンが答え、尻《しり》ポケットから百ドル札を丸めた束を取り出すと、四枚を抜いてアレックスに渡した。とたんに、アレックスの質問攻勢が止んだ。

その現金の受け渡しを、エレーナはカウンターの奥から見ていた。そのお金がまっとうなものなら、だれもああいう受け渡し方はしない。それに、大好物のピザに息子がまったく手をつけていないことが、さらに不信を募らせた。

最初のうち、イヴァンはあまり喧《やかま》しいことは言わなかった。採用したばかりの新人を試しているかのようで、街に散らばるさまざまな連絡員に当たり障りのないメッセージを届けるよう頼むだけだった。そのメッセージを受け取った同胞のロシア人はほとんどがふんと鼻を鳴らして返事をするのが関の山で、言葉を発したとしてもロシア語と決まっていた。だが、イヴァンの説明によると、全員が彼と同じくKGBの軛《くびき》を逃れてきた移民で、だれだろうと人を信用していなかった。アレックスは自分が相手をしている連中を好いている振りはできなかったが、ＫＧＢを憎悪《ぞうお》することにかけては彼ら以上だという自負があった。そして、それと同じぐらい大事なのが、イヴァンが毎週きちんと給料を払ってくれることで、その金の大半は次の月曜にミスター・ウルフ――唯一儲《もう》けている人物のように思われた――のところへ逃げていった。

アレックスは午後四時ごろにニューヨーク大学をあとにし、五時にバーニーと交替できるよう、マーケットへ戻った。七時前に店を閉めることは滅多になかったが、そういうときはマリオの店で母と一緒に夕食をとった。必ず小脇《こわき》に本を二冊抱え、講義から戻ったばかりの勤勉な学生という印象を与えた。母に認めるつもりはなかったが、経済学は予想していたよりもはるかに面白かった。

夕食を食べながらガルブレイスかスミスの一章を読み、帰宅するとその内容を完璧《かんぺき》にノートに取ってからベッドに入った。その手順は修道士でさえよしと認めてくれるだろうが、アレックスが成し遂げるつもりでいることについてはそうではないだろうと思われた。

二年生になって大学へ戻るころには、アレックスは三軒の露店を借りていた。果物と野菜、宝飾品（儲けは三倍だった）、そして、衣料品。衣料品はアディーから仕入れていた。彼女は古着に見えないものは何でも取っておいてくれ、次の月曜の朝、アレックスの露店に二倍の値札が付いて並べられた。二人は毎週土曜の夜を一緒に過ごし、ときにはそれが一晩じゅうになることもあったが、それを喜んでばかりもいられなかった。なぜなら、アレックスは朝の四時に仕入れに行かなくてはならず、しかも一番いいものしか仕入れたくなかったからである。五時になると、マーケットには残りものしかなくなり、最高品質の材料を仕入れられなくなるのだ。

二年生が終わるころには、アレックスはドミートリイに借りた金を完済し、母にはニューヨークの冬に備えて毛皮のコートを買ってやっていた。慈善商店のその月のバーゲンで、六十ドルだった。自分のために配達用のヴァンを中古で買おうか、そうすれば早く配達できるし、時間の節約にもなると考えたが、卒業するまで我慢することにした。一日十六時間働いているにもかかわらず、アレックスはニューヨーク大学のほかの学生ならできるはずがないと思うはずの生活を愉《たの》しんでいた。しかし本当のボーナスは、いまや三軒の露店から大きな儲けが出ていて、露店をもう一軒（いま大流行しているカットグラスの店）増やす余裕ができたことだった。

すべては計画通りに進んでいた、逮捕されるまでは。

16　サーシャ

ケンブリッジ大学

「結果はいつ出るんだろう？」サーシャは訊《き》いた。

「投票の締切が六時だから」ベンが答えた。「いまごろは選挙管理官とそのチームが開票作業をしているはずだ。あと三十分もしたらわかるさ。もしかすると、もっと早いかもしれん」

「だけど、その結果をわれわれはどうやって知るんだ？」サーシャはひどく神経質になっていることを気取られまいとしながら訊いた。

「任期を終えた委員長が新しい役員の名前と、選出された委員の名前を発表するのさ。そのあと、われわれは祝勝会に突入するか、敗北の涙にくれるか、どちらかになる」

「二人一緒に委員《シュー・イン》に選ばれるといいな」

「おまえは確　実だよ」ベンが言った。「おれは四番目に滑り込めるのを祈るしかないな」

「そうなったら、どうやって祝う？」

「フィオーナをものにできるかどうか、最後の企てを決行しようと思ってる。彼女が副委員長になったら、おれにも見込みがあるはずだ」

サーシャはラガー・ビールに口をつけた。

「おまえの心積もりはどうなんだ？」ベンが訊いた。

「勝っても負けても、ともかくチャーリーに会いに行くよ。ここに入りびたっていた時間の埋め合わせをするんだ」

「彼女はフットライツ（訳註　ケンブリッジ大学のアマチュア演劇クラブ）に入ってからというもの、ほとんど自分のことしか頭にないぞ」ベンが言った。「おまえ、政治家じゃなくて俳優になるほうがよかったんじゃないか。そうすれば、彼女が『真夏の夜の夢』でティタニアを演じたら、夫のオベロンを演じられたかもしれないぞ」

「その役を演じるやつは運がいいな」

突然話し声が止み、任期を終える自治会委員長が入ってきた。彼は部屋の真ん中に立つと、咳払《せき》いをして、全員の目が自分に集まるのを待った。「新学期からの学生自治会役員選挙の結果は以下の通りである——委員長はミスター・クリス・スミス、ペンブルック・カレッジ、得票数七一二」

スミスの支持者が大歓声を上げてグラスを突き上げ、ケアリーは静寂が戻るのを待って報告を再開した。

「財務担当役員はミスター・R・C・アンドリューズ、ゴンヴィル・アンド・キーズ・カレッジ、得票数六九一」今度は労働者クラブのメンバーが歓声を上げた。

「副委員長、得票数四一一」ケアリーはそこで一拍置いて静粛を求めた。「ミス・フィオーナ・ハンター、ニューナム・カレッジ」部屋にいる者の半分が跳び上がり、残る半分は着席したままだった。

「これで、次の次の委員長は彼女で決まりだ」ベンが言った。

「委員として選出されたのは」ケアリーが二枚目の紙に移った。「ミスター・サーシャ・カルペンコ、得票数八一一。ミスター・ノーマン・デイヴィス、得票数五四二。ミスター・ジュールズ・ハクスリー、得票数五六〇。そして、ミスター・ベン・コーエン、得票数四四一」

「おめでとう」ベンがサーシャに温かい握手の手を差し伸べた。「おまえが委員長になるのは時間の問題に過ぎんが、いまのところは新副委員長にひれ伏しに行くとするか」

サーシャは渋々ベンについて部屋を横断し、支持者に取り囲まれているフィオーナのところへ行った。彼女はベンには友好的な抱擁《ハグ》をしたものの、サーシャに対しては、見たとたんに背を向けた。

「お祝いの夕食といこう」ベンが言った。「おまえもくるよな？」

「いや、おれはやめておくよ」サーシャは言った。「チャーリーに会いに行く。二度目のチャンスをもらえるといいんだけどな」

「幸運を祈っていてやるよ」ベンが言った。「それから、苦労しててっぺんに上れてよかったな」

サーシャは混雑している部屋をゆっくりと横断していった。何度か足を止めて、支持してくれた者たちと握手をしなくてはならなかったが、頭はすでにチャーリーに移っていて、彼女が勝利を分かち合ってくれることを願っていた。祝い方はわかっていた。ほんの一週間前に彼女の部屋でお茶を飲んだのだが、チャーリーの部屋が三階で、フィオーナの部屋の真下だとわかってぎょっとしたのだった。あのときのチャーリーの応対はいささかおざなりだったと言わざるを得ないが、それは初日の夜までわずかしかなかったからかもしれないし、サーシャのほうが自治会のことに少し頭が向きすぎていたからかもしれなかった。

トリニティ・カレッジの前を通り過ぎるころには小走りになり、ついにはニューナム・カレッジまで走り通して建物の裏へ回った。

カーテンは引かれていたが、チャーリーの部屋には明かりが灯っていた。非常階段の横木に足をかけると素速く三階まで上った。窓をノックしようとして、カーテンがわずかに開いていることに気づいた。そこからなかをうかがうと、ティタニアがオベロンとベッドにいるところが見えた。

断続的に金切り声を上げるサイレンと青く点滅する回転灯がフラム・ロードを走る車を脇に寄らせ、救急車を遅滞なく走らせつづけた。

ミスター・モレッティが倒れたと聞いた瞬間、エレーナは厨房《ちゅうぼう》を飛び出した。そして、ヘッドウェイターにすぐさま救急車を呼ぶよう指示し、自分は雇い主の横に膝《ひざ》を突いて脈を診た。それは弱かったが、彼はまだ生きていた。ジノは最寄りの電話へと走った。

「すぐに救急車がきますからね」エレーナはモレッティの手をしっかりと握って言った。その声が届いているかどうか確信はなかったが、雇い主は目を開けて微笑《ほほえ》もうとした。

救急車の音が近づいてほっとするまで何時間もかかったような気がしたが、実際にはわずか七分しか経っていなかった。

直後、二人の若い救急隊員がモレッティの横に膝を突いた。一人が脈を確かめ、もう一人が酸素マスクを病人の顔に着けた。そのあと、灰色の顔の老紳士をストレッチャーに乗せてレストランを出た。客が心配そうに立ち上がり、脇に退いて道をあけた。

「奥さまに電話をして、ジノ」エレーナはそう言い置くと、ストレッチャーに付き添って通りへ出た。そのときも、モレッティの手を握り締めていた。患者を乗せて固定すると、救急車は数秒後、病院へと加速していった。

エレーナは何とか冷静さを保とうとしながらも、もはや存在を確信できなくなってしまっている神に祈った。同乗している救急隊員は、これまでに数え切れないほど繰り返してきた手順をまた繰り返していた。まず患者の右腕にパッドを巻き付け、そこから延びている導線を小さなスクリーンに接続して、上下に動く波形を映し出す。ところが、その波形が突然、何の前触れもなく直線になった。救急隊員はすぐに緊急体制に入り、数秒ごとに患者の胸を押しながら、ときどき間を置いてモニターを確認した。数分が経過し、それでも変化がないとわかったときにようやく諦《あきら》めた。

「お亡《な》くなりになりました」彼は小声で言い、どすんと椅子《いす》に腰を落とした。これ以上蘇生《そせい》のための努力をつづけても無駄だとわかっていた。

「嘘《うそ》よ！」エレーナは叫んだ。いまの言葉を受け容《い》れたくなかった。これもまた、この救急隊員が数え切れないほど経験してきたことだった。

「あなたのお父さままでですか？」ミスター・モレッティの顔にシーツを掛けながら、救急隊員が気の毒そうに訊いた。

「そうではありません。でも、実の娘以上によくしてくださいました」

「『真夏の夜の夢』のチャーリーを観《み》たか？」バーに腰を下ろしながら、ベンが訊いた。

「ああ、八回とも全部な」サーシャは認めた。「昼公演まで観た」

「で、関係は修復できたのか？」

「いや、駄目だった」

「それで、どうするつもりなんだ？」

「オベロンが舞台を下りても好色な演技をつづける限り、おれに勝ち目はないな。ボトムの役回りがいいところだろう」

「あいつはもう次の役に気持ちが移ってるんじゃないか？」

「だけど、おれはこの目で見たんだぞ、二人が――」サーシャは途中で口をつぐんだ。

「それは批評家がローリーを将来のスターだともてはやし、チャーリーのことを何も言わなくなる前のことじゃないか」

「だけど、チャーリーは素晴らしかった」サーシャは言った。「すべての点において彼に引けを取ってない、実際には彼よりいいぐらいだ」

「気の毒だが、批評家の意見は違ってる」ベンが言った。「しかし、連中はチャーリーがほかのだれかに恋をしていることを知らなかったわけだからな」

「ほかのだれかがいるのか？」

「いるわけないだろう、馬鹿《ばか》だな。正直に言わせてもらうが、こんなに頭の切れる男がどうしたらこんなに察しの悪い男になれるのか、おれはときどき不思議でならなくなるよ。チャーリーはおれと会っているとき、おまえのことしか話さないんだぞ。だから、励ましにいってやれよ。まずは、おまえが彼女のティタニアをどんなに素晴らしいと思っているか、それを教えるところから始めるんだ」

「おれに褒められて喜ぶかな」

「サーシャ、いいか、目を覚まし、立ち上がって、何かをするんだ」

サーシャが目を覚まし、立ち上がって、何かをするには、さらに二十四時間が必要だった。

サーシャは午前中の講義に集中できない自分に気がついた。昼食もとらず、午後の講義も欠席して、ようやくベンの忠告を実行するためにニューナム・カレッジへと出発した。

目的の建物に着いても、今回はこそこそ裏へ回って非常階段を上ったりせず、正門から入っていった。守衛に名前を告げ、階段をゆっくりと三階へ上がった。何度か引き返したくなり、〝哀れな馬鹿〟と嘲《あざけ》るベンの声が耳のなかで繰り返されなかったら、実際にそうしたかもしれなかった。チャーリーの部屋の前でもう一度ためらったが、深呼吸をしてノックをした。

諦めかけたとき、ドアが開いた。それからしばらく、二人は見つめ合うばかりだった。

「ブルータス、おまえもか」チャーリーがようやく、何とか言葉を発した。

「演《や》るのはそれじゃない」サーシャは言った。「ヴェローナでは恐れることは何もないと言いにきたんだ」

「でも、わたしのところへくる前に、ほかの女性《ひと》のバルコニーに上ったでしょう」

「見たのか？」サーシャは真っ赤になった。

「二度もね。ベッドを飛び出して窓へ駆け寄り、あなたがもう消えてしまっているのを見るだけで、愛の生活のためのわたしの腕が上達すると思ってるの？」

サーシャは思わず噴き出した。

「ローリーもあなたと同じぐらいさっさと帰ってしまったわ。でも、いいわ、入って」

彼女がサーシャの手を取った。「だって、あれは本稽古《ほんげいこ》に過ぎなかったんだもの」


二時間後、サーシャが自分のカレッジへ戻ったとき、その顔に満足の笑みが浮かんでいるのに気づかない者はいなかった。ただし、守衛だけは例外かもしれなかったが。

「あなたに電話がありました、ミスター・カルペンコ、メッセージを預かっています」守衛が畳んだメモを差し出した。

そのメモを開いて内容を目にしたとたん、電話があったのは何時かとサーシャは訊いた。

「つい一時間ちょっと前です、サー。直接お届けしようとしたんですが部屋にいらっしゃらなかったし、午後の講義を欠席なさったために、どこにおられるかをどなたもご存じないようでしたので」

「そうなんだが……とにかく、だれかに訊かれたら、急用でロンドンへ行かなくてはならなくなった、少なくとも二日は戻ってこられないと思う、と教えてやってください」

「承知しました、サー」

それから一時間足らずで、サーシャはキングズ・クロス駅のホームに降り立った。フラムへたどり着き、レストランの上の小さなアパートへ上がってみると、コンスタンチンが死んだとき以上に落ち込み、嘆き悲しんでいる母がいた。夜の仕事を休んでいたが、母がそんなことをするとは、いまのいままで夢にも思ったことがなかった。

翌週、モレッティの葬儀がフラムのセント・メアリー教会で執り行なわれた。地元という垣根を越えて集った会葬者の数の多さが、故人がどれだけ慕われていたかを如実《にょじつ》に物語っていた。サーシャの頌徳《しょうとく》の言葉は聴く者の心を打ち、ミスター・クウィルターをしてこう言わしめた――「ヨークシャーの言葉を借りるなら、若者、きみは彼の面目を躍如たるものにしたぞ」。

棺が地中に下ろされて式が終わると、サーシャは母と連れだってモレッティのレストランへ戻った。そこには故人を偲《しの》ぶべく家族、友人、客だった人々が集い、自分がどんなに故人に親切にしてもらったかをほぼ全員が語った。だが、エレーナの物語ほど感動的なものはなかった。

最後の一人が帰っていくと、エレーナは悲歎《ひたん》に暮れる未亡人を自宅へ送っていった。「あなたは仕事に戻りなさい、エレーナ」あたりが暗くなりはじめると、モレッティ夫人が言った。「サルヴァトーレはまさしくそれを望んでいるはずよ」

エレーナは渋々立ち上がり、夫人に最後の抱擁をした。コートを着て玄関を出ようとしたとき、未亡人が言った。「明日、あなたの都合のいいときにもう一度きてもらえないかしら、愛《いと》しい人。レストランをどうするか、相談をしなくちゃならないでしょう。実は考えがあるの」

翌日、サーシャはケンブリッジへは帰らず、逆の方向のオックスフォード大学へ向かった。マートン学寮《カレッジ》でチームメイト――全員が日時と場所を怠りなく再確認していた――と合流したときには、時間に充分に余裕があった。

しかし、オックスフォード・チームはすでに敗北の痛手から立ち直り、腕を撫《ぶ》して待ちかまえていた。彼らが何を企《たくら》んでいるかわかったときにはすでに手後れで、ケンブリッジ・チームは三勝四敗一引き分けという結果に甘んじることになった。サーシャはフエンズへ戻る列車のなかで、自分たちを破るために——しかも、最初の一手すら指さないうちに——、ジェンキンズがどんな作戦を使ったかをストリーター博士に説明した。

「どんな作戦だったんだ？」ストリーター博士が訊いた。

「ミスター・ジェンキンズは大将格と大将格が対戦するというしきたりを破ったんです。その試合は捨ててもいいと自分たちの一番弱い指し手をぼくに当てて、大将格をこちらの二番手にぶつけてきたのですよ。そうやって、ぼくの試合以外の七試合が自分たちに有利になるよう、最初に仕組んだというわけです」

「何たるろくでなしのウェールズ人だ」ストリーター博士が悪態をついた。

「でも、ご心配なく、サー。次はそんな手は通用しません。今度はこっちが待ちかまえていてやります」

「いいだろう。それから、サーシャ、来年のキャプテンはきみにやってもらうつもりでいる。きみの最後の仕返しのチャンスだからな。だが、きみの最大の挑戦はそれではあるまい。学生自治会の委員長に立候補し、なおかつ、首席を勝ち取る気でいるのならな」

「その両方を同時に成し遂げられるかどうか、ときどき心配になるのです」サーシャは打ち明けた。「チャーリーは口にこそ出しませんが、明らかに自治会を諦めて学業に専念してほしいと思っています」

「彼女も同じ理由で演劇を諦めたそうだな」ストリーター博士が言い、サーシャがそれに対して何も言わずにいるのを見てつづけた。「もし自治会の委員長に立候補するとしたら、最大のライヴァルはだれだと考えているのかな？」

「いまの副委員長のフィオーナ・ハンターです」

「彼女の父親があのハンターなら、侮《あなど》り難い強敵になるぞ」

「サー・マックス・ハンターをご存じなのですか？」

「正確には過去形だがね。マックスはキーブル学寮《カレッジ》の同期生なんだが、どうにも好きになれなかった。いつも手っ取り早い近道を探していたんだ。信用ならない男だよ。自分の利害しか頭にない」

「でも、閣内に入っていますよ」

「それも長くはあるまい」ストリーター博士が言った。「そこへ昇り詰めるまでにあまりに多くの人々を踏みつけにしているからな。そういう輩《やから》は、いったん信用を失ったら、止めどなく転がり落ちるはめになる。途中で止めてやろうと救いの手を差し伸べる者などいるはずもない。いいかね、サーシャ、私としてはこう繰り返すしかない――フィオーナがもしあの男の娘なら、しっかり目を見開いておかなくては駄目だとな。何故《なぜ》なら、彼女と較《くら》べれば、あのガレス・ジェンキンズですら紳士に見えるはずだからだ」

「彼女がそこまで悪辣《あくらつ》なことをするでしょうか、にわかには信じられませんが」サーシャは言った。

「お砂糖とミルクは？」

「ありがとうございます」エレーナは答えた。「ミルクだけお願いします」

「あなたに会いたかったのは、先週、うちの会計士から思いがけない電話があったからなの」モレッティ夫人が言った。「うちのレストランを買いたいという申し出があったんですって。彼の見立てでは、条件も相応のものだそうよ。いえ、私の記憶が正しければ、正しくは〝相応以上〟だったわね」

エレーナはカップを置き、未亡人の話を注意深く聴いた。

「というわけで、買い手になるかもしれないその人物と会ったのよ。そうしたら、その人、あなたを心底素晴らしいと認めているとはっきり言ったの。そして、あなたにいまのままの地位を保証するし、この店の上に住みつづけてくれてかまわないとも明言したの」

エレーナは安堵《あんど》を隠せなかった。サーシャにも認めていなかったが、ミスター・モレッティが拡張家族の面倒をもはや見られなくなったいま、このレストランがどうなるか心配でならなかったのだ。

「その新しい経営者のお名前を教えてもらってもいいでしょうか」エレーナは訊いた。

知っている客の一人か、過去に一緒に仕事をしただれかかもしれないという期待もあった。

モレッティ夫人が眼鏡をかけ直し、最近サインしたばかりの同意書類を手に取ると、署名欄を見て名前を確認した。「モーリス・トレムレットよ」彼女はそう教えると、自分のカップにもう一つ砂糖を落とした。「若いけど、とてもいい人みたいだったわ」

エレーナのお茶は冷めてしまっていた。

モーリス・トレムレットが颯爽《さっそう》と厨房に姿を現わし、仕事中の話し声や物音に負けじと声を張り上げた。「エレーナ・カルペンコはいるか？」

エレーナは切盛り用の大ナイフを置くと、横に長い鉄のカウンターの奥を出て声の主の前に立った。トレムレットがしばらく彼女を見つめてから言った。「すぐにこの建物から出て行ってもらいたい、いいか、いますぐにだ。二十四時間の猶予《ゆうよ》をやるから、荷物をすべて私のアパートから片づけるように」

「そんなのおかしいでしょう」ベティがゴム手袋を取り、前に進み出て友だちの横に立った。

「そうか？」トレムレットが言った。「では、おまえもたったいま馘《くび》だ。この二人と一緒に馘になりたいという者は好きにしてくれてかまわない」一人か二人が不安そうにもじもじするだけで、だれも口を開かなかった。「よし、これで決まりだ。だが、言っておく、この二人と二度と口をきいたら」そして、犯罪者ででもあるかのようにエレーナとベティを指さした。「だれだろうと次の仕事を探すことになる」それだけ言うと、トレムレットは踵《きびす》を返して厨房を出ていった。

エレーナは白衣を脱ぐと、だれとも言葉を交わさずに厨房を出て、アパートへの階段を上がった。玄関のドアを閉めて一番にやったのは、トリニティ・カレッジの寄宿舎の電話番号を見上げることだった。まだ二度目に過ぎなかったが、学期中は決してサーシャの邪魔をしないと決めた鉄則を破ろうとしていた。これは紛れもない緊急事態だった。受話器を取って耳に当て、ダイヤルを回そうとしたが、ブザーのような音が鳴りつづけるばかりで、電話はすでに回線を切られて使えなくなっていた。

ドアが強くノックされ、ストリーター博士は話を途中で中断した。

「カレッジで火災が発生したか」彼は言った。「私がまたもやオックスフォードとの試合の日時を間違えたか」

三人の学部生が儀礼的に笑って見せるなか、博士は煖炉《だんろ》のそばの席から腰を上げ、ゆっくりと部屋を横切ってドアを開けた。厳しい顔つきの男が一人、そして、制服警官が一人、廊下に立っていた。

「お邪魔をして申し訳ありませんが、ストリーター教授」（おもねるつもりなのか、教授に格上げされていた）グレイのスーツにカレッジ・タイの若い男（博士は彼を知っているような気がした）が言った。「私はウォーウィック巡査部長です」そして、身分証を見せた。「ミスター・サーシャ・カルペンコはここにいるでしょうか」

「ああ、いるよ。しかし、彼に会いたいという理由を聞かせてもらえないだろうか」

ウォーウィックはその質問を無視し、ストリーター博士の前を通ると、巡査を従えて書斎に入った。三人の学生のだれがカルペンコかを訊く必要はなかった。サーシャがすぐに立ち上がったからである。

「いくつか訊きたいことがあるんだ、ミスター・カルペンコ」ウォーウィックが言った。

「状況を考えると、署まで同行してもらうほうがいいかもしれないな」

「どんな状況なのかね？」ストリーター博士が強い口調で訊いた。

「それをお教えする自由は私にはないのですよ、サー」ウォーウィックが答えると、巡査がしっかりとサーシャの腕をつかんで部屋の外へ連れ出した。

ストリーター博士は訳がわからずにいる二人の学生を残して部屋をあとにすると、サーシャと二人の警察官のあとを追って階段を下り、中庭を突っ切って通りへ出た。数人の学部生に好奇の目で見られながら、サーシャは待機していた警察車両の後部座席に押し込まれ、そのまま連れ去られた。

第三部

17　アレックス

ブルックリン

アレックスは暗い小部屋に一人置き去りにされ、頭上の裸電球が、彼が前にして坐《すわ》っているテーブルの上に辛うじて明るさを提供していた。テーブルの向かいに置かれた空いている椅子《いす》二脚が、その部屋の唯一《ゆいいつ》のほかの調度だった。正面の壁には大きな鏡が取り付けられていて、その向こうで一体何人が自分を見ているのだろう、とアレックスを訝《いぶか》らせた。

頭脳が目一杯、全速力で稼働《かどう》しはじめた。逮捕理由は何だ？　容疑は何か？　おれはどんな法律を犯したのか？　週末のささやかな賭《か》けチェスに警察が目を付けたとは思えない。いまや四軒の露店を持っていて、そこそこの儲《もう》けを出してはいるが、所詮《しょせん》は取るに足りない金額で、どんなに職務に忠実な税務署職員でも目もくれないだろう。それに、イヴァンから毎週もらっている百ドルについても、支払いが常に現金で行なわれている以上、彼らに知る術《すべ》はないはずだ。大学と関係することでは絶対にない。大学は違法行為について独自の対策を講じているし、いずれにせよ、ハーヴァード・ビジネス・スクールへの入学申請をすべきではないかと、ついこのあいだ学部長に勧められたぐらいなのだから。まあ、それも悪くはないが、どうせなら研究する側ではなくて、ケース・スタディとして研究される側になるほうがいい。

思いが破られたのは、いきなりドアが開いて、きちんとした服装の二人組が入ってきたときだった。だれかはすぐにわかったが、アレックスは黙っていた。

二人は向かいに腰を下ろした。アレックスは初対面のときを忘れたことがなく、いい警官を演じるのはどっちだろうと考えた。どっちであっても、ソヴィエトよりはましに違いない。あそこには、悪い警官と悪い警官のやり方しか存在しない。アレックスはどちらかが口を開くのを待った。

「私はマット・ハモンド」年上のほうが言った。「こっちは同僚のロス・トラヴィス。しばらく前にきみの家で会っているから、憶《おぼ》えてもらっているかもしれないな」

「あのときは国境警備局員だと言っておられましたよね」アレックスは言った。自分でも予想以上に落ち着いていた。

「実はCIAなんだが」ハモンドがバッジを見せた。「いまわれわれが取りかかっている任務に協力してもらえるのではないかと思ってね」

捜査でなくて任務なら、とアレックスは思った。〝弁護士を呼んでくれ〟と主張する必要はなさそうだ。こういうとき、映画ではそれが必ず犯罪者の第一声だけど、おれは犯罪者じゃないからな。というわけで、アレックスは答えずにいた。が、ハモンドの次の言葉は完全に意表を突いたものだった。

「われわれの側で仕事をする気にはなれないかな、ミスター・カルペンコ？」最初に会ったときのことがアレックスの脳裏によみがえった。「この半年」ハモンドがつづけた。「われわれの二人の工作員が、きみを日夜監視していた。きみはイヴァン・ドノコフなる人物の運び屋をしているよな。彼のことも、われわれはしばらく監視していたんだ」

「でも、ドラッグは扱わないと断言してくれましたよ」アレックスは言った。

「実際、扱っていない」ハモンドが応じた。

「それなら、どうして監視を？」アレックスは初めて不安が頭をもたげた。

「ドノコフはKGBの上級工作員で、全米に工作員網を張り巡らせているんだ」

長い沈黙のあと、アレックスはようやく言った。「でも、ぼく以上にと言ってもいいぐらい共産主義を忌《い》み嫌っていますが」

「何を言えばきみが喜ぶかを、あの男はよくわかっているのさ」

「だけど、会ったのはたまたまです。チェスをしているところにぼくが通りかかって……」

「たまたまではなかったんだ」トラヴィスが言った。「きみが初めてプレイヤーズ・スクウェアに足を踏み入れたとき、ドノコフは相手のいないチェス盤を前にして、きみが向かいに坐るよう仕組んで待っていたんだよ」

「でも、ぼくがそこへ足を踏み入れるなんて、どうやったらわかる——」

「ポリヤコフ少佐が教えた、と私たちは考えている。きみとお母さんがレニングラードを逃げ出したあとでな」

「だけど、ぼくがチェスをすることをポリヤコフは知らなかったんですよ、それに——」アレックスは途中で口を閉ざした。

「いや、きみの友人のウラジーミルがポリヤコフに提供した情報のなかに、そのことも含まれていたんだろう」ハモンドが言った。

また長い沈黙がつづき、ハモンドもトラヴィスもそれを破ろうとしなかった。

「ぼくは何て馬鹿《ばか》だったんでしょうね」アレックスは言った。

「そうでもないさ、なにしろドノコフはこの世界で長く生きているプロなんだから。それに、きみは彼に恩義ができたわけだから、正直なところ、彼の言うことなら何だろうと信じても不思議はなかったはずだ」

「ぼくはレニングラードへ送り返されるんですか？」

「いや、それはわれわれが最も望まない場所だ」ハモンドが言った。

「だったら、ぼくに何をしてほしいんです？」

「最初はそんなに難しくないことからやってもらえればいい。だって、われわれに目をつけられていることを、きみのお友だちのドノコフに知られたくないからな。いまのまま、ドノコフのメッセージを運びつづけてくれ。われわれの工作員がときどき秘密裏にきみに接触するから、その日のメッセージが何だったかを教えてくれればいい。そして、普通に仕事をつづけるんだ」

「でも、イヴァンは馬鹿じゃありませんよ。あなたたちの企《たくら》みに気づくのにそう長い時間はかからないだろうし、そうなったら、ぼくはとたんにお払い箱でしょう」

「お払い箱ですめばいいほうだろうな」ハモンドが言った。「はっきりさせておかなくてはならないが、きみがＣＩＡのために働いていることを知られたら、きみは命の危険に脅《おびや》かされることになる」

「しかしその一方で」トラヴィスが付け加えた。「きみの協力があれば、あいつらを一網打尽にし、気が遠くなるほど長い年月、ドノコフやあいつの手下どもを鉄格子《てつごうし》の向こうへ送り込むことができるかもしれない」

「そんな危険をぼくが冒さないとも限らないと考える根拠は何ですか？」

「きみのお父さんを殺せと命じたのがイヴァン・ドノコフだからだ」

「いや、それは違います」アレックスは否定した。「その命令を下したのはポリヤコフです。証明できますよ」

「ポリヤコフはKGBというチェス盤の上ではポーンに過ぎない。そして、ドノコフがその駒《こま》を動かしているんだ」

アレックスは言葉を失い、しばらくして、ほとんど独り言のように言った。「だから、彼はいつでも何でもよく知っているわけだ」そして、またしばらくしてから訊《き》いた。「あなたたちはどうやって化けの皮を剝《は》いだんですか?」

「レニングラードに、われわれのために働いている工作員がいる。きみ以上にKGBを憎悪《ぞうお》している人物だよ」

アレックスはその日、夕方遅くなって家に帰った。いまやもう一つ、母と――ドミートリイとさえも――共有できない秘密ができた。ドミートリイもドノコフのために働いている可能性があるだろうか? 考えてみれば、プレイヤーズ・スクウェアを薦めてくれたのは彼だ。それとも、CIAの工作員だろうか? 確かなことが一つだけある――それをドミートリイに尋ねる危険は冒せないということだ。

何事もなかったかのようにイヴァンの仕事をつづけようとしたが、もちろん何事かはあったわけで、イヴァンがそれに気づくのは間違いなく時間の問題でしかないように思われた。

ハモンドとトラヴィスの勧誘を受けてから二週間ほどして、最初の秘密の接触があった。アレックスがクイーンズボロ・プラザ駅のプラットフォームでレキシントン・アヴェニュー駅行きの列車を待っていると、背後から声がした。「そのまま前を向いていてくれ」

アレックスはその簡単な命令に従ったが、全身が震えるのを抑えられなかった。ややあって、声がささやいた。「今日のメッセージは？」

「木曜日にオデッサから包みが一つ届く。七番ドック。必ずそれを回収すること」

アレックスはいつものようにドノコフのメッセージを伝え、男は黙って去っていった。

それからの数週間、何人もの工作員がアレックスの使う地下鉄やバスに乗り合わせ、一度などは人通りの多い交差点で接触してきたこともあった。何であれその日イヴァンに頼まれたメッセージを必ず伝えると、彼らは朝霧が薄い空気のなかへ蒸発するように消えて、同じ工作員が現われることは二度となかった。

おれが二君に仕えているのをいつまでイヴァンに知られずにいるだろうかと、アレックスは不安でならなかった。が、一方では――たとえ自分だけに向かってであるとしても認めざるを得なかったのだが――何も知らない振りを装《よそお》い、このKGBにそれを疑われないようにするという難しい挑戦は、面白くもあった。もっとも、イヴァンが自分と同じ力量のチェス・プレイヤーであり、自分のクイーンが無防備であることも認めざるを得なかったが。

その男を見落とす心配は絶対になかった。実際、スマートなチャコールグレイのスーツに白いワイシャツ、そしてネクタイといういでたちはあまりに見え見えで、CIAの匂《にお》いさえするようで、それがアレックスは気になってならなかった。

偶然に過ぎないのかもしれなかったが、偶然を信じては絶対に駄目だとハモンドに強く釘《くぎ》を刺されていた。男はアレックスに笑みを送ってきたが、そんなことをした工作員はこれまで皆無だったから、ますます怪しさを増すことにしかならなかった。あの男は人違いをしているのではないか、自分が知っている人物だと思っているだけなのではないか。

アレックスはその場を離れようとし、男がついてくるのを見て、男の最初の過《あやま》ちに気づいた。CIAの工作員なら、気づかれたと考えて姿を消しているはずだ。男の足元を見たとき、二つ目の過ちに気づいた。靴は磨き上げられているけれどもスリッポンで、CIAならそれはまずあり得ない。彼らは紐《ひも》付きの靴にこだわる。何というつまらない過ちだ。

列車の音が近づいてきた。アレックスは〝飛び乗り／飛び降り回避術〟で影をまくことができるかどうかやってみることにした。トンネルから列車が出てくると、プラットフォームの先端に出て待った。いきなり、何の警告もなく二本の大きな手に背中の真ん中をつかまれたと思うと凄《すさ》まじい力で一突きされ、線路のほうへ飛び出しそうになった。やってくる列車の前になすすべもなく墜落しようとしたときに頭をよぎったものがあるとすれば、死ぬという思い、しかも不本意な死に方をすることになるという思いだった。アレックスは気づかなかったが、アフリカ系の若者が突進してきて、まさにすんでのところで、タッチダウンを阻止しようとするかのようにタックルした。

その若いCIA工作員はプラットフォームで大の字になっているアレックスをそのままにして、襲撃者の追跡にかかった。そして、階段を半分上がったところで二度目のタックルを敢行し、男を倒した。直後に二人目の工作員が男を押さえつけて手錠をかけた。襲撃者はプラットフォームをひったてられながら、振り返ってアレックスを見た。列車のドアが開き、乗客が一斉に降りてくる喧噪《けんそう》のなかでも、その男が吐き捨てた言葉を通訳してもらう必要はなかった。「おまえはもう死んだも同然だからな」

18　サーシャ

ケンブリッジ

サーシャは独り、ハリー・クリフトンの小説で読んだことしかないような、地下の薄暗い小部屋にいた。これがその小説であるなら、ページをめくって次に何が起こるかを知りたかった。

ドアが勢いよく開き、ウォーウィック巡査部長が女性警察官をともなって入ってくると、二人してサーシャの向かいに腰を下ろした。

「いくつか質問をさせてもらう」ウォーウィックが自分の横のテープレコーダーのスイッチを入れた。「きみに対して重大な申し立てがなされているが、どう手続きするかを決める前に、きみの側の話を聴いておきたいのでね」

ハリー・クリフトンの小説でサーシャが憶えていることの一つは、頻繁にこういう苦境に立たされる輩《やから》を依頼人とするいかがわしい法廷弁護士、デレク・マシューズの決まり文句だった——"自分が到着するまでは何もしゃべらないように"。しかし、サーシャは犯罪者ではないし、隠すべきこともなかった。その〝重大な申し立て〟がどういうものなのか、開示されるのをじりじりしながら待ったが、巡査部長は決定的な部分を明らかにしないことによって相手を不安にさせ、冷静さを失わせようとしているのだと気づいた。そして、その作戦は成功しつつあった。

「ミス・フィオーナ・ハンターなる女性が」ウォーウィックがようやく名前を明らかにした。「きみが十一月十六日木曜日――この前の木曜だな――の十時ごろ、ニューナム・カレッジの宿舎の非常階段を上って四階の彼女の勉強室に忍び込み、秘密ファイルを盗んだと申し立てているんだ」そして、まっすぐにサーシャを見据えて訊いた。「この告発に対してのきみの言い分を聞かせてほしい」

「そのファイルには何が入っていたんですか？」サーシャは訊いた。

ウォーウィック巡査部長はその質問を無視した。「ミス・ハンターはきみが刑務所から逃げ、警察官を殺して、この国に非合法に入国した証拠を持っていると主張している」

「確かに逃げました」サーシャは応《こた》えた。「世界最大の刑務所からね。でも、あのKGBは殺していません。殺せればどんなによかったかと思ってはいますけどね」

「それはすべて事実かもしれないが、ミスター・カルペンコ、ミス・ハンターからこれほど重大な訴えがあった以上、われわれとしても捨ててはおけないんだ。というわけだから、手始めに、木曜の夜十時ごろはどこにいたかを教えてもらいたい」

木曜の夜にいたところを忘れるはずもなかった。学生自治会の討論会に出たあと、チャーリーをニューナム・カレッジへ送っていった。そして、彼女が正面入口から入って自分の部屋へ直行するあいだに建物の裏手へ回って非常階段を三階へ上り、一緒に夜を過ごしたのだ。

翌朝は五時前に起き、もう一度愛を交わしてから服を着て非常階段を下り、トリニティ・カレッジへ歩いて帰った。六時前に自室に帰り着き、それから二時間かけて、午前の講義に間に合わせるために小論文を推敲《すいこう》して完成させた。

アリバイは鉄壁だったが、一つだけ、それが事実であることをチャーリーに裏付けてもらわなくてはならないという問題があった。しかし、事実だと認めた瞬間に彼女はニューナム・カレッジの規則破りを認めたことになるわけで、以降は学期末まで自宅謹慎を命じられ、学期末試験も受けられなくなるということだった。早急に調べが終わって無実と認定されれば話は別だが、その可能性はあるはずもなかった。フィオーナはいまの訴えが却下されたら、チャーリーが規則を破った事実を喜んで明るみに出すだろうから、それを考えると、なおさら彼女に助けを求めるわけにはいかなかった。

「この前の木曜の夜は」サーシャは言った。「学生自治会の討論会に出たあと、ミスター・アントニー・バーバーとユニバーシティ・アームズへ行き、彼はそこで一晩過ごして、ぼくは午後十一時になる直前に部屋へ戻り、翌朝八時ごろに朝食に下りていきました」

「では、ニューナム・カレッジの非常階段でわれわれが採取した指紋のなかに、きみの指紋はないはずだな？」ウォーウィック巡査部長が挑発するように片眉《かたまゆ》を上げて訊いた。

デレク・マシューズの鉄則に従って沈黙を守らなかったことを、サーシャはいきなり後悔した。「弁護士と相談させてください、それまでは一言も話しません」そして、固く口を閉ざした。

ウォーウィックがファイルを閉じた。「いずれにせよ、ミスター・カルペンコ、帰る前に指紋を採らせてもらうことになる。明朝九時に、もう一度本署へきてもらわなくてはならない。弁護士が一緒であろうとなかろうとだ」

サーシャが驚いたことに、テープレコーダーを止めたあとでウォーウィックが付け加えた。「それだけの時間があれば、この問題の解決策を見出《みいだ》してお釣りがくるはずだ」

もう一度驚いたのは、取調室を出たときだった。窮屈なベンチで、ストリーター博士が待ってくれていたのである。

「何も言わなくていい、話は車に乗ってからだ」そして、教え子を連れて署を出ると通りを渡り、そこに駐《と》まっている古いヴォルヴォに乗り込んだ。「さて」サーシャが助手席のドアを閉めるや、博士が口を開いた。「どういうことなのか、どんな不愉快なことであろうと細大漏らさず、すべてを教えてもらおうか」

サーシャがほとんどすべてを教え終えたころ、車はトリニティ・カレッジの上級専任教員専用駐車場《フェロー》に入った。

「あの巡査部長はミス・ハンターの話を明らかに信用していないな。そうでなければ、きみを釈放するはずがない。私が思うに、ミス・ハンターはきみが非常階段づたいにミス・デンジャーフィールドの寝室へ入っていくのを見て、きみが自治会委員長になる可能性を潰《つぶ》すチャンスだと見たんだ」ストリーター博士が自分の書斎へと階段を上がりながら言った。

「いかにフィオーナでも、本当にそこまであざとく冷酷になれるものでしょうか?」サーシャは訝った。

「フィオーナではなくて、サー・マックス・ハンターの娘だと考えるんだ。そうすれば、その疑問の答えも出るだろう。すべてが失われたわけではないんだ。ミス・デンジャーフィールドは間違いなくきみの話を裏付けてくれるだろうし、そうなれば、ミス・ハンターは丸っきりの間抜けに見えることになる」ストリーター博士はその結末を隠しようもなく面白がっていた。

「でも、ぼくはもうウォーウィック巡査部長に嘘《うそ》をついてしまいました。チャーリーを護《まも》りたかったんです」サーシャは言った。「いきなり供述を変えたら、信じてもらえないに決まっていますよ」

「きみがどうして嘘をついたか、彼もそのあたりの事情がわからないほど世間を知らない男ではあるまいよ」ストリーター博士が書斎のドアを開けながら言った。

「ですが、チャーリーが停学になって学期末試験を受けられないなんてことにはしたくないんです」

「フィオーナはそれも十分に見越しているはずだ。だが、きみがウォーウィック巡査部長に事実を話さなければ、停学になるのはきみだぞ。そしてそれは、委員長の座を争う唯一のライヴァルをフィオーナ・ハンターが叩《たた》き潰すことを意味するんだ。さらに、きみが無実だと最終的に証明されたとしても、火のないところに煙は立たないと信じる輩は常にいることを忘れるな。政治の世界を目指そうと考えているのなら尚更《なおさら》だ」

「ですが、ぼくはチャーリーを護らなくてはならないんです」

「彼女の部屋を出たのは五時半ごろだったんだな？」博士がサーシャの訴えを無視して訊いた。「そして、まっすぐカレッジに戻った？」サーシャはうなずいた。「途中で、知っているだれかを見なかったか？」

「見ていません。朝のあの時間ですから、ほとんど人気《ひとけ》はありませんでした」

「戻ってきてこっそりなかに入ろうとしたとき、ミスター・パーキンズに見つからなかったか？」

「残念ながら、見られていません。彼は熟睡していました。そのときはありがたいとしか思いませんでしたが」

「本当に熟睡していたのかな？」そのとき机の上の電話が鳴り出し、博士が受話器を上げてしばらく耳を澄ませたあとで言った。「パーキンズだが、きみに話があるそうだ」

サーシャは命綱でもつかむようにして受話器を握った。

「お邪魔をして申し訳ありません、ミスター・カルペンコ」パーキンズが言った。「ですが、お母さまからたったいま電話があって、あなたと緊急に話さなくてはならないとおっしゃっているのです」

「自治会で知らない者はいないぞ」ベンがサーシャの勉強室のベッドの端に坐るや言った。

「洗いざらい話してくれ」

「今朝、講義を受けているときに逮捕され、手錠をかけられ、ストリーター博士の書斎から連れ出され、パトカーの後部座席に押し込まれ、最寄りの警察署へ連行された。容疑は女子学部生の部屋に押し入り、秘密ファイルを盗んだこと。いま独房に拘留されて裁判を待っている、だ」

「それなら、ここがその独房ってことになるな」サーシャは言った。

「確かにな。そういうわけだから、おれたちはこれからすぐに自治会へ行き、世の中に心配ごとなどなにもないというように、バーで一緒にビールを飲んでいるところを見せてやる必要がある」

「そんなことができるとは思えないな」

「できると思わなくてもやらなくちゃならないんだよ。自治会の委員長になるチャンスを残しておきたいんならな」

「申し訳ないが」サーシャは言った。「これからロンドンへ行かなくちゃならない。母が緊急に会いたがっているんだ」

「いかなる容疑に対しても無実である証拠を集めるより重要なことなんて、一体何があるというんだ？」

「どんな問題が生じているのかすらまだわかっていないんだが」サーシャは認めた。「この前母が〝緊急〟という言葉を使ったのは、モレッティさんが亡《な》くなったときなんだ」

「それなら、せめて何があったかをチャーリーに知らせさせてくれ。そうすれば、フィオーナが何を企んでいるかを白日の下にさらして、おまえの無実を確かなものにできるだろう」

「いいか、ベン、これだけは言っておく。チャーリーには絶対に近づくな。例外は、あのKGBがどこまで近づいているか、いつそいつの喉《のど》を掻《か》き切らなくちゃならないかを知りたいときだけだ」

ベンが凍りつき、しばらくしてようやく言った。「せめて明日の朝の九時までには必ず戻ってきてくれ。そうでないとウォーウィック巡査部長が指定した時間に間に合わない。さもなかったら、おまえは刑務所にいるあいだに選出される最初の自治会委員長ってことになる」

ドアにノックがあったとき、その主はサーシャに違いないとエレーナは思った。学期中に電話をしたことを、自分の問題で息子を煩《わずら》わせることを、すでに後悔していた。あの子のことだから、すべてを放り出してでも助けてくれようとするに決まっている。彼女は荷造りの手を止めてドアを開けた。そこに立っているのはジノだった。

「本当にすみません」彼はエレーナを抱擁して謝った。「辞表を出したことをせめて知らせておこうと思って。おれだけじゃなくて、厨房《ちゆうぼう》のスタッフが五人、ウェイターが三人、一緒に辞めることになりました」

「そんなことをしちゃ駄目よ、ジノ。わたしのせいでみんなが仕事を失うことになるなんて、それは困るわ」

「あのろくでなしのトレムレットですからね、おれたちの首もそう長くは保《も》たないだろうと、ほとんど全員がわかっていました。それにいずれにせよ、それだけが辞める動機でもないんです。実は、次の仕事が決まりそうなんです」

「どこの仕事なの？」

「マッテオ・アネッリのところです」

「敵じゃないの！」エレーナは思わず笑いだした。

「もう敵じゃありません。古いイタリアの諺《ことわざ》があるんです――〝敵の敵は味方〟ってね。ただし、おれを採用するについては一つ条件が付いているんです。それをクリアしないと雇ってもらえないんですよ」

「どんな条件なの？」

「あんたも一緒にくることです」

「ベティは？」

「まず間違いなく大丈夫でしょう」

「でも、住むところはどうなるの？」エレーナは訊いた。「ミスター・アネッリのレストランの上はアパートじゃないでしょう」

「おれのところにずっといてもらってかまいませんよ、そのあいだに住まいを見つければいい」

「でも、あなたのパートナーはどうなの？」

「あいつが反対するとしたら、あんたが男のときだけです」ジノが言った。「というわけだから、道を渡って、〈オステリア・ローマ〉でおれと一緒に仕事をしませんか？」

「あなた、洗礼名をコリオレイナスにすべきだったわね」

「コリオ……だれですって？」

仕事と雨露を凌《しの》ぐ場所を両方同時に失うのは確かに〝緊急〟と形容し得る、とサーシャは認めざるを得なかった。列車に乗る前にジノの申し出のことがわかっていればよかったのだが、母の電話がすでに通じなくなっていることを交換手から伝えられたら、すぐに出発するしかなかった。ジノのソファで眠れないまま一晩過ごし、翌朝一番に列車でケンブリッジへ戻った。午前八時五十四分に確実に警察署へ着くには、一ポンド近いタクシー代を奮発しなくてはならなかった。若い巡査がすぐにウォーウィック巡査部長のところへ連れていってくれたが、そこは取調室ではなくて彼のオフィスだった。

「ミス・ハンターが申し立てを取り下げた」サーシャが腰を下ろしたとたんに、ウォーウィックが言った。

「チャーリーがあなたに会うことはなかったんですよね？」

「そりゃだれのことだ？」ウォーウィックが無邪気に訊き返した、「いや、会っていないな。ミス・ハンターに考え直させたのは簡単な警察の仕事の結果で、それ以外のものではない。われわれは彼女に、非常階段についていたきみの指紋が三階で終わっていることを指摘することができた。きみがファイルを盗んで数分以内に部屋を出たという主張については、きみが自分のカレッジへ戻るのになぜ五時間半もかかったのか説明がつかなかった。もちろん、きみが一階下でベッドに潜り込んでいたのなら話は別だがね」

「でも、守衛のミスター・パーキンズはぼくが戻った時間を確認できなかったはずですよ、だって、熟睡していたんだから」

「その振りをしていた、というほうが正確だろうな」ウォーウィックが答えた。「きみが朝の五時半に戻ってくるのを見たら、彼はきみの名前と規則違反を日誌に記録しなくてはならない。そして、きみは一晩中どこにいたかを学生監に説明しなくてはならなくなる」

「で、フィオーナは何のお咎《とが》めもなくすんだわけですか？」

「いや、そういうわけではない。ミス・ハンターに対しては、警察に時間を無駄にさせたということで警告をしておいた。正直なところ、彼女の父親が署長に電話をしてこなかったら、留置場に一泊させてやりたかったんだがね。さて、きみはもう帰ったほうがいいんじゃないか。私の理解しているところでは、忙しい一日が待っているようだからな」

「あなたも知っておられると思うが、エレーナ、私はずいぶん前からあなたにきてもらいたかったんですよ」ミスター・アネッリが言った。「ただ、ミスター・モレッティのために働いているあいだは誘っても無駄だということを、あなたは明確にしておられましたからね」

「それはいまでも変わっていないかもしれません」エレーナは言った。

「私のこの前の申し出はいまも生きています。身分は料理長、それから私は、厨房に足を踏み入れないという約束も付け加えましょう。給料はミスター・モレッティのところの二倍、さらに、店の利益の十パーセントを受け取ってもらいます。だが、どこに住むかを決めなくてはなりませんね」

「ベティも雇っていただけますか？」エレーナはアネッリがうなずくのを見て畳みかけた。「ジノをボーイ長にしていただくのはどうでしょう？」

「もちろんです。そのことについては、すでに彼の同意を取り付けてあります。ほかに要望はありませんか？」

エレーナが最後の要求をすると、ミスター・アネッリが言った。「それについては考えさせてください」

「それがこの交渉が成立するかどうかの分岐点《イッツ・ア・ディール・ブレーカー》です」エレーナはサーシャの言葉を文字

通りに繰り返した。

警察を出ると、サーシャは自治会まで走り通した。たどり着いてみると、この四十八時間候補者がどこにいたかを、ベンが有権者に説明しようとしているところだった。

「投票はもう始まってる」バーで合流したサーシャにベンが言い、最新情報を教えてくれた。「無駄にしていい時間はもう一瞬たりとないぞ。この二日、おまえが留置場にいたことを、フィオーナが誰彼なしに吹聴《ふいちょう》して回っているんだ。あの厚かましさがおまえにあったらな」

「時機を見る目の確かさもな」

「ウォーウィックが彼女を一晩留め置いてくれなかったのが残念だよ。そうなっていたら、間違いなくこっちにも風が吹いていてくれたはずなんだが。とはいえ、まだ負けと決まったわけじゃないからな」

サーシャたちは最後の努力を開始した。味方であることを示して握手をしてくれる者も何人かいたが、それ以外には背を向けられた――そのなかには、一人か二人ではあったが、支持者だと――味方だとさえ――思っていた者がいた。サーシャはそれでも、応援してもらえないだろうとわかっている者まで含めて、まだ投票を終えていない者全員と話をしようとした。フィオーナの話をいまも信じている者、あるいは、信じたいと思っている者もいたが、非常階段に自分の指紋が残っているかもしれないと認める者もいた。六時になって投票が締め切られてようやく最後の努力を終わりにし、自治会のバーでベンとチャーリーに合流した。その半分はフィオーナの支持者で埋まり、もう半分はサーシャの支持者で埋まっていた。

「結果はいつわかるの?」チャーリーがラガー・ビールを一口飲んでから訊いた。

「七時ごろかな」ベンが答えた。「そんなに長く待つことはないはずだ」

ベンの予想は当たらなかった。いまや前委員長となったクリス・スミスがバーに姿を現わしたとき、時間はすでに八時を過ぎていた。彼は一枚の紙を手に部屋の中央へ進むと、完全に静かになるのを待って口を開いた。

「結果の発表にこれほど手間取った理由を説明させてもらいたい。投票結果について集計係の同意が得られるまで、三度の集計やりなおしが求められた。それが時間がかかった理由である。では、これからその結果を発表する――次期ケンブリッジ大学学生自治会委員長は、三票差をもって……」

19　アレックス

一九七二年　ヴェトナム

アレックスはその手紙を一度読み、さらにもう一度読んでから、母に見せた。エレーナは泣いたが、それは息子がどうなるかを間違えようがなかったからである。

「イギリスへ行ってさえいれば、こんなことにはならなかったでしょうに」自分たちは間違った木箱に入ってしまったのだと思わざるを得なかった。

その日の朝、同じ手紙を読んでいる若者の多くは、父親の弁護士に電話をするか、かかりつけ医のところへ行くか、そうすれば問題が消えてなくなってくれることを願いながら手紙を引き裂くかしているはずだった。が、アレックスはそのどれもやらなかった。泣いてくれたのは母だけではなかった。アディーはせめて徴兵猶予《ゆうよ》を願い出るべきだと訴えた――ニューヨーク大学の最終学年に在籍しているのだから、当局もきっと卒業まで待ってくれるはずだ、と。彼女は一晩泣いて頼んだが、アレックスは首を縦に振らなかった。

それに、まだもう一つ、荷物を持って家を出るまでに解決しなくてはならない、差し迫った問題があった。いまや経営する露店は十一軒に増え、かなりの儲けを産んでいたから、そのどれも手放したくなかった。だが、自分がいないあいだ、発展著しいその帝国をだれに任せればいいのか？　驚いたことに、その解決策を考えついたのは母親だった。

「わたしがマリオのお店を辞めて、あなたが帰ってくるまで面倒を見るわ、ドミートリイと一緒にね」

もし帰ってこなかったらどうするかは、だれも口にしなかった。

アレックスは一も二もなくその申し出を受け容《い》れ、一九七二年二月十一日、ノースカロライナ州フォート・ブラッグ行きの列車に乗った。そこで二カ月の基礎訓練を受けたあと、ヴェトナムへ送られることになっていた。

明かりがついた。「起床！　起床！　起床！」二等軍曹がこれでもかと怒鳴りながら、眠っている新兵のあいだの通路を歩いて、一つ一つの寝台の端を指揮棒《ペイスースティック》で叩いていった。若者が一人また一人と不機嫌に目を覚まし、慣れない時間に起こされたとあって目を擦《こす》ったり瞬《まばた》きしたりしはじめたが、一人だけ例外がいた。アレックスには、朝の四時はすでにマーケットへ向かっている時間だった。

「ヴェトコンがおまえたちをめがけて突進してきているぞ」ふたたび教官が怒鳴った。「ぼうっと突っ立っているやつは一人残らず殺されるからな！」

アレックスは早くもタオルをつかんでシャワーへ向かい、水だけで湯の出ることのない栓を開けた。

「十五分でシャワーを浴び、髭《ひげ》を剃《そ》り、着替えろ。間に合わなかったやつは朝飯抜きだ」とたんに、下着姿の群れがシャワーへと走り出した。

アレックスは一番乗りで大食堂で長い木のベンチに腰を下ろした。長年母にどんなに甘やかされていたか、すぐに気づかされた。三日目の朝になってようやく――そのころにはほとんどやけくそになっていたのだが――生煮えの粥《ポリッジ》、脂《あぶら》っぽいベーコン、焼きすぎのトースト、陸軍ではコーヒーと呼ばれている熱くて黒い液体を受け容れる諦《あきら》めがついた。

練兵場、体育館、行軍、ライフルを頭上に掲げての凍《い》てつく川の渡河を立てつづけに命じられたとき、自分で思っていたより身体《からだ》が強くないことがすぐにわかった。それでも、何とか仲間の新兵の大半の一歩でも二歩でも先んじつづけた。彼らは入隊するまで、土曜の夜は飲みに行き、日曜の朝は寝ているものと考えていたが、二等軍曹が優しく教えてくれたところでは、ヴェトコンは週末も休まなかった。

アレックスは体育館や射撃訓練場、山岳地帯での夜間演習で頑張りつづける一方で、座学でも頭抜けた成績を収めた。そこでは、アメリカが極東での戦争に巻き込まれることになった理由を担当教官が説明しようとしていた。

アレックスはヴェトナムの歴史、そして、北と南が西暦九三九年に統一されたものの、いまはいがみ合っている経緯に興味をそそられた。

「ですが、地球の裏側にある小国のために、アメリカの兵士が命を犠牲にしている理由は何でしょうか？」アレックスは質問した。

「北がヴェトナム全土を掌握したら、次にやつらの手に落ちるのはどこだ？」担当教官が質問を返した。「ラオスか？　カンボジアか？　オーストラリアまで到達したら、そこでやめると思うか？　ドミノ効果だよ。一つ倒れるのを許したら、次、その次と倒れていくんだ」

「それでも、ヴェトナムが地球の裏側であることはいまも変わりがないと思いますが」

アレックスは食い下がった。

「果たしてそう言いきれるかな」担当教官が応じた。「キューバを牛耳っているのはフィデル・カストロだ。だとすれば、フロリダは共産主義者を目の前に見ていることになる。やつらが弓と矢以外の何かを手に入れたら、次に狙《ねら》われるのはフロリダかもしれないだろう」

アレックスはそれ以上の質問を必要としなかった。連合国が拱手《きょうしゅ》傍観しているあいだに赤軍が東ヨーロッパ全域を占領したことはよく知っていた。

すぐに新兵のなかで友だちができたが、そこには移民第一世代が少なからずいた。自分もその一人であるアレックスは、彼らの家族や恋人への手紙を代筆し、書類の記入を手伝ってやり、一人などには靴紐の結び方まで教えてやった。しかし、一人だけ――そういうやつは必ずいるものだが――、最初の集合喇叭《らっぱ》のときからアレックスに敵対する者がいた。

ビッグ・サム――〝戦車《タンク》〟とも呼ばれていた――は身長六フィート四インチ、体重計の針は二百二十六ポンドを指すまで止まらず、その重さの大半は張りつめた筋肉だった。カルペンコ二等兵が自分たちの隊のなるべくしてなったリーダーだとは、彼は明らかに見なしていなかった。ほとんどの新兵はビッグ・サムを避け、二等軍曹のなかにさえ彼を用心する者がいた。アレックスも近づかないようにしていたが、体育館での訓練で、ボクシングの友好試合を命じられたときはそうもいかなかった。ビッグ・サムに友好試合は存在しない。酷《ひど》い結果に終わるのがわかりきった試合の目撃証人になろうと、新兵全員がリングを取り囲んだ。

「おれほど偉大な存在はいないんだ」アレックスはロープをくぐってリングに上がりながらつぶやいた。カシアス・クレイの言葉が勇気を与えてくれて、何とか三ラウンド九分間を生き延びさせてくれるのではないかと期待したのだが、もとより確信はなかった。

第一ラウンド、アレックスは緊張しながらリングを動き回り、次々と繰り出される相手のパンチをかわしつづけた。二ラウンドが終わるまで何とか持ち堪《こた》え、二発ほど――ビッグ・サムは気づいてもいないようだったが――パンチを命中させた。しかし、足があっという間に鉛のように重くなっていった。地元のダンスホールで若いレディとスローなワルツを踊っているわけではなかった。

第三ラウンドの半分が過ぎるころ、サムのパンチがアレックスの側頭部に、辛うじてではあったが斜めに当たった。アレックスがよろめく隙《すき》に二発目が、今度は顎《あご》に炸裂《さくれつ》した。アレックスはたまらずキャンバスに崩れ落ちた。気のきいた男ならそのまま倒れていたかもしれないが、アレックスはそうではなかったから、レフェリーのカウントを聞きながら何とか立ち上がろうとした。「ファイヴ、シックス、セヴン……」まだ片膝《かたひざ》をついている状態のときに、三発目が鼻を直撃した。目の前が真っ暗になり、飛び散る星しか見えなかったが、その数はアメリカ国旗の五十よりはるかに多かった。選手権試合ならサムは即座に失格を宣告されただろうが、二等軍曹が指摘したとおり、正当な戦いの規則《クイーンズベリー・ルール》を説明する時間など、ヴェトコンは与えてくれないということだった。

ややあって意識が戻ったアレックスがたじろいだことに、ビッグ・サムが仁王立ちして見下ろしていた。アレックスは次のパンチを覚悟して身を護ろうとしたが、ビッグ・

サムはグローブを外してアレックスを助け起こした。新たな親友ができた瞬間だった。

二週目になると、射撃訓練場で、動かない標的を撃つ訓練が始まった。「明日は動く標的だ」二等軍曹が言った。「おまえたちがそれに慣れたら、今度は撃ち返してくる標的が相手だ」

第三週は昼が夜になり、食事抜き、睡眠抜きで、死んでいなかったら死にたくなるほど過酷だった。

第四週は直接相手と接触する格闘戦で、しかも十四時間、飲まず食わず、眠らずの状態で行なわなくてはならなかった。ようやく寝台に倒れ込むのを許されたと思ったら、眠りにも落ちないうちに起床を命じられ、たったいまヴェトコンの反撃が始まったと告げられた。「いいか、忘れるな、ここはあいつらのホームなんだぞ」

だれも驚かなかったが、第五週に入るとアレックスは伍長《ごちょう》になり、十二人からなる新兵を率いることになった。彼は躊躇《ちゅうちょ》なくビッグ・サムを副隊長に選んだ。

第六週の終わり、アレックスの分隊は代わることなくライヴァルの分隊を凌いでいて、どんな危険な任務でも全員がアレックスのあとにつづくだろうと思われた。

第七週、小隊長のローウェル中尉《ちゅうい》が、朝の閲兵のあとでアレックスを脇《わき》へ呼んだ。

「カルペンコ、将校訓練学校への転属を申請する気はないか？　そのつもりがあるのなら、喜んで推薦してやるぞ」しかし、アレックスの返事は彼を失望させることになった。「私は露店商です、サー。将校になりたいとは思っていません。もし許していただけるのなら、このまま隊にとどまって一緒に戦わせてください」

それからの数週間、ローウェル中尉はカルペンコに考え直させようと何度も試みたが、そのたびに、断固とした同じ返事を聞かされるだけに終わった。

フォート・ブラッグの最後の日、アレックスの中隊は司令官からの褒賞《ほうしょう》を受けることになり、ビッグ・サムがみんなを代表してそれを受け取った。

「諸君は私の指揮下にあった、あるいはある、最精鋭の隊である」将軍はそう言って、ペナントをサムに渡した。

「ほかのも見せてください」ビッグ・サムが言い、将軍を大笑いさせた。

一九七二年六月五日、第一一六歩兵師団のローウェル中尉、カルペンコ伍長、兵は、真夜中のうちに十二台のトラックに乗り込み、フォート・ブラッグをあとにして、どの地図にも載っていない飛行場へ向かった。十四時間後、短時間の給油を三度したあと、部隊は飲まず食わずのまま、ようやく南ヴェトナムのどこかの、厳重に警備された滑走路に着陸した。彼らはもう新兵ではなく、戦いの準備を整えた、訓練された歩兵になっていた。

が、全員の生還を期すことなど不可能だった。

第一一六師団は二週間を費やして仮兵舎に落ち着き、さらに二週間を費やして最初の任務の準備をし、全員が準備を万端に整え終えた。だが、その準備が何のためのものかはわからないままだった。

「われわれの命令ははっきりしている」ローウェル中尉が朝のブリーフィングで言った。「ロンビン周辺をパトロールすることになった。われわれの防御の弱点が見つかるのではないかと、ヴェトコンがときどき出没しているんだ。もしそんな愚かな真似《まね》をするやつがいたら、きっちり後悔させて追い払うのがわれわれの仕事だ」

「戦闘になる可能性はあるんでしょうか？」アレックスは訊《き》いた。

「ないと思う」ローウェルが答えた。「それはプロがやる、海兵隊やレンジャーズだ。われわれに戦闘要請があるのは、例外的な状況で彼らを支援するときだけだ」

「それでは輸送部隊と同じじゃないですか」タンクことビッグ・サムが言った。

「まあそんなところだ」ローウェルが認めた。「立って待っているだけの者たちも役に立っている、だ」今度図書館へ行ったら引用句辞典に当たろう、とアレックスは思った。

まあ、それまでに二年はかからないだろう。「いいニュースもある」ローウェルがつづけた。「六週間ごとに何日かの慰労休暇がでるから、そのときにサイゴンに行けるぞ」

控えめな歓声が上がった。

「だが、そのときも油断してはならない。近づいてくる者はだれだろうとヴェトコンの工作員だと思え。とりわけ若い美人に注意すること。諸君にとってはつまらない情報のかけらだと思われるものでも、色仕掛けで引き出そうとしてくるからな」

「口を閉じたまま、セックスだけするというのも駄目でしょうか?」兵士の一人が訊いた。

笑いが静まるのを待って、ローウェルがきっぱりと答えた。「絶対に駄目だ。いいか、ボイル、誘惑に負けそうになったら、それがおまえの同志の一人を死に追いやる原因になるかもしれないと自分を戒めろ。常にそれを忘れるな」

「六週間も女なしでやっていく自信がないんですが」ボイルが言った。全員がどっと笑ったが、彼らもボイルと同意見であるのは明らかだった。

「心配は無用だ、ボイル」ローウェルが言った。「おまえのような兵士のために、陸軍はちゃんと準備をしている。駐屯地の周辺に、われわれ専用の娼婦《しょうふ》のいる宿があるんだ。リリーというレディが経営していて、女たち全員を慎重に検査してある。一度だけ、女の一人がヴェトコンと通じているとリリーが知ったことがあるんだが、翌朝、その女は川に浮かんでいるところを発見された。この駐屯地のすべての隊が、週に一晩、リリーの宿へ行くことを許されている。わが隊に割り当てられているのは水曜の夜だ」

メモを取る必要のある者はいなかった。

アレックスは間もなく気づいたのだが、パトロールはよく言えば退屈、悪く言えば無意味だった。五週間目にヴェトコンの斥候を見つけ、ローウェル中尉は即座に、接近して発砲するよう命じたのだが、見たこともないような一本の木に当たっただけで、それ以外には誰一人として何にも命中させることができず、何秒もしないうちにヴェトコンは密林のなかに溶けて消えてしまった。

その出来事を教えようと母に長い手紙を書いたとき、ヴェトコンを探してのパトロールよりブライトン・ビーチ・アヴェニューを渡ろうとして車に轢《ひ》かれて死ぬ確率のほうが高いのだから、と安心させようとした。が、その意見は検閲官に削除された。

母からは定期的に手紙が届いた。バーニーはとうとう引退した、おまえがいなくなってからは赤字を出さないのがやっとだと、そこには書いてあった。母もドミートリイも天性の商人ではないのだと気づくのに、行間を読む必要はなかった。おまえが戻ってくる日を一日千秋の思いで待っているという母の願いは、少なくともあと一年は叶《かな》えられそうになかった。長い数週間がもっと長い数カ月に変わったとき、アディーのアドヴァイスを聞き入れて徴兵猶予を申請していたらどうだったかを考えた。ニューヨーク大学を卒業し、アディーにプロポーズするというもっと大事なことをしていたはずだった。指輪まで買ってあったのだから。

20 サーシャ

一九七二年 ロンドン

「お嬢さんと結婚するお許しをいただきたいのです、サー」

「何とも見事なほどに古風だな」ミスター・デンジャーフィールドが言った。「だが、二人とも、結婚を考えるには少し若すぎないか？ 撤回不能の決断をするわけだから、もう少し時間をかけて考えるべきではないかな？」

「生涯をともに過ごしたいと考える一人の女性と出会ったのです、サー、なぜ待つ必要があるでしょう」

「私が答えを知らなければ、娘もきみのことを同じように思っているのかと訊くところだが」サーシャは微笑した。チャーリーが隣室にいることはわかっていた。「そういうことなら、未来の義理の父親として尋ねたい。将来についてはどう考えているんだ？」

「ケンブリッジ大学を卒業するという条件付きですが、サー、すでに三つの仕事の申し出を受けています。問題は、そのうちのどれを選ぶかを決められないことです」

「贅沢《リッチ》な悩みだな」ミスター・デンジャーフィールドが言った。

「そして、金持ち《リッチ》になれる保証がありません」サーシャは認めた。「もっとよくないのは、そのどれも私が本当にやりたい仕事でないことなのです」

「ようやく興味が湧《わ》いてきたぞ」

「トリニティ・カレッジは、首席であるという条件付きですが、試験成績優秀者奨学金を申し出てくれています」

「それはおめでとう」

「ありがとうございます、サー。ですが、自分が大学の教員に向いているとは思っていません。教室より戦場のほうが好きなのです」

「どういう種類の戦場かね？」

「外務省の高官から声がかかって、入省試験を受けるよう勧められているのです。ですが、私を外交官にしたいのかスパイにしたいのかがはっきりしません」

「その二つには違いがあるのかね」デンジャーフィールドが言った。「だが、きみならどちらも上手《うま》くやってのけられるだろうと、それは自信を持って言える。で、三つ目の仕事は何なのかな？」

「母が料理長をしているレストランの経営者のミスター・アネッツリに、一緒にやらないかと誘ってもらっています。自分には子供がいないから時期を見て私に譲ると、はっきりとではないけれども言ってくれているのですよ」

「ケンブリッジ大学の教員、スパイの親玉、レストランの主人かね。ずいぶんと一貫性に欠ける選択肢だが、レストランの主人が一番戦場に近いし、報酬もたぶん一番いいはずだ」

「報酬がいいだけではなくて、一番適してもいるのです。五年間、休みのときはレストランで働いていましたから。皿洗いから始めてテーブルの準備を担当するようになり、そのあとバーマンとウェイターを交互にやっていました。二つの学位を同時に取ろうとしているような気がすることがときどきありました」

「だが、その三つとも本当にしたい仕事ではないんだろ?」

「そうなのです、サー。父と同様、私も本質は政治家です。そしてケンブリッジ大学は、国会議員になるという思いをさらに断固たるものにしてくれただけでした」

「そうだとして、どの党の旗の下に参じるかはもう決まっているのかな?」

「いいえ、まだ決まっていません、サー。実を言うと、どちらであっても極端はあまり好きではなくて、中立的なところにいるほうが好きな気がします。ふと気づくと、他人の見方に賛同していることがよくありますから」

「しかし、政治の世界で階段を上っていくつもりなら、最終的にはどちらかへ飛ばなくてはならないだろう」デンジャーフィールドが言った。「もちろん、自由党へ入るのであれば話は別だがね」

「それはありません、サー」サーシャは笑った。「敗者の大義を信じてはいませんから」

「私もだよ。そして、私はこれまでずっと自由党に投票してきたんだ」

サーシャは真っ赤になった。「すみません、サー」

「謝る必要はないよ、若者。妻もきみと同じ意見だと思う」

「まったくの笑いものになりたくないのでお願いするんですが、サー……」

「スーザンは長年の保守党支持だが、実に不本意そうに投票に行くことがときどきある。だから、きみ以上に迷いやすいのではないかな。だが、チャーリーから聞いたような気がするが、きみは学生自治会の委員長選挙に負けたあと、二度と立候補することはないと娘に約束したのではなかったか？」

「それは一週間ほどしかつづきませんでした。お嬢さんはひどく腹を立てるでしょうが、ぼくは次の委員長選挙に立候補します」

「だが、取りあえず現実的な問題に戻るとして」デンジャーフィールドが言った。「ミスター・アネッリの申し出を受け容れた場合、きみと娘はどこに住むんだ？」

「最近、母がフラムに広いアパートを買ったのです。三人で住んでもお釣りがくるぐらいです」

「四人ではどうかな？　五人になるかもしれんだろう」デンジャーフィールドが悪戯《いたずら》っぽく片眉《かたまゆ》を上げて見せた。

「まずは自分の足場をしっかり固めて、家族を作ることはそれから考えようと、お嬢さんとは意見の一致を見ています。お嬢さんは博士号を取得したら仕事を見つけて、二人どころか三人でも四人でも大丈夫なぐらい、私と二人で稼ごうと考えておられます。反対しているのは母だけです」

「母上にお目にかかるのが楽しみだな。実に侮《あなど》り難い女性のようじゃないか。だが、教えてくれないか、一人息子がこんなに若くして結婚することをどう思っておられるんだろう？」

「母はお嬢さんが大好きで、尊敬してもいます。だからこそ、きちんと手続きを踏まずに一緒に住むことに反対しているのだと思います」

「ああ、なるほど。きみはそういうところで古風な価値観を受け継いでいるわけだ」

「おまえがどの党に入るかがわかっていれば助かるんだがな」ベンが言った。「無所属候補としてでも勝たせる自信はあるが、保守党か労働党か、どっちでもいいから入ってくれれば、おれの人生はずっと簡単になる。まあ、保守党のほうが望ましいけどな」

「それが問題なんだ」サーシャは答えた。「どの党を支持しているか、自分でもいまだにわからないんだ。おれは本来、資本主義経済下の自由企業制を信じている。国の介入は多いのではなくて少ないほうがいい。だが、移民としては、労働党の考え方のほうに親近感を感じる。まあ、自由党支持でないことだけは断言できるけどな」

「いや、それはだれにも言うなよ。投票が締め切られるまでは絶対に駄目だぞ。おまえは無所属候補なんだから、三党全部の有権者の支持が必要なんだ」

「おまえ、何らかの確信とか自信とかがあるのか？」サーシャは訊いた。

「選挙に勝ったとわかるまで、自信や確信なんて贅沢《ぜいたく》は許されない」

「本物の保守党員みたいな口振りだな」サーシャは言った。


「週末を両親と一緒に過ごすことに同意してくれてよかったわ」チャーリーが言った。

「父は何かについて、あなたのアドヴァイスをほしいと思っているみたいなの」

「ぼくがきみのお父さんに何をアドヴァイスできるというんだ？　そんなのあり得ないよ。骨董《こっとう》のことなんてぼくはまったく知らないし、お父さんはその世界の第一人者じゃないか」

「何についてのアドヴァイスなのか、わたしもあなたに負けないぐらい興味があるわね。でも、一応忠告はしておいたわ、あなたはチッペンデイルとコンランの違いもわからないって」

「買う余裕があるのがどっちかぐらいはわかってるよ」サーシャは言った。

「あなた、もっとオスカー・ワイルドを読んで」チャーリーが言った。「メイナード・ケインズを読むのを減らすべきね。ところで、あなたのお母さまも一緒にいらっしゃってもらえないかしら？　両親がお母さまに会うのをどんなに楽しみにしているかは、あなたも知ってるでしょう」

「母なら土曜の朝にくることにしてある。そうすれば、ぼくたちの最初の三人の子供につける名前を母がすでに決めていることを、ぼくたちの口からきみのご両親に知らせる時間があるからね」

「その名前が使われることはしばらくはないかもしれないって、お母さまには知らせてあるの？」


討論会の終わりにテッド・ヒースがようやく着席したとき、自分が共感するところが多いほうの党はどっちか、サーシャはもう決めてもいいような気がした。ヒース首相の演説はまずまずの内容で、腕のいい職人のようだったが、強い思いを持っているはずの問題について論じているときですら熱が欠けていた。最近成功を収めた、ヨーロッパ共同市場《コモン・マーケット》にイギリスの席を確保するための運動に関しても、それを聞きながらときどき欠伸《あくび》をこらえられない者が少なからずいて、そこには彼の支持者も一人か二人混じっていた。

労働党の側から反対討論に立ったマイケル・フットは、ヒースよりずっと優れていた。反対演説をする者としてはテーマについての知識が明らかに充分ではなかったが、それでも、その素晴らしい弁舌で学生たちを虜《とりこ》にした。

サーシャはヒースと同じで、共産圏に対抗するためにヨーロッパはより強くなくてはならないと考えていたから、ベンのアドヴァイスを無視して、人物にではなく、テーマに投票した。

「ヒースは素晴らしかったよな」討論会後のディナーが催された建物を出ながら、ベンが言った。

「いや」サーシャは応《こた》えた。「テーマについての知識はヒースのほうが深かったかもしれないが、説得力はフットのほうが上だった」

「だけど、おまえはどっちに国の経営を任せたいんだ？」ベンが詰問《きつもん》口調で訊いた。

「見事な弁舌の持ち主か、それとも——」

「何でも屋か？」サーシャは言った。「おれはまだその結論を出していない。だから、無所属候補として立とうと思う」

「それなら、忙しい週末が待ち受けることになるな」

「何をするんだ？」

「おまえの政策綱領《マニフェスト》をすべてのカレッジに配布し、掲示板にポスターを貼《は》り、だれも見ていないときに対立候補のポスターを剝《は》がす」

「最後の仕事は忘れていいぞ、ベン。おまえだってよくわかってるだろう、学生自治会の規則では、相手候補のポスターを破ったり剝がしたりしてはならないんだ。おまえがそこまで愚かなことをしたら、おれは候補者の資格を失いかねない。おまえが現行犯で捕まったところをフィオーナなら写真に撮って公表するぞ。だって、二度目の負けを喫したおれを見るのを無上の歓《よろこ》びとしているんだから」

「それなら、おまえのポスターを対立候補の上に貼るだけで満足するしかないか」

「ベン、おまえ、わかってるんだろうな？　そうでないと困るんだ。ずっとおまえを監視しているわけにいかないからな」

「どうして？」

「週末はチャーリーの両親のところで、おれたちの婚約を祝って過ごすからだ。母も参加して、初めて彼女の両親に会うことになってるんだよ」

「その歴史的会見はどこで開かれるんだ？」

「どうしてそんなことを訊く？」

「おまえの母上の料理を味わったことは、これまで一度しかない。早く二度目の招待がきてほしいと思ってるからさ」

「そのことなら、そんなに長くは待たなくていいと思うぞ。おまえにおれたちの結婚式の新郎付添いをやってもらうつもりでいるからな」

サーシャは親友中の親友が初めて言葉を失うという経験を堪能《たんのう》した。

「マイクと呼んでくれ」ミスター・デンジャーフィールドが言った。

「それができるようになるまでには少し時間がかかるかもしれません、サー」書斎のドアを閉めた主人に煖炉《だんろ》のそばへ案内されながら、サーシャは答えた。

「二人だけで話をできる機会が持ててよかったよ、サーシャ。というのは、きみのアドヴァイスが必要なのでね」

「それが骨董のことでなければいいんですが、サー。骨董と呼ぶのを許されるためにはどのぐらい古くなくてはならないかすら、ついこのあいだ、ようやく知ったばかりですので」

「いや、骨董ではなくて、私の顧客に関することなんだ。われわれの業界で〝一生に一度あるかないかの掘り出し物〟と呼ぶものを持っている人物なのだがね」サーシャは興味を惹《ひ》かれたが、何も言わずにいた。「最近、夫を亡《な》くしたロシアの伯爵《はくしやく》夫人が、もし本物であれば骨董の世界で注目の的になる、先祖伝来の家宝を私に売りたいと言ってきたんだ」デンジャーフィールドが立ち上がって部屋を横切り、大きな金庫の前にしゃがんだ。そして、まず一方向へ、次いで逆方向へダイヤルを回して頑丈な扉を開けると、赤いヴェルヴェットの箱を取り出し、戻ってきて、二人を隔てているテーブルに置いた。

「開けてくれ、サーシャ。天才の作った名品かどうかを判断するのに骨董の知識はまったく必要ない。見ればわかるんだ。きみでもな」

サーシャはおそるおそる留金《クラスプ》を外し、箱を開けた。ダイヤモンドと真珠がちりばめられた、大きな黄金の卵がそこに鎮座していた。サーシャの口がぽかんと開いたが、言葉が出てくることはなかった。

「それは外被に過ぎない」デンジャーフィールドが身を乗り出し、卵を二つに割った。今度姿を現わしたのは、無数のブルー・ダイヤモンドに取り巻かれた、精妙極まりない翡翠《ひすい》の宮殿だった。

「凄《すご》い」サーシャは思わず声を漏らした。

「同感だ。だが、伯爵夫人の言葉通り、本物のファベルジェなのかな？　それとも、実によくできた模造品だろうか？」

「それはぼくにはわかりません」サーシャは答えた。

「きみにわかるとは私も思っていないよ。だが、伯爵夫人に会ったあとなら、伯爵夫人が本物か偽物《にせもの》か、きみならわかるかもしれない」

「アナスタシア問題ですか（訳註　ニコライ二世の末の皇女、十月革命で処刑されたが、その後、何人も自分がアナスタシアだと主張する女性が現われた）」

「そのとおりだ。すでに大英博物館、ヴィクトリア・アンド・アルバート博物館、そして、ソヴィエト大使館にまで足を運んで調べた結果、本物の卵を所有していたのはモレンスキー伯爵であることに疑いの余地はないとわかった。だが、あの伯爵夫人が本当に彼の娘なのか、それとも模造品を私につかませようとしている名優なのかがはっきりしないんだよ」

「早く彼女に会いたいですね」サーシャは卵から目を離せなかった。

「それに、確かに本物の伯爵夫人だと彼女がきみを納得させたとしても」デンジャーフィールドが言った。「なぜギルドフォードの小さな骨董商の私を選んだんだろう、ウェストエンドには大手の骨董商がいくらでもあるし、そのどこを選んでもよかったはずなのに？」

「もうその質問は彼女になさっていますよね、サー」

「もちろんだ。そうしたら、ロンドンのディーラーは信用できない、自分を騙《だま》そうとカルテルを作るかもしれないからだという答えだった」

「カルテルを作るってどういうことですか？」

「オークションで貴重な出品物の値を下げておくためだけに小規模商人のグループが手を組み、彼らの一人が本来の価格より低く落札できるようにすることだ。そして、そうやって落札した物をかなりの儲《もう》けが出る価格で売り直し、仲間で山分けする。コンサート・パーティと呼ばれることもあるな」

「だけど、それは絶対に法に触れますよね？」

「ほとんどの場合はそうだ。だが、それが法廷に持ち出されることは滅多にない。なぜなら、目撃証人がいないし、立証がほとんど不可能だからだ」

「もしこれが本物だとして」サーシャは卵に目を戻した。「そもそも値が付けられるんでしょうか？」

「ファベルジェの卵が最後に市場に出てオークションにかけられたのは、ニューヨークのサザビーズ・パーク・バーネットだ。落札価格は百万ドルを少し超えていた。十年前のことだよ」

「もし偽物だったら？」

「二千ポンド、もしかすると三千ポンドを手にすることができれば、彼女は運がいいということになるだろうな」

「彼女にはいつ会えるんでしょう」

「明日の午後、お茶に招いてある」デンジャーフィールドがもう一度卵を見た。「もし彼女が本物なら、まったく私らしくないことをするときがきているかもしれない」

「それは何ですか、サー？」

「危険を引き受けることだよ」ミスター・デンジャーフィールドが答えた。

ベンの週末は〝カルペンコに一票を〟のポスターを二十九の学寮《カレッジ》のすべての掲示板に留め、さらには道沿いの塀にまで貼ってまわることに費やされた。道沿いの塀については許可が必要な場所に無断で貼ったものであり、対立候補に破られたり剝がされたりしても文句を言えないとわかっていたが、それでもやらないわけにはいかなかった。

カレッジからカレッジへ移動するにつれて、サーシャ勝利の自信が深まっていった。足を止めてお喋《しゃべ》りをしてくれた者たちが例外なく親指を立てるか、今度はおまえの候補を支持すると確約してくれたからである。この前の選挙でフィオーナが嘘《うそ》の告発をしたことを持ち出す者はいなかったし、最後の最後になってサーシャに票を入れなかったことを後悔していると認めてくれた者も、一人か二人いた。おまえたち二人だけでも票を入れてくれていたら勝てたんだぞ、とベンは改めて言ってやりたかった。

ベンをもってしてもサーシャを除く全員に仕方なく認めざるを得なかったのだが、フィオーナはかなり優秀な自治会委員長であることをすでに証明していた。彼女の父親の人脈が庶民院にあるおかげで、名の通った弁士をいくらでも招くことができ、委員会をしっかりと掌握してもいた。その二つといくつかの改革案が相俟《あいま》って、味方だけでなく敵も、彼女を認めざるを得なくなっていた。

フィオーナとサーシャが口をきくことは滅多になかったが、彼女はすでにベンに対して、三人でディナーをともにし、過去のことは水に流そうと持ちかけていた。

「和平の申し出かな?」ベンが言った。

「そんな申し出、糞喰《くそく》らえだ」サーシャは応じた。「彼女に言ってやってかまわないぞ、おれが委員長になったらその申し出を受けてやるってな」

21　アレックス

一九七二年　ヴェトナム

「故郷《くに》へ帰ったら何をするか、考えはあるのか？」ローウェル中尉が訊いた。塹壕《ざんごう》に並んで坐《すわ》り、昼食と称して渡されたものを分け合っているときだった。

「ニューヨーク大学の経済学部を卒業したら、ロックフェラーに匹敵する帝国を造ります」

「ロックフェラーはおれの名親だよ」ローウェルが淡々と言った。「おまえも彼を好きになるだろうが、彼はおまえを絶対に好きになる、それは断言してもいい」

「中尉はあの偉人の仕事をしているんですか？」アレックスは訊いた。

「そうじゃない、ボストンで一族の名前のついた小さな銀行の会長をしているよ。だが、正直なところを言うと、名前だけの会長に過ぎん。本当は最初の恋人である政治に専心したいんだがな」

「いつかは大統領になりたいとか？」アレックスは訊いた。

「いや、そこまでは結構だ」ローウェルが答えた。「おれにはおまえほどの野心はないよ、伍長。それに、身の程はわきまえているつもりだ。だが、ボストンへ帰ったら、国会議員になろうと思ってる。できれば、いつの日か上院に行きたいんだ」

「お祖父《じい》さんのようにですか？」ローウェルは意表を突かれたようで、明らかにアレックスの次の質問に対する準備ができていなかった。「なぜ徴兵猶予《ゆうよ》を申請しなかったんです？　確かなコネクションがあるはずだから、それを使えば、こんな地獄のようなところで終わる心配をしなくてすんだでしょうに」

「確かにそうなんだが、おれのもう一人の祖父が大将なんだ。その祖父に説得されたんだよ――ある期間、ヴェトナムへ行っておけ、政治の世界に入るのであれば、それは何の害にもならない。競争相手のほとんどがほぼ間違いなく徴兵を逃れるとあれば尚更《なおさら》だ、とな。だが、おまえの言うとおり、ハーヴァードの同級生は一人残らず、何らかの理由を見つけて召集を避けたよ」

アレックスは缶の底に一つだけ残っている豆の一粒を口に入れ、母が作ってくれた最高に美味《うま》いご馳走《ちそう》の最後の一口であるかのように、ゆっくりと味わった。

「さて、そろそろ敵を見つけに出かける時間だ」ローウェルが言った。

「見つかる見込みはないんじゃないですか」アレックスは言った。

水曜の夜、隊のみんなはリリーのところへ出かけていったが、アレックスの行き先は酒保《カンティーン》と決まっていた。唯一《ゆいいつ》の仲間は本だった。ロシア語で書かれたトルストイにも、英語で書かれたディケンズにも、フランス語で書かれたデュマにももう疲れ切っていて、最近ではヘミングウェイ、ベロー、そして、チーヴァーに目が向いていた。

アディーから毎週手紙が届き、アレックスは自分でも理解できないぐらい彼女が恋しかった。プロポーズするはずだったが、手紙ではできない。だけど、帰ったらすぐに……。

みんなと一緒にリリーの店へ行こうとビッグ・サムがしつこかったが、アレックスはそのたびに抵抗し、アディーの写真まで見せて拒否しつづけた。

「黙ってりゃわからないだろう」サムがにやりと大きな笑みを浮かべて言った。

「黙ってなんかいられないよ」アレックスは言った。酒保のジュークボックスで、エルヴィスが低い声で感傷的に歌っていた――〝いつもきみのことを考えていた《ユー・ワー・オールウェイズ・オン・マイ・マインド》〟。

「絶対にキムを気に入ると思うぞ」サムは執拗《しつよう》だった。

「おまえがキプリング好きだとは知らなかったよ」アレックスはにやりと笑みを返した。

「戦争の無益さについて考えることはありますか?」アレックスは訊いた。

「ないな」ローウェル中尉が答えた。「それを考えたら、おれの決意が揺らぐかもしれない。本物の戦闘をしなくてはならなくなったときに、それは部下のためにならない」

「ですが、近くの塹壕にいる北ヴェトナムの若い兵士だって、われわれと同様、家族のいる故郷へ帰りたいと思っているだけの者もいるはずです。歴史はわれわれに何も教えてくれないんでしょうか？」

「次の世代を戦争に送り出す前に、政治家がもっと慎重の上にも慎重を期して考えるべきだということぐらいかな。母上はおまえがいなくて大丈夫なのか？」ローウェルが話題を変えようとして訊いた。

「どうにかやっています」アレックスは答えた。「十一軒の露店も何とか赤字にならずにすんでいますからね。ですが、本当のところは一日も早く帰ってきてほしいと思っていますよ。そろそろ営業許可更新の時期なんですが、母ではミスター・ウルフに太刀打ちできませんしね」

「それはだれなんだ？」

「露店の権利者です」

「ドミートリイなら相手になり得るんじゃないのか？　おまえの話からすると、かなりしたたかな人物のようじゃないか」

「交渉ごとについては素人《しろうと》同然ですよ。彼は海の上にいるときのほうがはるかに幸せなんです」

「まあ、あとほんの数カ月で、みんなが待ち焦《こ》がれている除隊だ。もっとも、タンクだけは例外だがな」

「どうしてですか？　あいつ、故郷に帰りたくないんですか？」

「そうじゃなくて、海兵隊へ転属させてくれと言っているんだ。喜んで応援してやろうと思ってるよ。軍で定年を迎えたいんだそうだ。あいつにおまえの頭脳があれば、そのときには将軍になってるかもしれないな」

「戦闘に行かなくちゃならないとなったら」アレックスは言った。「どんな将軍よりもあいつにそばにいてほしいですね」

小隊が日々の定期パトロールに出ているとき、命令が届いた。派遣任務を完了してアメリカへ帰る日まで、十七日を残すだけになっていた。

ローウェル中尉は司令部からのその命令をもう一度聞き直してから、野戦電話を切って部下を集めた。「近くで小競《こぜ》り合《あ》いが起こっている。パトロール隊の一つが待ち伏せされた。これから応援に向かえとの命令だ」

「ようやくですか」タンクが言ったが、ほかの兵士は納得しているように見えなかった。アレックスもそうだったが、彼らも指折り数えて帰国の日を待っているのだった。

「すでにヒューイ・ヘリコプターが三機、戦闘地域へ向かっている。彼らの任務は負傷者を退避させ、死者を司令部へ連れ帰ることだ」アレックスは〝死者〟という言葉を聞いて、第一一六歩兵師団が最初の本格的な任務に参加しようとしているのだという思いを強くせざるを得なかった。

タンクが真っ先に立ち上がり、カルペンコ伍長はその一歩あとにつづいた。残りの者も素速く二列縦隊になり、ベイカー二等兵が殿《しんがり》を務めた。

「おれ以外は声を立てるなよ」ローウェル中尉が中間地帯に入りながら指示した。「咳《せき》一つしても敵に感づかれ、隊全体が危険にさらされる恐れがあるからな」

小隊はそれから一時間かけて、ゆっくりと慎重に下生えを通過し、敵の領域に入った。ローウェル中尉は数分おきに方位磁石を地図のグリッド表示に合わせ、現在地を確認しつづけた。いきなり銃声が聞こえ、もはや地図は必要なくなった。小隊全員が地面に伏せ、戦場へと這《は》い進んだ。

アレックスが顔を上げると、三機のヒューイの一番機が頭上で旋回しているのが見えた。鬱蒼《うっそう》たる熱帯林のなかの、着陸できる平坦《へいたん》なところを探しているのだった。

小隊は匍匐《ほふく》前進をつづけた。アレックスは生まれて初めてというぐらい気持ちを張りつめ、必死に目を凝らし、耳を澄ませた。が、そこまでしても、一時間後に自分はどこにいることになるのだろうと考えざるを得なかった。少なくとも、人生の一年を無駄にしたとは、もはや感じていなかった。

突然、前方百ヤードに敵が見えた。アレックスたちが接近していることにまだ気づかず、目は負傷者後送班が最初の負傷者をストレッチャーに乗せて運んでくるのを待つヘリコプターのほうしか見ていなかった。そして、負傷者後送班は、目と鼻の先の下生えにヴェトコンが隠れていることにまったく気づいていなかった。

ローウェル中尉が手で合図し、方向を変えて敵を包囲するよう指示を送った。不意打ちが最善の武器だということは全員がわかっていた。しかし、じりじりと接近をつづけている最中に、ベイカーの膝《ひざ》が落ちた枝を踏んでしまった。それが折れる音がまるで爆竹のように聞こえ、ヴェトコンの部隊の最後尾にいた男がとたんに振り返った。その目がローウェルの目とぶつかった。

「敵《ケ・トゥ》だ！」ヴェトコンが叫んだ。

ローウェル中尉がいきなり立ち上がり、M16を撃ちまくりながら、敵に向かって突進した。全員がすぐ後ろにつづき、ヴェトコンのほぼ半数は応射する間もなく倒れていった。だが、中尉も被弾し、湿原と言っていいような地面に顔から倒れ込んだ。アレックスはすぐさま中尉のいた位置を占めた。隣りにはタンクがいた。

戦闘――それを戦闘と呼べればだが――はわずか数分で終わり、ヴェトコンは掃討された。その直後、一機目のヘリコプターがゆっくりと宙へ舞い上がり、基地へ引き返していった。二機目はまだ頭上でホヴァリングしながら、着陸できるようになるのを待っていた。

アレックスは訓練で習ったことを思い出した――何より最初に、もはや敵が脅威でなくなったことを確かめること。というわけで、十六人のヴェトコンをタンクと二人で検《あらた》めていった。十五人は死んでいたが、一人だけ悶《もだ》え苦しんでいる者がいた。口から血を吐き、腹からも出血して、死がすぐそこで待っているのをわかっていた。アレックスは二番目の教えを思い出し、銃を構えて若者の額を真《ま》っ直《す》ぐに狙《ねら》った。しかし、教科書には〝慈悲殺〟と書かれていたかもしれないが、引鉄《ひきがね》を引くことができなかった。

三番目の教え――味方の状況を確認し、負傷者は退避させ、次に死者を後送すること。彼らは母国へ帰り、最高礼をもって埋葬される。置き去りにして異国で朽ち果てさせてはならない。そして、最後の教え――指揮を執る将校、いかなる下士官も、戦場を離れるのは最後でなくてはならない。

アレックスは瀕死《ひんし》の北ヴェトナム兵士をそのままにして、ローウェル中尉のところへ駆けつけた。意識はなかったが、弱いけれども脈は打っていた。タンクが中尉をそうっと肩に担《かつ》ぎ、下生えを通り抜けて、待機しているヘリコプターへ送り届けた。そのあと、歩ける負傷者が安全なところへたどり着くのを手助けしてやるために、戦闘現場へ引き返した。戻ってみると、アレックスがベイカーとボイルの死体を前に跪《ひざまず》いていた。二機目のヘリコプターはその二人を最後に収容し、ふたたび宙へ舞い上がった。残った者たちは苦労しながらも何とか丘を登り、小さな空き地へ着いた。三機目のヘリコプターが着陸しようとしているところだった。アレックスは全員が乗り込むのを見届けると、最終確認をすべく戦闘現場へ戻った。

彼を見たのはそのときだった。何たることか、一人だけ生き残っていたヴェトコンがもがくようにして両膝を突いた格好で起き上がり、ライフルを構えて真っ直ぐにアレックスを狙っていた。

タンクがヘリコプターを飛び降りてアレックスのほうへ丘を駆け下ってくるのと、銃声が轟《とどろ》くのが同時だった。たった一人のヴェトコン兵が蜂《はち》の巣になりながら後ろへ吹っ飛ばされるのを、アレックスは見ていることしかできなかった。しかし、ヴェトコン兵はそれでももう一度、何とか引鉄を引いた。

まるでスローモーションを見ているようだった。タンクが死んだヴェトコン兵の隣りに崩れ落ちた。直後、アレックスは友人に覆《おお》い被《かぶ》さるようにして絶叫した。「嘘だろう！　駄目だ、駄目だ、駄目だ！」

命を亡くした巨体は四人がかりで丘へ運び上げられ、三機目のヘリコプターに横たえられた。アレックスはいちばん最後に乗り込んだ。自分のせいで親友を死なせてしまったことを恥じる気持ちに苛《さいな》まれながら。

22 サーシャ

ロンドン

客間へ入ってきた年配のレディを見て、モレンスキー伯爵夫人が本物の貴族であることを疑う者はほとんどいないはずだった。丈の長い黒のペンシル・スカート、ハイネックの上衣《うわぎ》はいささか若作りが過ぎたが、態度物腰はたとえ演劇学校でも教えられるものではないように思われた。見事なまでに保守的な流儀で姿を見せたとたん、サーシャもマイクも、そして、エレーナまでもが反射的に立ち上がった。

ミスター・デンジャーフィールドはこの顔合わせを、偶然の入り込む余地なく振り付けていた。伯爵夫人は唯一空いている席、サーシャの隣りのカウチに誘《いざな》われ、エレーナとデンジャーフィールド家の人々は、卵が置いてあるテーブルの向かい側に坐っていた。ミセス・デンジャーフィールドが伯爵夫人にお茶を注ぎ、一切れのマデラ・ケーキを勧めた。伯爵夫人がためらうことなく辞退すると、サーシャがまず口を開き、彼女の母語で質問した。「イギリスには何年ぐらいお暮らしなのでしょう？」

「思い出す気にならないほど長い年月暮らしているわ」伯爵夫人が答えた。「でも、同胞と出会うのはいつだって愉《たの》しいものよ。訊《き》いてもよろしいかしら、あなたはどこの生まれなの？」

「レニングラードです。伯爵夫人はどちらですか？」

「サンクトペテルブルグよ」伯爵夫人が答えた。「こう言うと、年齢がわかってしまうわね」

「丘の上のあの壮大な宮殿の一つにお住まいだったんですか？」

「レニングラードに丘はありませんよ、ミスター・カルペンコ、よくご存じでしょ？」

「お恥ずかしい限りです」サーシャは詫《わ》びた。「申し訳ありません」

「謝ることはないわ。でも、間違いなくあなたはわたしに探りを入れるために送り込まれているのよね？　だとしたら、もっと厳しい質問をして追いつめないと駄目なんじゃないの？」

サーシャは当惑のあまり、どう答えていいか言葉に詰まった。

「では、いまは亡きわたしの父、モレンスキー伯爵のことをお話しするところから始めましょうか。父は皇帝ニコライ二世ととても仲のいい友人でした。子供のころには家庭教師も共有したし、長じてからは愛人を何人も共有したほどです」

サーシャはふたたび言葉を失った。

「でも、わたしにはお見通しだけど、あなたが本当に知りたいのは」伯爵夫人はつづけた。「あなたの目の前にある傑作がどういう経緯でわたしの手に入ったかであり、こっちのほうが重要なのでしょうけど、それが贋作《がんさく》ではなくて、正真正銘カール・ファベルジェの手になる本物だと、どうしてわたしが確信するに至ったかでしょう」

「おっしゃるとおりです、伯爵夫人、是非ともそれを教えていただけませんか」

「そんな堅苦しい呼び方をしてもらわなくて結構よ、ミスター・カルペンコ。そういう時代が終わったことも、自分が現実の世界に生きていることも、とうの昔に受け容《い》れているわ。それに、贅沢ができるような身分ではなくなったことに気づいたほかの人たちと同様、生き延びたければ家宝のいくつかを手放す以外に道がないこともわかっています」サーシャは俯《うつむ》いた。「父が私蔵していた美術品の価値は、皇帝のそれに次ぐと認められていました。でも、父が持っていたファベルジェの卵は一つだけだったのです。きっと、皇帝より多く持っていたら不敬と見なされるのではないかと恐れたのでしょうね」

「ですが、この卵がファベルジェ本人の手になる本物であって偽物ではないと信じておられる根拠は何なのでしょう？　確か、偽物だと主張する専門家もいたと思いますが」

「その専門家は腹に一物ある人たちです」伯爵夫人が言った。「実を言うと、本物であるとはわたしも証明できません。でも、わたしがこの卵を初めて見たのは十二のときだということは断言できます。肉眼ではほとんど見えないけれど、実は台座に小さな引っ掻《か》き傷があるの。それは子供だったわたしがぞんざいに扱ったせいなのです」

「本物だとすれば」サーシャは卵を見ながら言った。「ミスター・デンジャーフィールドにこれを委《ゆだ》ねようとなさった理由を教えていただけますか。ミスター・デンジャーフィールドはイギリスの骨董についてはだれにも負けないぐらい詳しく、シェラトン、ヘプルホワイト、チッペンデイルといった家具師のものは日常的に扱っておられますが、ファベルジェはそうではありませんが」

「いい評判というのは簡単に獲得できるものではありませんよ、ミスター・カルペンコ。長い年月と、だれも一瞬たりと疑うことのない誠実さがあってこそのものなのです。わたしはこの二十年で初めてこの卵を手放すのですよ、その条件を満たさない人に委ねるなど論外です。ロシア人なら、ものの何日もしないうちにわたしの宝を偽物とすり替えるに決まっています。ミスター・デンジャーフィールドならそんなよからぬ企《たくら》みが頭をよぎることすら絶対にないと、わたしにはよくわかっています。ですから、わたしが受けるべきはミスター・デンジャーフィールドの助言なのです」

サーシャは腕を組んだ。自分に代わってロシア語で会話をつづけてくれという、母と取り決めてあった合図だった。そして、立ち上がって伯爵夫人に会釈《えしゃく》をし、チャーリーと彼女の父親のあいだに席を移した。

「どうだね？」伯爵夫人がエレーナとの話に没頭しはじめるや、ミスター・デンジャーフィールドが訊いた。「どう思う？」

「間違いありません、彼女は彼女が主張しているとおりの人物です」それがサーシャの第一声だった。

「そこまで言い切る根拠は何なのかな？」ミスター・デンジャーフィールドが訊いた。お茶は完全に冷めていた。

「彼女の言葉遣いがロシアの宮廷のそれだからです。率直に言うとずいぶん古めかしくて、いまではパステルナークの作品以外、滅多にお目にかかれません」

「そしてあの卵だが、あれもパステルナークの作品の時代のものなのか？」

学生自治会の次期委員長選挙が地滑り的勝利に終わったとき、それを意外に思ったのはサーシャだけのようだった。

満員の聴衆の前で選挙結果を読み上げなくてはならない事態に立ち至って、フィオーナは明らかに面白くなさそうだった。ベンはついに財務担当役員になり、サーシャと二人、クリスマス休暇を使って新学期の討論会の計画を練った。教育科学大臣のミセス・サッチャーが最初の討論会で政府の政策を擁護する演説をすることに同意してくれたとき、二人は歓喜した。なぜなら、〝牛乳泥棒《ミルク・スナッチャー》――マーガレット・サッチャーを揶揄《やゆ》したもじり――〟なら喜んで敵に回すという主要な政治家が何人もいたからである。

ケンブリッジ大学の一学期は八週間で、サーシャはできるだけ眠る時間を減らして生き延びようとしたが、委員長としての五十六日はいまだに信じられないほどあっという間に過ぎてしまった。そして、その座を降りるやすぐに、最終試験が間近に迫っていることを指導教官が思い出させてくれた。

「いまでも一番を取ろうと考えているのなら」ストリーター博士が言った。「自治会委員長になるために使ったエネルギーと同じだけの量のエネルギーを、今度は勉強に注ぎ込むべきではないかな」

サーシャはストリーター博士の助言を心に留め、最初の試験を受けるために会場の階段を上るその瞬間まで、昼は復習と過去の問題を解くこと、トルストイの長い文章を翻訳すること、以前に自分が書いた小論文を読み直すことに没頭して、夜は六時間しか眠らなかったが何とか生き延びた。

毎晩、チャーリーとベンと一緒に忙《せわ》しく夕食をとりながら、その日の試験の出来を話し合い、翌日の試験で出題されそうな問題を予想した。そのあと自室へ戻って復習をつづけたが、机に突っ伏したまま眠ってしまうことがたびたびあり、一日が過ぎていくごとに自信が失われていった。

「勉強すればするほど」サーシャはベンに弱音を吐いた。「自分の知っていることがどんなに少ないかを思い知らされるよ」

「だから、おれは勉強しないんだ」ベンが応じた。

金曜の午後、最後の答案用紙を試験官に提出すると、三人はシャンパンのボトルを開けて、夜が更《ふ》けるまでいつまでも祝杯を挙げつづけた。最終的にサーシャはチャーリーのベッドに潜り込むことにしたが、非常階段を上がるのに大骨を折らなくてはならなかったし、そこまでしてたどり着いたにもかかわらず、彼女が明かりを消す前に眠りに落ちてしまうていたらくに終わった。

そして、学生が悶々《もんもん》として日を過ごさなくてはならないときがきた。試験官がどんな成績をつけてくれるか、気を揉《も》んで待ちつづけなくてはならないのだ。二週間後、三人は自分の運命を知ろうと、揃《そろ》って評議員会館《セネート・ハウス》へ向かった。

午前十時になると、上席試験監督官が試験結果を携え、丈の長い黒のガウンに角帽《モーターボード》というでたちで、ゆっくりと廊下を歩いてきた。学生が静まり、まるでモーゼが紅海へ向かっているかのように道をあけた。

試験監督官は数枚の紙をずいぶんと仰々しく掲示板に留めると、踵《きびす》を返して、きたときと同じようにゆっくりと逆方向へ歩き出した。が、今度は雪崩《なだれ》を打って押し寄せる学生の群れを自分が避《よ》けなくてはならなかった。

サーシャはチャーリーを守りながら前へ進んでいったが、ベンは学生の群れの後ろにとどまったままでいた。これまでの努力に対する試験官の評価を自分が知りたいと思っているかどうかがわからなかった。

サーシャはようやく掲示板の前にたどり着いた。それまでに何人かの卒業が決まった連中と擦れ違った。モーターボードが投げ上げられ、歓声を上げている者もいた。第一級学位を獲得した者はどの学科でも稀《まれ》で、現代及び中世言語優等及第者名簿にはたった一人の名前があるきりだった。

チャーリーが飛びついてきた。自分の結果を探す前に、サーシャの結果を確認したのだった。「わたし、あなたを本当に誇りに思うわ」彼女が言った。

「きみはどうだったんだ？」サーシャは訊いた。

「二等級優等学位上《アッパー・セカンド》よ、まずはそうあってほしいと思っていた成績ね。これならまだコートルード美術研究所の研究員になれる可能性があるわ」

二人が見回すと、ベンは依然としてさっきまでいたところから動いていなかった。チャーリーが掲示板に向き直り、土地経済学のリストを指でたどっていったが、コーエンの名前にたどり着くのにしばらくかかった。

「あなたが教える？」チャーリーが言った。「それとも、わたしのほうがいいかしら？」

サーシャは確固たる足取りで友人のところへ行き、しっかりと握手をしてから言った。

「第三級だったぞ」Ｂ・Ｓ・コーエンの名前があったのは一番下のほうだったことは黙っていた。

ベンが安堵《あんど》の吐息を漏らし、上衣の襟をつかんで言った。「だれかに訊かれたら、優等で卒業して、〈コーエン・アンド・サン〉で父と一緒に仕事をするんだと教えてやろう」

三人は笑ったが、それは会場の反対側にいる小グループの喧《やかま》しい歓声にさえぎられた。全員がモーターボードを宙に放り上げ、自分たちのヒロインのためにシャンパンで乾杯していた。

「きっとフィオーナが一番を取ったんだ」ベンが言った。「ケンブリッジを出てからも、あの女とおまえはずっとライヴァルでありつづけるんじゃないかって気がするよ」

「おれが労働党に加わると決めたからには尚更だ」サーシャは言った。

23　アレックス

ブルックリン

窓から眺めていると、機はゆっくりとマンハッタンの上を降下しはじめ、アレックスは雲のあいだから現われたり消えたりする自由の女神に――まだきちんと紹介されたことはなかったので――敬礼の仕草をした。

初めてハドソン川を遡《さかのぼ》ったときは、母と一緒に船の調理室に閉じ込められていたから、かのレディに敬意を表することができなかった。しかし、あの中国人の機転と、ドミートリイの勇気と決意のおかげでそこを抜け出し、アメリカでの新しい人生を始められたのだった。

二等軍曹に昇進したアレックスは機の後ろのほうに坐り、ほとんどの時間、ふたたびアメリカの土を踏んだら何をするかを考えて過ごした。母を喜ばせるだけなら、ニューヨーク大学をきちんと卒業すればいい。おれを卒業させるために大変な犠牲を払ってくれているのだから。だが、本心を言うなら、本当に進みたい道は大学卒の肩書を必要とするものではなく、母に説明してわかってもらえるようなものでもない。空いている時間があれば、そのすべてを十一軒の露店に注ぎ込み、満足できる状態に急いで戻して、もっと利益を出せるかどうかをはっきりさせなくてはならない。ヴェトナムへ派遣される前は結構な利益が出ていて、さらに手を広げることを最優先に考えていた。いつの日かミスター・ウルフを買収し、マーケット・スクウェアを丸ごと自分のものにできるかもしれないと。

そして、アディーもいる。おれが彼女を思っているのと同じぐらい、彼女もおれを思っていてくれただろうか？

ニューヨーク市民でも存在を知らない滑走路に、次々と輸送機が着陸した。

第一一六歩兵師団を構成している千名が機から姿を現わし、最後の行進のために隊列を組んだ。多くの戦友とともに機を降りたアレックスは、まずひざまずいて滑走路にキスをした。故郷へ帰ってきたという安堵が湧《わ》き上がった。

アメリカを故郷だと思ったのは、これが初めてだった。

これで解散し、故郷へ帰って民間人に戻れるのだと、そこにいる全員が思っていたのだが、その日の朝は、アレックスが予想もしていなかったことがいきなり起こった。

ハスキンズ大佐が歓迎の挨拶《あいさつ》を終えると、一人の名前を呼んだ。カルペンコ二等軍曹は前に進み出ると、指揮官の前で直立不動の姿勢を取って敬礼した。

「おめでとう、軍曹」大佐がアレックスの軍服に銀星章を留めた。

理由を訊くより早く、大佐がそこに整列している部隊員に向かって説明を始めた——ベーコン・ヒルの戦闘の最中、カルペンコ二等軍曹は自らが所属する小隊の指揮官が倒れた後、その役目を引き継ぎ、攻撃を先導して敵のパトロール隊を掃討し、何人もの味方の命を救って責任を全うした。

そして、親友の死の原因を作った——アレックスは自分の隊へ戻りながら、そのことしか頭になかった。

アレックスはこう言って辞退したかった——この賞は死後であってもタンクに与えられるべきです。彼は究極の犠牲を払ったわけですから。ヴァージニア州にあるアーリントン国立墓地を訪れ、友人だったサミュエル・T・バロウズ一等兵の墓に花冠を捧げてやるつもりだった。

行進が終わって解散が許されるや、アレックスは戦友に取り囲まれた。みんなが彼を祝福し、戦争によってであったとしても、固い友情が結ばれたことを喜んだ。しかし、とアレックスは訝《いぶか》った。ここにいるだれかとまた会う可能性なんてあるだろうか、何しろ五十もの異なる方向へ散らばってしまうんだぞ。

集まりがほどけ、それぞれが滑走路から遠い側の柵《さく》の向こうで辛抱強く待ちつづけてくれている家族や友人を捜しに向かった。そのなかにアディーもいてくれるといいんだが、とアレックスは期待した。最近は手紙が届く回数が以前ほどではなくなっていたもののアレックスは疑っていなかった。あの歓声を上げて手を振っている人々のなかに母は必ずいるはずだから、だとすれば、アディーが一緒にきていないはずはない。母からは毎週きちんきちんと手紙が届いていて、そこには一言の不満も書かれていなかったが、彼女とドミートリイが、臨時の起業家という役目を愉しんでいないことは明らかだった。これでやっと、母は一番腕を発揮できる仕事に戻り、ドミートリイは次のレニングラード行きの船に乗る契約ができる。

そのとき、辛抱できなくなった出迎えの人々が、帰還を喜んで興奮している若者たちへと殺到してきた。

大群衆のなかにアディーと母の姿を探し求めたが、あまりに多くの人が飛び跳ね、旗を振り、指をさしたりしているために、なかなか見つけられなかった。ついに大混雑を掻き分けながらやってこようとしている母が見え、そのすぐあとにドミートリイがいるのがわかったが、アディーの姿はどこにもなかった。

エレーナが両腕を広げて息子を迎え、本物であることを確かめるかのようにしっかりと抱き締めた。母がようやく解放してくれると、アレックスは銀星章から目を離せないでいるドミートリイと握手をした。

「よく帰ってきたな」ドミートリイが言った。「おれたちみんな、おまえをとても誇りに思っているぞ」

訊きたいことは山ほどあり、話したいことも山ほどあったが、そのせいで、どこから始めていいかがわからなかった。人で一杯の滑走路を離れようと歩きだしたものの、あらゆる方向から聞こえてくる轟きのような歓《よろこ》びの騒音で、何を話しても、何を話されても、聞き取るのは難しかった。

やっとのことでブルックリン行きのバスの後ろのほうの席に落ち着いたとき、アレックスは初めて気がついたのだが、母の顔からは嬉《うれ》しさが消え、ドミートリイは規則を破っての無断欠席が発覚した小学生のようにうなだれていた。

「何はともあれ、よかったじゃない」アレックスは二人の気持ちを引き立たせようとした。

「よくないわ」エレーナが応《こた》えた。「あなたが想像できる以上によくないのよ。あなたが国のために海の向こうで戦っているあいだに、わたしたちはあなたが苦労して築いたものをほとんど失ってしまったんですもの」

アレックスは母の手を取った。「そんなの、一番の親友が目の前で殺されるのに較《くら》べれば何でもないよ。だから正直に教えてほしいんだけど、ぼくはどんな覚悟をしてブルックリンへ帰ればいいのかな」

母が力のない笑みを浮かべた。「残っている露店は一軒だけ、それもほとんど儲《もう》けは出ていないわ」

「どうしてそんなことがあり得るんだ？」アレックスは訝った。母とドミートリイが困難に遭遇しているらしいことは手紙から察していたが、事態がそこまで悪くなっているとは思ってもいなかった。

「おれが悪いんだ」ドミートリイが言った。「お母さんがおれを一番必要としているとき、いつもそばにいてやれたわけではなかったからな」

「いいえ、そんなことはないわ」エレーナがアレックスに言った。「あなたがいないあいだ、ドミートリイのお給料がなかったら、わたしは生き延びられなかったはずよ」

「でも、ぼくが帰ってくるまで、それで何とか足りたわけでしょう……」

「ミスター・ウルフの要求を何とかするには足りなかったの」

「あの老いぼれの悪党、ぼくがいないあいだに何を企んだんだ？」

「露店の契約更新時期がくるたびに、賃貸料が倍になったのよ」エレーナが答えた。「そんな要求が呑《の》めるような余裕はなかったから、契約は一軒また一軒と失効して、ついには一軒を残すのみになったというわけなの。その一件の契約更新日が二カ月後なんだけど、ミスター・ウルフは最近になって、新規の賃貸料を三倍に引き上げると言ってきたのよ」

「どの店に対してもそうなんだ」ドミートリイが言った。「おまえも帰ってみるとわかるが、いまやマーケットはゴーストタウンになりはじめてる」

「でも、それは理屈に合わないでしょう」アレックスは言った。「ウルフの主な収入源はあそこの露店群なんだよ、それなのになぜ……」言葉は最後までつづかなかった。

「もっと妙なのは」エレーナが言った。「マリオズ・ピザ・パーラーについては妥当な値上げで契約更新に応じていることなの」

「それが最初の手掛かりだ」アレックスは言った。

「どういうこと？」エレーナが訝った。

「マリオの店はマーケット・プレイスじゃないってことさ」

　軍服を脱ぎ捨て、風呂《ふろ》に入り、一着しか持っていないスーツを着るや、アレックスはすぐに家を出て、アディーがいるはずの慈善商店へ直行した。店に入ってきたアレックスを見て彼女は興奮を隠さなかったが、短く刈り上げられた髪にはびっくりした様子だった。

「きみのニュースを先にするか、それとも、ぼくのニュースを先にするか、どっちがいい？」アレックスはアディーを抱擁しながら訊いた。

「わたしからにするわ。あなたの様子はいつもお母さまが教えてくださっていたの。無事に帰ってきてくれて、本当に安心したわ」

「そうはならないはずだったんだけどね」アレックスは言ったが、それ以上の説明はしなかった。

「こっちへきて」アディーがアレックスの手を取って言った。「びっくりさせることがあるの」そして、店の奥の倉庫へ案内した。スーツ、ジャケット、ブレザー、さらには洒落《しゃれ》た黒のトップコートが一着ずつ重ねてあり、それを見たアレックスは何と言っていいかわからなかった。「ズボンももう直してあるわ。そこにあるもの全部、どれも完璧《かんぺき》に身体《からだ》に合っているはずよ」そして、注意深くアレックスを見て付け加えた。「でも、少し痩《や》せたわね」

「どう感謝していいかわからないよ」アレックスは言った。自分も彼女をびっくりさせたかったが、それは母が同意してくれるまで待たなくてはならなかった。

「これはまだ序の口よ」アディーが洋服掛けの後ろの棚を指さした。一度も箱から出されたことのないシャツが一ダース、ダークグリーンのカシミアのセーターが一着、革靴が三足、一度も締められた形跡のないネクタイが六本、そこにあった。

「男一人分にしちゃ多すぎるぐらいだ」アレックスは言った。

「待って、まだ終わりじゃないんだから」アディーが新品の革のアタッシェケースを掲げて見せた。「新進気鋭の有望な実業家が重要な会議に臨むときの必需品でしょ？」

「これだけのものを、しかもこんなにたくさん、一体どこから仕入れたんだ？」

「全部、同じところからよ。正直なところ、余るほど持ってる人なの」

「ぼくはきみにいくら借りができたことになるんだ？」

「借りなんかあるもんですか。名を為《な》した英雄に対しては、このぐらいのことをして当然よ。わたしたちみんな、あなたが銀星章で報われたことをとても誇りに思っているんだから」

「でも、ぼくにできるのは、きみを今夜、ディナーに連れていくことぐらいだな」アレックスはキスをしようと顔を近づけたが、唇が触れる寸前にアディーが顔を背けたために、頬を掠《かす》めただけに終わった。

「残念だけど、今夜は空いてないの」彼女が言った。

「それなら、明日の夜は？」

「今夜も明日も、それから先もずっとよ」アディーは服を畳んで袋に入れはじめた。

「どうして？」

「スーツを余るほど持ってる男性と結婚するからよ」そして、左手を挙げて見せた。

講義を聴き終えて教室を出ようとしたとき、廊下に立っている二人が目に留まった。

仕立てのいい黒のスーツに磨き上げた靴という服装は、色褪《いろあ》せたジーンズにだらしないTシャツ、くたびれたスニーカーの学生たちのなかでどうしようもなく目立っていたから、見落としようがなかった。

一方がだれなのかはすぐにわかった。簡単に忘れられる男ではなかった。

「おはよう、ミスター・カルペンコ」ハモンド捜査官が声をかけてきた。「相棒のトラヴィス捜査官は憶《おぼ》えてくれているな。ちょっと三人だけで話ができないかな？」

「ぼくに選択権はあるんですか？」

「もちろんだ」ハモンドが言った。

アレックスは両手を後ろへ回してささやいた。「ぼくを逮捕し、手錠を掛けて、権利を読み上げてください」

「一体何を言ってるんだ？」トラヴィスが訝った。

「そうすれば、少なくともぼくがあなたたちの協力者ではないように見えるじゃないですか」アレックスは説明した。何人かの学生が足を止めて見つめていた。

「協力しないのなら、カルペンコ、一緒にきてもらうしかないようだな」トラヴィスが大声を出し、アレックスの腕をつかむと、野次や歓声を道連れに廊下を歩き出した。そして泡ガラスに〈学生部長〉と黒い文字で記されているドアの前で足を止め、そのドアを開けて、アレックスをなかへ突き飛ばした。

学生部長の姿も彼の秘書の姿もなかった。ＣＩＡは人を消してしまう能力があるらしい、とアレックスは思った。ドアが閉まった瞬間にトラヴィスがアレックスを解放し、三人は部屋の中央の方形の小テーブルを囲んで腰を下ろした。

「ありがとうございます」アレックスは言った。「おかげで、だれも口をきいてくれなくなるという最悪の事態は免れたようです」

「彼らの問題は何なんだ？」ハモンドが訊いた。

「ヴェトナムに従軍して、薬物《ドラッグ》もやらず、酒にも溺《おぼ》れず、大学を本気で卒業しようとしている人間と知り合いになろうと思う者はそう多くないんですよ。それで、お二人はぼくに何をさせたいんですか？」

「まずは」ハモンドが例によってブリーフケースからファイルを取り出しながら言った。「きみがいないあいだ、きみのチェスの相棒だったイヴァン・ドノコフがどうしていたか、その最新情報を知っておいてもらいたいんだ」

ドノコフの名前が出た瞬間にアレックスは気分が悪くなり、震えを抑える努力をしなくてはならなかった。

「きみのおかげであの男を逮捕でき、あいつの仲間も芋蔓式《いもづるしき》に何人か挙げることができた。いまは全員が鉄格子《てつごうし》の向こうにいる」

「刑期はいつまでなんですか？」

「ドノコフの場合は九十九年だ」トラヴィスが言った。「仮釈放もない」

「同じ房にチェスの名人がいてくれることを祈りましょう。さもないと、彼は恐ろしく退屈をもてあますことになるでしょうからね」アレックスは言った。三人は初めて声を揃えて笑った。「でも、あなたたちがぼくに会いたかった理由はそれだけではあり得ませんよね」

「そのとおりだ」ハモンドが認めた。「われわれはきみに借りが一つあると考えている。きみはいま、最後に一つだけマーケットに残っている露店を失おうとしていて、その契約更新が二カ月後に迫っているんだよな。そして、貸し主のミスター・ウルフは、きみに払う余裕のない金額を提示しようとしている」

「だけど、もっと重要なのは」アレックスは言った。「その理由です。ご存じですか？」

「知っている」ハモンドが答えた。「FBIの仲間がミスター・ウルフだけに関するファイルをキャビネット一杯分持っているんだが、どうしても尻尾《しっぽ》をつかむことができないでいる。しかし、ここへきて、きみが興味を持つかもしれない情報を提供してくれた」そしてトラヴィスにうなずき、ウルフが六月十七日正午までにマーケット・スクウエアのすべての露店の出店許可を手に入れる必要がある理由を、正確に説明させた。

「そして、いまやきみが最後の一軒というわけだ」

「ありがとうございました」アレックスは言った。「でも、ぼくが自分でそれを突き止められればよかったんですが」

「ところで」トラヴィスが言った。「このところできみにわかったことがほかにもあるんじゃないのか？」

「あります、ドミートリイはいい人の一人だということです」アレックスは言った。

アレックスはアディーにもらったスーツ、白いワイシャツ、自分では買えるはずのなかった青いシルクのネクタイを身につけた。そして、アタッシェケースを開けてすべてが揃っていることを確かめ、時計を見た。絶対に遅れるつもりのない話し合いが待っていた。

ブライトン・ビーチ・アヴェニューをゆっくりと歩きながら、口笛を抑えられなかった。九時になる数分前にオーシャン・パークウェイ三〇四九番地に着くと、ドアを開けて受付へ向かった。迎えてくれたのはモリーという辛抱強い、マーケットの商人たちから〝悪魔の門番〟と呼ばれている受付嬢だった。

「お坐《すわ》りください、ミスター・カルペンコ。お見えになったとミスター・ウルフに伝えてまいります」

「それには及ばない」アレックスは足を止めずに歩いていき、ノックもせずにそのままウルフのオフィスに入った。

机に向かっていたウルフが顔を上げ、いきなりの侵入にびっくりさせられたことへの不快を隠そうともしなかった。「あとでかけ直す」彼は叩《たた》きつけるように受話器を戻し、アレックスに向かって言った。「おはよう、ミスター・カルペンコ」そして、自分の向かいの席を指さした。アレックスが立ったままでいると、ウルフは肩をすくめた。「おまえの露店の契約書ならもう作成してある」

「更新金額を教えてください」

「向こう三年間、週に千ドル」ウルフがこともなげに言った。「それからもちろん、一カ月分を一括で前払いしてもらいたい。いつであれ満額払えなかった場合は、所有権は自動的に私に戻る」そして、笑みを浮かべた。アレックスがどう答えるかはわかっていると言わんばかりだった。

「それは重窃盗ですよ」アレックスは言った。「改めて思い出してもらう必要はないと思いますが、賃貸料を値上げするについては、いかなる場合であれ当該時点での市場状況が反映されなくてはならないと、われわれの契約書に明記してありますからね」

「その条項に言及してくれて嬉しいよ」ウルフが狡猾《こうかつ》な笑みを浮かべて応じた。「実は、最近法廷へ連れ出されたんだ。露店を借りていた店子《たなこ》に訴えられてな。私が法外な賃貸料を取っていると主張し、いまおまえが言った条項を証拠として持ち出したというわけだ。判決はどう出たと思う？　嬉しいことに、私の勝ちに終わったよ。というわけだから、もう先例があるんだ、ミスター・カルペンコ」

「その裁判に勝つためにいくら遣ったんですか?」

それに対してウルフは何も言わず、見慣れた書類をテーブル越しに押して寄越すと、署名欄を指さして言った。「そこにサインしてもらおう。そうすれば、あの露店は向こう三年、おまえのものだ」

そして、アレックスがどう答えるかはわかっていると言わんばかりの顔を再現した。しかし、ウルフが驚いたことに、アレックスは腰を下ろし、契約条項の一つ一つをゆっくりと読み上げていった。ウルフが椅子《いす》の背にもたれて目の前の箱から葉巻を選び、火をつけて何度かふかしていると、アレックスが机の上のペンを取って同意のサインをした。

ウルフの口がぽかんと開き、葉巻が床に落ちた。彼は急いで葉巻を拾うと、ズボンに落ちた灰をはたいてから言った。「四千ドルを前払いすることになるんだぞ、わかってるのか?」

「もちろんですとも」アレックスはアタッシェケースを開け、四十枚の百ドル札を取り出した。彼と、母と、ドミートリイの全財産だった。アレックスはその現金をミスター・ウルフの前の吸取り紙の上に置き、契約書をアタッシェケースにしまうと、立ち上がって帰ろうとした。ドアを開けようとすると、ウルフが慌《あわ》てた様子で引き留めた。

「そんなに急ぐことはあるまい、アレックス。この件について少し話し合おうじゃないか、道理をわきまえた者同士でな」

「話し合うことなんかありませんよ、ミスター・ウルフ」アレックスは言った。「向こう三年、あの露店を経営するのが楽しみです。契約更新の時期がきたら、そのときの賃貸料がいくらであっても支払わせてもらいます」そして、ドアノブに手をかけた。

「必ず妥協点を見つけられるはずだ、アレックス。その契約書を破棄してくれたら五千ドル出すと言ったらどうだろう？　露店を十二軒切り盛りしても、到底作れないはずの金額だぞ」

「でも、私がこの契約書を破棄したら、あなたは賃貸料として一年に百万ドルを稼ぐことができるようになるんですよね。五千ドルじゃお話になりません」アレックスはドアを開けた。

「どうしてわかったんだ？」ウルフがアレックスの背中を睨《にら》みつけた。

「あなたが新たなショッピングモールを作る計画を、六月十七日に議会が承認するんですよね。それを私がどうやって知ったかなんてどうでもいいことで、知ったというだけのことです。ちょうどいいタイミングで、と付け加えてもいいかもしれませんね」

「いくら欲しいんだ？」

「百万ドルを一セントでも下回ったら駄目です」アレックスは答えた。「さもないと、少なくとも向こう三年は、ブルドーザーがあなたの建設現場に入ることはないでしょう」

「五十万ドル」ウルフが言った。

「七十五万」

「六十万」

「七十万」

「六十五万」ウルフは思わず口走った。

「いいでしょう」

それでもまだましな取引をしたと思いながら、ウルフは何とか中途半端《はんぱ》な笑みを作った。

「ただし、マリオズ・ピザ・パーラーについては、プレイヤーズ・スクウェアの隅に無期限の保有権を保証するという条件を付けさせてもらいます」

「そんなのは白昼強盗同然の所業だ」ウルフが抵抗した。

「確かに」アレックスは認め、もう一度腰を下ろすとアタッシェケースを開けて契約書を二通取り出した。「ここところにサインしてください」そして、署名欄を指さした。

「そうすれば、ショッピングモールの建設は来月から始められます。ですが……」

24　アレックス

ブルックリン

「わたしにできるかしら？」エレーナが言った。

「できるよ。これまでずっと自分を過小評価しているのがお母さんの欠点なんだ」

「確かにあなたにはその欠点はなかったわね」

「正直に言うけど、ピザ屋で働くには勿体《もったい》なさ過ぎるよ」アレックスは母の皮肉を無視した。「でも、ぼくが手助けすれば、独自の商品を作り、完成させ、それを売って、後々自分のレストランを持つことだってできるんだよ」

「大きなレストランを経営するのは料理長じゃなくて、アレックス、一流の支配人よ。だから、あなたのお金を一セントでもわたしに賭《か》ける前に、熟練の支配人を見つけなさい」

「いい支配人ならそこらにごろごろ転がってるけど、お母さん、偉大な料理長は滅多にいないんだ」

「わたしを偉大な料理長だと考える根拠は何なの？」

「お母さんが職を得たときのマリオの店は、いつどんな時間に行っても必ず空席があった。ところが、いまは朝の十一時には長い行列ができてるじゃないか。断言するけど、お母さん、彼らは支配人に会うために並んでいるんじゃないからね」

「でも、危なっかし過ぎるんじゃないの？」エレーナが言った。「あなたのお金は銀行に預けるほうが賢いかもしれないわ」

「それをしたら、お母さん、儲かるのは銀行だけだよ。駄目だね、このところでできたお金の一部は、多少の危険は引き受けてもいいからお母さんに投資するよ」

「でも、その前に支配人を見つけないと」

「実を言うと、もう候補ならいるんだ」

「だれ？」

「ぼくだよ」

　エレーナは金の浮き出し文字の招待状を見つめた。アレックスがみんなに見えるようにマントルピースの上に置いたのだった。

「ローレンス・ローウェルってだれ？」朝食の席に着いた息子に、彼女は訊いた。

「ローウェル中尉《ちゅうい》のことは憶えてるでしょう。ヴェトナムでぼくの小隊長だった人だよ。正直なところぼくの名前を憶えてくれていただけでも驚きなのに、どこに住んでいるかまで知ってくれていたなんてね」

「わたしたち、出世しようとしているとか？」エレーナはコーヒーを注いでやりながら息子をからかった。「招待客のなかにピザ・パーラーの支配人は多くないと思うけど、招待を受けるつもり？」

「当たり前じゃないか。ぼくはニューヨークで一番高級なピザ・ハウス、〈エレーナズ〉の支配人だぜ」

「この場合、一番高級の意味は、一軒しかないってことじゃないかしら」

アレックスが笑った。「近い将来、そうでなくなると思うよ。実は何街区《ブロック》か離れたところに二軒目を出そうと思ってね、もうある場所に目をつけてあるんだ」

「だけど、一軒目だってまだ儲けが出ているわけじゃないのよ」エレーナは卵を二つ、湯に落としながら思い出させた。

「でも、とんとんになりつつある。そろそろ拡張の潮時だよ」

「でも――」

「だけど」アレックスが言った。「ぼくのいまの唯一《ゆいいつ》の問題は、すべてを持っている男の三十歳の誕生日に何をプレゼントするかなんだ。ロールス－ロイスか、プライヴェート・ジェットか？」

「カフスはどう？」エレーナは言った。「お父さんがいつも欲しがってたわ」

「ローウェル中尉なら、もういくつも持ってるんじゃないかな」

「それなら、特別なものにすればいいんじゃないの？」

「どういうこと？」

「家紋とか、クラブの紋章とか、あなたたちが所属していた連隊の紋章とか、それを入れてあげるのよ」

「それは名案だね、お母さん。驢馬《ろば》を彫ったカフスを作らせよう」

「どうして驢馬なの？」エレーナが訊《き》いたとたんに、四分経《た》って半熟卵ができたことを知らせるブザーが鳴った。

「ほんとか？」アレックスは等身大の鏡に映る自分を見ながら訊いた。

「絶対間違いないわ」アディーが保証した。「すごい勢いで流行《はや》りはじめてるんだから。来年のいまごろは、みんなの襟が幅広になって、ズボンの裾《すそ》が広がってるでしょうね。あなたはブロードウェイの人気者よ」

「ぼくが心配しているのはブロードウェイじゃなくてボストンだよ、再来年になってもまだ流行ってないんじゃないかな」

「そうだとしたら、あなたが流行の口火を切ることになるわね。ほかの招待客全員があなたを羨《うらや》ましがるんじゃないかしら」

アレックスにはそうとは思えなかったが、それでもそのスーツと、アディーがそれに合わせろと言って聞かなかった、襞《ひだ》飾りのついたスカイブルーのシャツを買った。

次の日の朝は早起きをしたが、いつものようにピザのトッピングの材料を求めにマーケットへ直行するのではなく、ペン駅へ行ってボストンまでの往復切符を買った。列車に乗り込んで席を見つけると、小型のスーツケースを頭上の網棚に置き、腰を落ち着けてニューヨーク・タイムズを読みはじめた。とたんに、大きな見出しが目に飛び込んだ

――〝ニクソン辞任〟。

四時間後、列車がサウス駅に着いたときにアレックスの頭にあったのは、フォード大統領は前大統領の特赦を認めるだろうか、だった。タクシーをつかまえて、あまり高くないホテルへ連れていってくれと運転手に頼んだ。最近大金を手にしたにもかかわらず、シングルルームでも熟睡できるのにスイートルームを使うのは金の無駄だと、いまも見なしていた。

ランガム・ホテルにチェックインするや、シャワーを浴び、持ってきた二着のスーツを両方着てみた。一方はジャック・ケネディになったような感じで、もう一方はエルヴ

イス・プレスリーになったような感じだった。ベッドサイド・テーブルの〈ヴォーグ〉の表紙ではジョアン・ケネディがスカイブルーの夜会服をまとっていて、それが今年の色だと予想していた。アレックスはふたたび頭を切り換え、招待時間が午後七時三十分から八時であることを最終確認した。七時を過ぎてすぐにホテルを出ると、タクシーを止め、運転手に住所を教えた。

コモンに沿って周回したあと、タクシーがビーコン・ヒルのほうへ坂を上りつつあることがわかった。家々が徐々に大きさを増していき、タクシーはついに立派なタウンハウスの入口の前で止まった。二人の警備員がにこりともしないでアレックスを迎え、顔を検《あらた》めて、招待状を見せるよう要求した。

「余興の役者かなんかじゃないのか」二人のうちのどちらかが大きな声で言うのを聞きながら、アレックスを乗せたタクシーは長い車道《ドライヴウエイ》を上りつづけて屋敷の前に着いた。

オーク材の羽目板張りの広間に足を踏み入れたとたんに大間違いをしでかしたとわかったが、それでも、主催者《ホスト》の出迎えを受けるべく並んでいる招待客の列に加わった。踵を返してホテルへ戻り、もっと地味なスーツに着替えてきたかったが、それでは遅刻を避けられないはずで、この服装と遅刻とどっちが失礼かがわからなかった。招待客の何人かが振り返るのに、嫌でも気づかないわけにいかなかった。

「再会できて本当に何よりだ、アレックス」ようやく列の先頭に出たアレックスに、ローウェルが言った。「きてくれて心底嬉しいよ」

「ご招待いただいてありがとうございます、サー」

「ローレンスでいいよ、ローレンスと呼んでくれ」ホストがささやき、次の招待客に向き直った。「ようこそいらっしゃいました、上院議員」

アレックスは招待客で賑《にぎ》わっている広い客間を奥へと進んでいった。男のほとんどはディナー・ジャケットを着ていた。アレックスは通りかかったウェイターからシャンパンを受け取ると、部屋の一方の隅にある大理石の太い柱の陰に隠れ、ポロックという画家の描いた絵を見つめた。そこから動きもしなかったし、だれかに話しかけようともしなかった。銅鑼《どら》が鳴ったときも、いちばん最後にダイニングルームに入った。驚いたことに、上座に席が作られ、左側をイヴリンという女性に、右側をトッドという男性に挟まれていた。

アレックスは急いで席に着き、少なくともベルボトムのズボンを見られる心配がなくなってほっとした。

「ローレンスとはどういうお知り合いなんでしょう？」左側の若い女性が、ボストン大司教枢機卿《すうききよう》が食前の祈りを捧げたあとでアレックスに訊いた。

気づくと、生まれて初めて口ごもっていた。「その……ヴェトナムで……ローウェル中尉の指揮下にいました」

「ああ、あなたでしたか。ローレンスから聞いていたんですよ、招待したけど、きてもらえるかどうかわからないんだってね」

こなければよかった、とアレックスはすでに後悔していた。

「それで、いまは何をしていらっしゃるの、アレックス？」

「ピザ・パーラーのチェーンを展開しています」思わず言ってしまって、アレックスはその瞬間に自分を叱《しか》った。

「わたし、ピザは食べたことがないんです」彼女が言った。確かにそうなんだろうなとアレックスは思い、長い沈黙のあとで何とか取り繕おうとした。「あなたはローウェル中尉とどういうお知り合いなんですか？」

「妹です」またもや長い沈黙がつづいた。イヴリンがついに左側の人物のほうを向き、南フランスの別荘へいつ戻る予定かを説明しはじめた。

最初の料理が運ばれたが、自分の前のずらりと並んでいるナイフとフォークのどれを使えばいいのかがわからなかった。イヴリンを手本にしてナイフとフォークを選んでいると、右側の男性から声がかかった。「どうも、トッド・ハリデイです」二人は握手をした。

「ローレンスとはどういうお知り合いですか？」弟だという答えが返ってこないことを願いながら、アレックスは尋ねた。

「チョートで一緒だったんです」トッドが答えた。

「では、あなたも銀行関係のお仕事を？」アレックスは訊いた。チョートがだれなのか、あるいは何なのか、見当がつかなかった。

「いや、新興企業専門の小さな投資会社をやっています。あなたは？」

「ピザ・パーラーを二軒経営していて、三軒目を開くつもりで、場所にも目をつけてあります。まだ〈ピザハット〉とまでは行きませんが、そうなるのも時間の問題に過ぎないかもしれませんよ」

「資本は必要とされていないんですか？」

「ええ、おかげさまで」アレックスは答えた。「昔やっていた会社が充分以上の値で売れたばかりなので、現時点では外部資本は必要ないんですよ」

「しかし、ピザハットと張り合いたいと考えておられるのなら、適切なパートナーがいるほうが目論見《もくろみ》をスピードアップさせられるでしょう。もし興味があれば……」

トッドの話は途中でさえぎられることになった。アレックスもすぐにだれかわかる人物が立ち上がり、ローレンスの健康を祝して乾杯の音頭《おんど》を取ったのである。マサチューセッツ州選出のその上院議員はまったく緊張する様子もなく、メモを見ることも一度もないままスピーチをしていて、アレックスはそれが羨ましくてならなかった。だがその一方で、上院議員の隣りに坐っている女性から目を離すことができなかった。ホテルのあの高級雑誌の表紙でお目にかかったばかりの女性で、スカイブルーが彼女の半分も自分に似合っていないのが残念でならなかった。

上院議員が温かい拍手に迎えられて着席すると、ローレンスが礼を返すために立ち上がった。「とても嬉しいことに」彼は始めた。「こんなにも多くの家族と友人が今夜ここへ足を運んでくれて、私の三十歳の誕生日を祝ってくれています。とりわけ、テディが忙しい時間を割いてまで私の健康を祝してくれたことを光栄に思います。できることなら、いつの日か、そう遠くない将来、民主党の大統領候補として立つことを考えてくれればいいと願っています」

数人の客が拍手喝采《かっさい》し、ローレンスはその隙《すき》にスピーチ原稿のページをめくった。

「わが家に迎えることができたのを、私が同じぐらい嬉しく思っている人物がいます。なぜなら、今夜が可能になったのはその人物のおかげなのですから。彼が私の命を救ってくれていなければ、このパーティは開かれなかったでしょう。みなさんもよくご存じのとおり、私はヴェトナムに従軍しているときに負傷し、そこに置き去りにされても不思議はありませんでした。しかし幸いなことに、彼がためらいなく私の後を引き継いで指揮を執り、持ち前のリーダーシップと勇気を発揮してヴェトコン部隊を全滅させただけでなく、戦場に最後までとどまって、アメリカ軍兵士を一人残らず救出したのです。その見事な功績によって、アレックス・カルペンコ二等軍曹は銀星章で報いられたのみならず、今夜、私がこのスピーチをすることも可能にしてくれたのです」

ローレンスがアレックスのほうを向き、グラスを挙げた。そこにいる全員が立ち上がって拍手喝采したが、その瞬間アレックスの頭に浮かんだのは、タンクのこと、自分がまだヴァージニアの彼の墓に参っていないという事実だった。

次の議会選挙に民主党から立候補するとローレンスが宣言したとき、拍手喝采はさらに大きくなりこそすれ、止《や》む気配はなかった。彼がようやく着席すると、招待客が騒がしくも調子外れな合唱を始めた――〝ハッピー・バースデイ、ディア・ローレンス……〟。

笑いと拍手喝采がようやく収まるや、トッドがアレックスに向き直り、上院議員にさえぎられて途中で終わっていた話の続きをはじめた。「店舗を増やすことにしたら連絡をください。まさに私が応援したいと思っている会社です」そして、財布から名刺を出してアレックスに渡した。投資してくれるとしてもどのぐらいの金額を考えているのかと訊こうとしたとき、腿《もも》に手が置かれて機を逸してしまった。

「あなたの小帝国について、もっと教えてくださらない？」イヴリンが言った。手は腿に置かれたままだった。

またもや舌をうまく操れないのをもどかしく思いながら、アレックスは緑の瞳《ひとみ》を見つめた。

「ついこのあいだ、売却しました」

「高く売れたのならいいんだけど」

「充分以上でした」アレックスは答えた。見つめられているのが愉《たの》しかった。

「私に紹介してもらえるかな、イヴリン？」背後で声がした。

隣りに立っているのがさっきの上院議員だとわかって、アレックスは弾《はじ》かれたように立ち上がった。イヴリンが互いを紹介し、テディ・ケネディはヴェトナムについてお喋《しゃべ》りをしながら、すぐにアレックスの緊張を解いた。

「ところで、アレックス」ケネディがささやいた。「きみが少しでもいいから時間を割いてくれて、ローレンスの選挙運動を手助けしてくれるだけで大違いなのだよ。彼も感謝するに決まっている」

何であれ自分が実際にローウェルの手助けをできるなど、アレックスは夢にも思ったことがなかった。「もちろんです、私にできることなら何でも喜んでやらせてもらいます、上院議員」そう言っている自分の声が聞こえた。

「ありがとう、アレックス。では、改めて連絡をさせてもらうから」

ケネディにそこまで頼りにされたことでアレックスは少し自信が増し、トッドがエレーナズにどのぐらいの金額の投資を考えているのか、見返りには何を期待しているのか、それを念押ししようという気が強まった。が、周囲を見回すとトッドは背後にいたものの、イヴリンとの会話に没頭していて、邪魔はできそうになかった。

ふたたび腰を下ろして驚いたことに、話して握手をしたいという招待客の長い列ができていた。アレックスは彼らの質問に一つ残らず答えていったが、その最大の理由は、そうしていれば敢《あ》えてダンス・フロアへ出て行って、完璧な物笑いの種にならずにすむからだった。気づいてみると夜半前で、最初の客が引き上げようとしていた。トッドとの話がすんだら自分もそっと抜け出すことにしたが、まずは通りかかったウェイターに洗面所の在処《ありか》を訊いた。

「ついていらっしゃい」イヴリンがどこからともなく現われて言った。

アレックスはいそいそとついていった。イヴリンは彼の手を取ると大理石の階段を先導して二階へ上がり、両開きのドアを開けた。その向こうは寝室で、ブライトン・ビーチのアレックスのアパート全体よりも広かった。

「わたし専用のバスルームを使うといいわ」彼女が部屋の奥のドアを身振りで示した。

「ありがとうございます」アレックスは浴槽とシャワーのある部屋に入った。手を洗い、ネクタイを直しながら、頬が緩むのを抑えられなかった。ホテルへ帰るタクシーを呼んでほしいと頼んでも大丈夫だという自信が生まれていた。だが、洗面所を出てみると、彼女の姿がなかった。一階へ下りてパーティに戻ったんだろうと思っていると、声が聞こえた。「わたしならここよ、アレックス」びっくりして振り返ると、彼女がベッドに坐っていて、豪華な夜会服が床に落ちていた。「こっちへきて」イヴリンがベッドカヴァーを叩きながら言った。

何が起ころうとしているのか、アレックスは信じられなかったが、一瞬ためらったあと、緊張しながらスーツとシャツを脱ぎ捨てて隣りに潜り込んだ。すぐさまイヴリンがアレックスを抱き、キスをしはじめた。こういう経験は彼女が二人目でしかないことがばれてしまうんじゃないだろうかと不安だったが、イヴリンはついにのけぞり、大きなため息を漏らしてから言った。「敵に勝ち目がない理由がよくわかるわ」

彼女は間もなく、アレックスの腕のなかで眠りに落ちた。

翌朝、目を覚まして隣りを見ると、イヴリンが眠っていた。この美しくて洗練された女性が自分などにすべてをさらけ出したことが、いまだに信じられなかった。彼女が目を覚ました瞬間に泡が破裂し、現実の世界へ戻ることになるのではないかと不安だった。

アレックスは長い赤毛をそうっと撫《な》でた。イヴリンがゆっくり目を覚まし、両腕を物《もの》憂《う》げに伸ばすと、アレックスを引き寄せた。二度目の交歓のあと、イヴリンがアレックスの肩に頭を預けた。

「訊いてもいいかな？」

「何なりとどうぞ、マイ・ダーリン」彼女が応えた。

「きみはトッド・ハリデイのことをどのぐらい知ってるんだ？　昨夜、ぼくの隣りに坐っていた男だけど？」

「代々つづく大金持ちだけど、彼自身は新しい会社に投資するのが好きみたいね」

「きみはどう思う？　彼はぼくの会社に関心を持ってくれるかな……？」

「だから、ローレンスはあなたの隣りに彼を坐らせたんじゃないかしら」イヴリンが言った。

「でも、ぼくの会社はとても小さくて――」

「トッドは最初から関わるのが好きなの。それが本当のお金を作る方法だって言ってるわ。コカ－コ－ラとマクドナルドとウォルト・ディズニーに投資しろとわたしも勧めてもらったんだけど、どうしてそうしなかったんだろうって、いまでも残念でならないわね」

「彼の普通の投資金額はどのぐらいなのかな？」

「一千万とか一千五百万かしら。わたしが知っている限りでも、その人物を本当に信用した場合は二千五百万まで出したことがあるわね。あなたのことも気に入ってるみたいよ」

「でも、どのぐらいの見返りを期待されることになるんだろう？」

「それはわからないけど」イヴリンが答えた。「わたしならこのタイミングを逃さないわ」

「どういうこと？」

「真っ先に応援するということよ」

「ぼくの会社に投資してくれるのか？」

「あなたの会社にじゃなくて」イヴリンが言った。「あなたによ。世の中には大風呂敷を広げる人間と大ぼらを吹く人間がいるというのがトッドの口癖なんだけど、あなたがどっちなのかについては確信があるみたい。それで、五十万ドルをわたしにつけておいてと彼に頼んであるの。実は」そして、ベッドを出てシルクのドレッシングガウンを羽織りながら付け加えた。「トッドがそれを受けてくれたら、祖父が遺贈してくれたウォーホルを売ってもいいと思っているのよ」彼女は壁に掛かっている肖像画の前に立ってつづけた。「〝ブルー・ジャッキー〟として知られている作品で、夫が死んだとわかった瞬間の彼女の悲歎《ひたん》をとらえたものなの」

「お祖父《じい》さまの遺品を売らせるわけにはいかないよ」アレックスは彼女の後からバスルームに入りながら言った。

「そんなことを言って、わたしを迷わせないでよ」イヴリンがローブを脱ぎ捨ててシャワーに入りながら言った。「あの作品には百万ドル以上の価値があるんですからね。五十万ドルなら、あるいはそれ以上でも、喜んで買うというディーラーがニューヨークには何人もいるわ。それに、いままでだれにも言ったことはないんだけど、実はあまり好きな絵じゃないの」

シャワーの栓を開いた彼女に石鹸《せっけん》を渡されたとき、アレックスは驚きと戸惑いを隠せなかった。身体を拭《ふ》きはじめて、ようやく口を開くことができた。「あのウォーホルを売らせるわけにはいかないよ、中尉が許さないだろうし、そうであるならなおさら駄目だ」

「あなたが黙っていてくれれば、わたしが兄に相談することはないわ」イヴリンがゆっくりと寝室へ戻りながら言い、ウォークイン・クローゼットを開けた。ドレス、スカート、ブラウス、靴がずらりと並んでいた。時間をかけて選んだ衣装を彼女が身につけるのを見ながら、アレックスは仕方なしに、昨夜着ていたものをまた着直した。

「ディーラーを通さなくてもいいんじゃないかな？」

「ジッパーを上げてもらえる、マイ・ダーリン？」

アレックスは彼女の後ろへ回ってドレスのジッパーを上げてやりながら、身を乗り出して肩にキスをした。

「どういうこと、よくわからないんだけど？」イヴリンがアレックスに向き直って訊いた。

「ぼくがディーラーになるんだよ、一味違うディーラーだけどね。つまり、ぼくがウォーホルを五十万ドルで買い、きみはその五十万ドルをぼくの会社に投資する。そして、払い戻しのときに、ぼくがウォーホルをきみに返す」

「でも、どうしてそんな危ないことをするの？」イヴリンが訝《いぶか》った。

「危なくなんかないさ、絵に百万ドルの価値があるんだから」アレックスは言った。

「兄には教えない？」

「一言も」

「それなら、決まりね」イヴリンが小振りな絵を壁から外した。

「いや、取引が完了するまで、きみが持っていてくれればいい」

「だったら、取引は不可能だわ。だって、わたしは南フランスで六週間の休暇を取るのよ。トッドが私の知っているとおりだったら、わたしがこっちへ帰ってくるはるか以前に取引を完了させているでしょうからね」イヴリンが絵をアレックスに差し出した。

「あなたは約束を破ったりする人じゃない、信頼して預けるわ」

アレックスは渋々絵を受け取って腰を下ろすと、小切手に五十万ドルという金額を記入してイヴリンに渡した。

「ありがとう」彼女が言い、小切手をベッドサイド・テーブルに置いた。「来週末、またボストンにこない？　ヨットを出して、わたしたちの新たなパートナーシップをお祝いしましょうよ」そして、アレックスの唇に優しくキスをした。

また会いたいと彼女に言ってもらえたことが信じられず、アレックスは一言しか発することができなかった。「いいね」

「そろそろ朝食の時間だけど」イヴリンが釘《くぎ》を刺した。「わたしたちの小取引のことは兄には内緒よ」

「あんまり気が進まないな、何せこんな服装だからね」アレックスは言った。「昨夜だって充分恥ずかしかったんだ、朝食の席でまた恥を掻《か》くなんて最悪だよ。きみだって、昨夜ぼくがここに泊まったことを中尉に知られたくないんじゃないか？」

「兄は気にしないと思うけど」

「ぼくがするよ」

「あなたって見事なぐらいに古風ね」イヴリンが言った。「でも、どうしてもって言うのなら、こっそり裏階段を下りて、使用人出入り口から帰ればいいわ。そうすれば、だれにも見られないですむはずよ」

「もちろん、どうしてもって言わせてもらうよ」

イヴリンが肩をすくめ、寝室のドアを開けて廊下に人がいないことを確かめると、アレックスを手招きした。そして、廊下の突き当たりの階段を指さし、ウォーホルを渡した。「絵をお忘れよ」

アレックスはまたもや渋々絵を受け取り、廊下の突き当たりを目指した。

「来週末に会えるのを楽しみにしているわ、ダーリン」反対方向へ歩いていくアレックスの背中に向かって、イヴリンは声をかけた。

そして、彼の姿が見えなくなるとゆっくりと階段を下り、ダイニングルームへ入った。朝食のテーブルで兄が待っていた。

「おはよう、イヴリン」妹の姿を見て、兄が声をかけた。「よく眠れたか？」

ニューヨークへ戻る列車のなかで、アレックスは誘惑を抑えられないまま、ときどき絵を覗《のぞ》き見た。ウォーホルのことはもちろん聞いて知っていたが、たとえほんの短いあいだだとしても、その作品を所有するとは夢にも思ったことがなかった。祖父が孫娘に遺贈した絵を自分が持っていることが、早くも後ろめたくなっていた。彼女が五十万ドルを返してくれるときが待ちきれず、そうなったらすぐに絵を返すつもりだった。

ペン駅に着くと、ブライトン・ビーチへはタクシーを使った。ウォーホルの作品を携えていては、地下鉄には乗れなかった。そして、帰り着くや開口一番、絵を見せるどころではないまま母に告げた。「素晴らしい女性に出会ったよ、彼女と結婚するからね」

十一時を過ぎてすぐ、イヴリンはメイフラワー・ホテルに着いた。トッドがすぐに奥まった席から立ち上がって手を振った。そのテーブルへ急ぐ彼女の顔には、チェシア猫のような得意げな笑みがこらえきれずに浮かんでいた。

「その顔からすると、マイ・ダーリン、上首尾だったみたいだな」彼女が向かいに腰を下ろすや、トッドが言った。

「思いがけないぐらいのね」イヴリンは五十万ドルの小切手を渡した。

「やったぞ」トッドが小切手をポケットにしまった。「何か問題は？」

「ないわ。あなた、完璧《かんぺき》に彼を嵌《は》めたのよ。でも、ぐずぐずはしていられないわ、兄に見つかったら……」

「二時四十五分にローガン空港を発《た》つ便をもう予約してある。明日の朝の七時前にはジュネーヴに着くはずだ。銀行のドアが開いた瞬間に、この小切手を窓口に出せるだろう」

「即時決済にするのを忘れないでね。お金がわたしの口座に移されたら、すぐに電話をちょうだい。そうしたら、わたしもモンテカルロへ飛んであなたに合流するから、お祝いをしましょう」

「これから二日、おれがいないあいだはどうするんだ？」

「アレックスから電話があったら、いつだろうと必ず出られるようにしているわ。少なくとも、小切手が決済されるまではね」

トッドがテーブル越しに身を乗り出し、妻にキスをした。「きみは本当に抜け目がないな」

その日の午後、アレックスはイヴリンに電話をし、一時間近くもお喋りに興じた。週末にボストンへ会いに行くことに何の障碍《しょうがい》もないことを、何度も繰り返して保証しなくてはならなかった。

火曜日の朝に電話したときは、彼女が買い物に出る直前だった。かけ直すからと約束してくれたが、その直後、彼女が電話番号を知らないことを思い出した。水曜は朝一番に電話をしたが、それは彼女にとって朝一番であり、アレックスはその前にマーケットへ行って、一番新鮮な野菜と最高の肉を選んでエレーナズへ届け終わっていた。

イヴリンはたくさんの情報を提供してくれた——トッドは少なくとも一千万、もしかすると一千五百万の投資をアレックスの会社に考えていて、今週のうちには連絡をするはずだ。そして、週末に船を出すのはかまわないかと訊いた。「チャパキディックにいるネルソン伯父さまを訪ねて、世界一美味《おい》しいクラム・チャウダーを愉しむのはどう?」

「すごいな。何を着ていけばいいんだろう?」アレックスは言った。ヨットに乗ったことがないのを認めたくなかった。

「その心配はしなくて大丈夫よ。あなたのために、二着、わたしがもう選んで買ってあるから」

その日の午前中、もう少し遅い時間にアレックスの銀行の支配人から電話があり、五十万ドルの小切手が振り出され、すぐに指定の口座に移してほしいとの要請があったと知らせてきた。それだけの大きな額になりますと、と支配人は言った。それを実行していいかどうか確認すべきだと考えたものですから。

「すぐにやってくれ」アレックスは躊躇《ちゅうちょ》なく許可した。

「そうしますと、現時点でのあなた様の口座残高は一万七千二百六十九ドルになりますが」

もうすぐ何百万にもなるさとアレックスはうそぶきたかったが、こう言うだけで満足することにした。「その小切手は即時決済でお願いしたい」

イヴリンは受話器を取った。

「金は口座に移された。おれは次の便でニースへ飛ぶ。いつ合流できそうかな?」

「運がよければ、明日の夜のディナーに間に合うようモンテカルロに着けるんじゃないかしら」イヴリンは答えた。「でも、まずは兄に悲しいニュースを教えないとね」

「ミスター・カルペンコを残念に思わざるを得ないニュースをな」トッドが言った。

「でも、それほどでもないんじゃないかしら。彼なら刑務所にうまく対応するような気がしてるの。それに、わたしたちは彼のことを忘れてしまえばいいんだもの。ところで、トッド、いつものテーブルを予約するのを忘れないでね」

階段を駆け下りるイヴリンを執事が見るのは、彼女が子供のとき以来だった。

「兄を見なかった？」階段を下り切るはるか前にイヴリンは叫んだ。

「ローレンスさまは朝食をとっていらっしゃいます、イヴリンさま」カクストンは玄関ホールを急いで渡って、彼女のためにダイニングルームのドアを開けた。

「何事だ、イヴ？」飛び込んできた妹を見て、ローレンスが訊いた。

「ジェファーソン・ルームのウォーホルだけど、どこかへ移した？」彼女は息を切らしたまま訊いた。

「一体何を言ってるんだ？」ローレンスが訊き、コーヒーカップを置いた。

「ウォーホルが見えないの、壁に掛かってないのよ」

ローレンスがとたんに立ち上がり、急いで出ていった。階段を一段飛ばしで二階へ上がり、踊り場からジェファーソン・ルームに入った。ウォーホルが掛かっていたところにはフックしか残っていなかった。

「最後に見たのはいつだ？」ローレンスは絵が掛かっていたことを示す、かすかな輪郭を見つめている妹に訊いた。

「はっきりとは憶《おぼ》えていないわ。だって、そこにあるのが当たり前で、特に気にしていたわけではないんだもの。でも、いま思い出したけど、お兄さまの誕生パーティの夜には見ているわね」長い沈黙のあとで、イヴリンは言った。「ごめんなさい、お兄さま。もしかしたら、わたしのせいかもしれない」

「それはどういう意味だ？」

「あの夜、わたしは少し酔ってしまって、男性を部屋に入れてしまったの」

「男性って？」

「お兄さまのお友だちのアレックス・カルペンコよ」

「おまえの部屋に泊まったのか？」

「それはないわよ。でも、朝になって起きてみたら、いなかった。まさか考えもしなかったわ、彼が……」

「おまえのせいじゃない」ローレンスが言った。「責められる者がいるとすれば、それはおれだ」

「彼に連絡して、返してもらえるかどうかやってみましょうか？」

「それは絶対におまえがやるべきことじゃない。アレックスと話をするのであれば、おれがする」

「警察へ届けなくちゃならないの？」

「そうするしかないだろうな」ローレンスが答えた。「おまえもよく知ってるとおり、あの絵はお祖父さまの形見で、おれの一存でどうにかしていいものではない。それに、百万ドルかそれ以上の価値があるんだから、警察へ被害届を出さないわけにはいかないし、保険会社にも知らせる必要がある」

「でも、あの人はお兄さまの命の恩人なんでしょ？」

「ああ、そのとおりだ。だから、あの絵をすぐに返してくれたら、罪に問うことはしないつもりだ」

「ほんとに残念だわ」イヴリンは言った。「とってもいい人に見えたのに」

「人というのはわからないものだな」ローレンスが言った。

その日の午後、アレックスがイヴリンに電話をすると、応対に出た執事にこう教えられた――イヴリンさまは十一時ごろお出かけになって、お戻りが何時になるかはうかがっておりません。そのあと彼女がかけ直してくることはなかったから、夜、もう一度かけてみた。今度はローウェル中尉の声が返ってきた。

「素晴らしいパーティでしたよ、ローレンス。ホストとしてのあなたも、とても凄《すご》かった。明日、あなたとイヴリンにお目にかかれるのを楽しみにしています」

「きみが週末にボストンへくるとは知らなかったな」

「イヴリンから聞いてませんか?」

「イヴリンは今朝、南フランスの別荘へ発ったぞ。それに、私はナンタケットの母に会いに行くつもりでいたんだがな」

「でも、金曜の夜はあなたたち二人とディナーを愉しんで土曜は船遊びをすると、イヴリンと話がついていたんですが」回線が切れたのではないかと思うほど長いあいだ声が返ってこなかった。「聞こえてますか、ローレンス?」

「こんなことは訊きたくないんだが、アレックス、日曜の朝に帰るとき、きみは包みを小脇《こわき》に抱えていたと執事が言っているんだ」

「ああ、あれならウォーホルの絵です」アレックスは躊躇なく答えた。「担保として受け取ってくれと言ってイヴリンがきかなかったんで、気は進まなかったんですが、そうさせてもらいました」

「何の担保なんだ?」

「トッド・ハリデイに預けて投資するというので、彼女に五十万ドルを融資したんです。彼は私の会社を応援してくれようとしているんです」

「トッド・ハリデイは妹の夫で、自分の金なんか一セントだって持ってないぞ」

「イヴリンは結婚しているんですか?」

「何年も前からな」ローレンスが言った。

「でも、トッドは新興企業を専門にしていると彼女は言っていましたよ」

「トッドが専門にしているのは失敗だよ。しかも、常に他人の金を巻き込んでいるんだ。今回はきみの金だな」

「しかし、彼は一千万ないし一千五百万をエレーナズに投資するつもりでいると、彼女は保証してくれましたよ」

「何に投資するにせよ、トッドは十ドルの余裕もないんだぞ。まして、一千五百万なんて論外だ。まさか、もうあいつに金を渡したなんてことはないよな？」

「彼女にですけどね」アレックスは答えた。「今朝、私の小切手が決済されました」ローレンスはアレックスにいまの顔を見られずにすむのがありがたかった。

「でも、心配は無用です。ウォーホルという担保がありますから」アレックスは付け加えた。

またもや長い沈黙のあとで、ローレンスが言った。「あの絵は妹に遺贈されたものではないんだ。ローウェル家として収集したものの一つであって、預かっているに過ぎない。預かり主は長男と決まっていて、彼が次の世代へ渡すことになっている。そして、二年前に父が死んだときに、私が預かり主になった。イヴリンは私に次ぐ有資格者ではあるが、それは私に息子ができるまでだ。また、私がヴェトナムで死んだ場合を考慮して、父が遺言書にこう明記している。そのときはすべてをボストン美術館へ寄贈し、イヴリンには一作品たりと渡さない、とね」

「絵はすぐにお返しします」アレックスは言った。

「私もきみの五十万ドルを返すよ」ローレンスが言った。

「いや、そういうわけにはいきません」アレックスはきっぱりと断わった。「私が合意した相手はイヴリンであって、あなたではないのですから。取りあえずは彼女を信じて、私の金を優良企業《ブルーチップ・カンパニー》に投資してくれると考えることにしましょう」

「あの女がブルーチップに投資するのは、カジノのポーカー・テーブルにいるときだけだ。これから先、あいつがうちにいるときはいつでも、すべての絵を壁に釘付けにしておくことにしよう。しかし、そうだとしても、きみとチームを組んでいるのはいまも同じだからな。ヴェトナムのときと同じように力を合わせて、きみの金が戻ってくる方法を探すんだ」

「役に立てるのであれば何でもしますし」アレックスは言った。「もちろん、絵もお返しします。こんな面倒に巻き込んでしまって、本当に申し訳ありません」

「あの戦場で、きみはあのまま私を死なせるべきだったんじゃないかな、アレックス。そうすれば、きみがイヴリンと出会うことはなかったわけだから」

「いや、過失はわれに《メイア・クルパ》ありですよ」アレックスは言った。「イスラエル王妃イゼベル、ルクレツィア・ボルジア、マタ・ハリ、そして、いまはイヴリン・ローウェル。彼女にはすぐに私がかもだとわかったんでしょう、私の脇が甘かったばかりにね」

「たぶん、それはきみが最初でもないし、最後でもないはずだ。さらに悪いことに、私はしばらくここを留守にしなくちゃならない。毎年、八月は母とヨーロッパで過ごすことになっているんだ。というわけだから、私がこれからきみに小切手を送り、絵は私が戻ってきてから返してもらうというのはどうだろう。そのときにはきみと私とで船遊びをし、イヴリンを干上がらせておけるだろう」

「駄目です」アレックスはふたたび断わった。「小切手を頂戴《ちょうだい》するのはかまいませんが、それは私が絵を返したときでなくてはなりません」

「そこまで言うならいまの提案は撤回するが、絶対に絵をなくさないでくれよ。そんなことになったら、イヴリンはきみに絵を渡したこと自体を否定するぞ」

「ローレンス、一つ質問があるんですが、私を無実だと考え、すぐに自分の妹の側につかなかった理由は何でしょう?」

「過去があるからだよ。私が九つのとき、イヴリンはたびたび私の小遣いを盗んでいた。現場を押さえられると子守りのせいにし、子守りは馘《くび》になった。学校でも同じようなことが何度もあって、そのあと、亡《な》き父は学校に新しい図書館を建てるはめになった。イヴリンが退学させられずにすむようにするためにだ」

「でも、それは私が無実であるという証明になりません。忘れないでください、いまも絵は私の手元にあって、その絵の価値は百万ドルを超えているんですよ」

「確かにそうなんだが、今回のイヴリンは、きみを子守役に仕立てるときに失策をしているんだ」

「どういうことですか？」

「パーティの翌朝、目を覚ましたときにはきみはいなかったと、イヴリンは私に言った。だが実際は、あいつは八時半ごろ、私が朝食をとっているところへやってきている」

「どういうことですか？」

「だが、実はきみはまだいたんだ。八時半ごろ、カクストンにホテルへ帰るタクシーを呼ばせていたんだからな。それだけでも図々《ずうずう》しいというか、いい度胸をしているというか、厚かましいというか、きみには感心するしかないが、アレックス、そのきみをもってしても、ウォーホルを小脇に抱えたまま堂々と玄関を出て、執事にタクシーのドアを開けさせておく勇気はなかったわけだ」

アレックスは笑った。「それで、イヴリンのことですが、どうするつもりなんですか？」

「次の失策を待つさ」ローレンスが言った。「あいつの過去を鑑《かんが》みると、そんなに遠い先のことではないはずだ」

25　サーシャ

ロンドン

「二人が夫と妻であることをここに宣言する」司祭が言った。「花婿《はなむこ》は花嫁にキスを」

サーシャはチャーリーを抱擁し、まるで最初のデートのときであるかのようにぎこちないキスをした。百人近い会衆から大きな拍手喝采が湧《わ》き起こった。

ゆっくりと通路を歩いて教会の中庭に出た新郎新婦を、カメラマンがすでに三脚を立てて待っていた。最初の一枚は成り立てほやほやのカルペンコ夫妻の写真、次に双方の親が加わった写真、そのあと花嫁の家族が加わった写真、最後に新郎新婦付添いと座席案内係を務めてくれた者たちと一緒の写真。

そのあと、新郎新婦はロールス－ロイスでバーン・コテッジへ戻った。サーシャはその車中で、スピーチが少し心配なんだと新妻に白状した。

「わたしがあなただったら、ベンのスピーチのほうをよほど心配するわね」チャーリーが言った。「昨夜、夕食の前に予行演習で聞かされたけど、あなたがほんとに気の毒になったわ」

「そんなにひどいのか？」サーシャは不安になった。バーン・コテッジに着いて驚いたことに、エレーナが早くもカナッペを確認していた。

「どうやってわたしたちより先に着いたのかしら？」夫のネクタイを直し、上衣《うわぎ》から髪の毛を一本摘《つま》み上げながら、チャーリーが小声で訝った。

「愚問だな」サーシャは答えた。招待客が三々五々到着し、昼食の準備がされている大テントへと向かいはじめた。

サーシャはすっかり忘れていたが、皿が下げられ、コーヒーが運ばれると、ベンが立ち上がってスピーチを始めた。

「議員のみなさん、そして、紳士淑女のみなさん」

「議員なんてどこにいるんだ？」結婚式で座席案内係をしていた一人が叫んだ。

「先を見越してのことだよ」ベンはサーシャの方に手を置いて答えた。

「謹聴《ヒヤ》、謹聴《ヒヤ》！」仲間であるケンブリッジ大学学生自治会委員の何人かが叫んだ。

「みなさんは不思議に思っておられるかもしれません」ベンがスピーチを再開した。

「レニングラードの哀れな非合法移民が美しいイギリス人女性の心をどうやって捕らえることができたのか、と。しかし、実態はそうではなく、思《おも》い遣《や》り深い生き物であるチヤーリーが彼に同情したというのが本当のところなのです。大学へ入る前に通っていた学校の卒業を祝うわが家でのパーティで初めて出会い、いきなりそうなったというわけなのです。なぜそんなことが起こったかというと、チャーリーは自由党《リベラル》、すなわち未来永劫《えいごう》見込みのない連中を支持していて、故《ゆえ》に当時見込みのなかったサーシャにもチャンスがあったということです。しかし、彼がこんな幸運にぶち当たり、結局はかくも聡明《そうめい》で美しい生き物と結婚することになろうとは、さすがの私も予見できませんでした。

「だが、当然のことながら物事はいい面ばかりではないんだ、サーシャ。チャーリーはフラム・ハイスクールではホッケー・チームのキャプテンを務めていて、信頼できる筋からの情報によると、いったんスティックを握ったら、手の届く範囲にいる敵を手当たり次第に薙《な》ぎ倒して平然としていたらしい。だから、彼女と戦うのはチェスだけにしておいたほうがいいぞ、オールド・フレンド。ただし、クイーンは盤上を自由に動けるが、キングは一度に一枡《ます》しか動けないことを忘れるな」

ベンは拍手喝采が止むのを待ってスピーチを再開した。「サーシャに頼まれて新郎付添い役をさせてもらったことは大いなる誇りではありますが、それではまだ表現としては控えめであると言わざるを得ません。なぜなら、しばらく前にわかったことなのですが、私は常にサーシャの後ろにいて、ときどき前に出るのを許されるだけの運命にあるからです。彼がケンブリッジ大学の奨学金を勝ち取るのを、学生自治会の委員長になるのを、オックスフォードとのチェスの対抗戦でキャプテンとしてチームを率いるのを、そして、トリニティ・カレッジを第一級学位で卒業するのを目《ま》の当たりにしてきました。しかし、それをすべて合わせたとしても、チャーリー・デンジャーフィールドの心を捕らえたことにははるかに及びません。なぜなら、彼女を味方にすれば、もっと高い山の頂きを極めることが可能になるからです。しかし、すべての偉大な男の後ろには……驚くべき母がいるものです」

ふたたび拍手喝采が上がり、ベンはそれが静まるのを待ってつづけた。「ですが、私は自らの望みを完全に諦《あきら》めたわけではありません。みなさんのだれもが当然気づいておられるでしょうが、新婦付添いとしてチャーリーとともに通路を歩んだ四人の女性は例外なくとても美しかった。私はそのうちの三人にデートを申し込みました」

「そして、三人全員に断わられた！」座席案内係の一人が叫んだ。

「そのとおりなんだが」ベンが応《こた》えた。「一人残っていることを忘れないでくれ。まだ希望はあるということだ」

「彼女に多少でも理性があれば、そんな見込みはないんじゃないのか！」

「そうだとしても、みなさん、起立の上、サーシャとチャーリーの健康を祈って乾杯しましょう」

全員が立ち上がり、グラスを挙げて叫んだ。「サーシャとチャーリーに！」

「申し訳ないが、いましばらくそのままでお願いします」ベンがつづけた。「そうすれば、私はこれからの年月、サーシャの結婚披露宴で新郎付添いとしてスピーチをしたときにスタンディング・オヴェーションを受けたことを、常に彼に思い出させることができるからです」

とたんに上がった拍手喝采を聞いて、これから自分がすることになっているスピーチをこの古い友人がどれほど難しいものにしてくれたかにサーシャは気づき、緊張すべきだとチャーリーが忠告してくれた理由を理解した。

そして、その友人がハードルをあげてくれたことを意識しながら、ゆっくりと立ち上がった。

「まず最初に、デンジャーフィールド夫妻に感謝いたします。お二人は寛容にもこの披露宴を主催して素晴らしいホスト役を務めてくださっています。また――こちらのほうに強く感謝しなくてはならないかもしれませんが――、この哀れな難民がイギリスの伝統ある一族の一員になることをも歓迎してくださいました。しかもこの難民はいまだウインブルドンも、ローズも、トウィッケナムも訪れたことがなく、フット-フォルトやレッグ-ビフォアの意味を知らず、いわんやフッカーが何であるかを知るべくもないのです。のみならず、カップにミルクを垂らすのはお茶を注ぐ前なのか、あとなのかもよくわかっていません。さらには、生ぬるいビールに慣れることができるのか、長い行列に辛抱強く並んで待つことができるようになるのか、メイポールを回って踊れるようになるのか、それらもまだわからないことに含まれているのです。これらのことをすべて考慮すると、私がイギリスの真《まこと》の薔薇《ばら》——しかも、この薔薇は四季を問わず咲き誇っているのです——と結婚できる幸運をどうやってつかんだのか、みなさんがお知りになりたいのも当然かもしれません。

「その答えは、私の人生には常にもう一人の瞠目《どうもく》すべき女性がいた、というものです。その女性とは、もちろん、私の母のエレーナです。この母がいなかったら、私はここまで何一つとして成し遂げられなかったでしょう」

いつまでも鳴り止まない拍手喝采《かっさい》が、考えを整理する時間をサーシャに与えてくれた。「母は倫理という面での羅針盤であり、行くべき道を教えてくれる導きの星でした。母に匹敵する女性と出会うことはないだろうとずっと思っていましたが、神々は——」そして、空を見上げた。「——私が間違っていたことを証明し、いつよりも腕を発揮なさって、チャーリーと巡り合わせてくださいました」

「おまえと彼女を巡り合わせてやったのは神々じゃないぞ」ベンがさえぎった。「おれだ！」その主張は喧《やかま》しい笑いに迎えられた。

「それで思い出しましたが」サーシャはつづけた。「四人目の新婦付添いの女性に忠告申し上げておくべきでしょう。きっと理性ある魅力的な若い方でしょうが、あなたも三人の方の向こうを張って、ミスター・コーエンをその場で拒絶なさるべきです。あなたなら、もっといい相手が見つかります」〝異議なし〟の声が会場のそこかしこで上がった。「私にできるのは精々このぐらいですが」サーシャはスピーチをまとめようとグラスを挙げた。「四人の新婦付添いの方に乾杯したいと思います、ご唱和ください」

「新婦付添いに!」

しばらくして、客が着席しはじめた。

ベンがサーシャのほうへ身を乗り出して言った。「上出来だ。おれのスピーチのあとあってやりにくかっただろうことを思えば尚更《なおさら》だ」サーシャは苦笑し、友人に向かってグラスを掲げた。「ハネムーンから帰ってきたらすぐに」ベンがいきなり真顔に戻ってつづけた。「庶民院へのおまえの旅の次の段階をどうするか、その相談を始めなくちゃならんぞ」

「それは哀れな難民には簡単な旅じゃないんじゃないのかな」サーシャは言った。

「もちろん、簡単だよ。おれを選対委員長にすれば、とりわけ簡単になる」

「だけど、おまえは保守党員なんだぞ。まさか忘れてないだろうな」

「ほかの選挙区なら絶対に保守党員でいつづけるが、おまえが立候補する選挙区は例外だ。チャーリーが味方についてくれているんだから無敵だよ。それから、おまえがヴェニスへ消える前に、もう一つ、ささやかな情報を教えてやろう。自分たちの結婚式の日に仕事の相談をするのをチャーリーは喜ばないだろうが、昨日、おれの机に意外なものが届いたんだ。思いがけない結婚の贈り物になる可能性のあるものがな」サーシャはグラスを置いた。「フラム・ロード一五四番地の自由保有権が売りに出ているんだ」

「トレムレットのレストランが？　どうして？」

「おまえもたぶん知ってると思うが、この二年、あそこは金を失いつづけている。おれが思うに、ミスター・トレムレットはさすがにもう沢山だと諦め、損切りを覚悟で売ることにしたんじゃないのかな」

「いくらだ？」

「四十万ポンド」

サーシャはシャンパンをもう一口飲み、ようやく応えた。「無理だな、おれたちの力の及ぶところじゃないよ」

「そりゃ残念だ、おまえのお母さんなら通りを渡るだけですむし、間違いなくあっという間に店を立て直せるだろうに」

「それはそうだとおれも思うが、まだ時期尚早だよ」

「しかし、最大のライヴァルが失敗していなくなるんだから、少なくともありがたいとぐらいは思ってもいいだろう。それに、売値が売値だからな、買いたいと名乗りを上げるレストランがすぐに出てくるとは思いにくい。おっと」ベンが言った。「いまにもおれに襲いかかろうとしている美人があそこにいるじゃないか。おれが新郎を独り占めにしているのが明らかに面白くないらしい。申し訳ないが、ちょっと失礼させてもらうぞ！」

友人が勢いよく立ち上がって招待客のなかに溶け込んでいくのを笑って見送っていると、年配のレディがやってきた。

「本当に素晴らしい結婚式ね」伯爵《はくしゃく》夫人がベンが坐《すわ》っていた椅子《いす》に腰を下ろした。「あなたは本当に幸運よ。招待していただいてお礼を言うわ」

「あなたに列席していただけて本当に喜んでいます」サーシャは言った。「特に母が」

「あなたのお母さまは、わたし以上に昔の流儀を大事になさっているものね」そして、伯爵夫人は声をひそめた。「でも、あなたとお話ししたかったのには別の理由があるの」

サーシャはシャンパンを注ぎ直さなかった。「あなたも知ってのとおり、わたしのファベルジェの卵は、九月にサザビーズでオークションに掛けられることになっているでしょう。それでお願いなんだけど、ハネムーンから戻ったら、一度わたしを訪ねてもらえないかしら。あなたと相談しなくちゃならないことがあるのよ」

「喜んでうかがいます」サーシャは言った。「それで、どんな相談なんでしょう？」

「ここだけの話だけど」伯爵夫人が口を開いた。「あなたとわたしで、ロシア人とイギリス人の両方を打ち負かせるんじゃないかと思っているの。でも、あなたが無理だと感じるのであれば……」

「実にいいスピーチだったな、サーシャ。もっとも、きみならあのぐらいはやるだろうと思っていたがね」背後から明らかに飲みつづけているとおぼしき声がした。

「ありがとうございます」サーシャはチャーリーの叔父の名前を思い出そうとしながら応えた。彼がいなくなるころには伯爵夫人もいなくなっていたが、彼女の指示はこれ以上ないほどはっきりしていた。

サーシャが招待客と歓談してまわっているあいだに、妻は――いつになったらその呼び方に慣れることができるのか、夫は自信がなかった――自室へ上がって新婚旅行用の服に着替えた。四十分後に階段の上に現われた彼女を見て、サーシャは四年近く前、ベンの家でのパーティで最初に彼女を見た瞬間を思い出した。あのとき、自分のほうへ歩いてきてほしいとおれがどんなに祈っていたか、彼女は多少でもわかっているだろうか？　彼女がつい最近ベンに白状したところでは、チャーリーはあのとき、サーシャがほかの女の子と一緒にパーティにこないでくれるよう祈っていたとのことだった。

さらに三十分が経《た》ってようやく招待客と別れの挨拶《あいさつ》をすませると、新婚夫婦はサーシャの古いMG――ロールス－ロイスは諦めざるを得なかった――に乗り込んだ。ヴィクトリア駅を目指した車は、辛うじてヴェニス行きのオリエント急行に間に合った。二人が思わず噴き出したことに、寝台個室にあるのは狭いシングル・ベッドが二つだけだった。

「金を半分返せと苦情を申し立てるべきだな」サーシャは妻の隣りに無理矢理潜り込み、明かりを消しながら言った。

「一つだけ、絶対に譲れないことがある」フラム・ロード一五四番地を売りに出すことについて完全な説明を息子から受けたあと、トレムレットは即座に言った。

「どんなことなのかな、お父さん？」

「いかなる状況に立ち至ろうとも、あそこがカルペンコどもの手に落ちる事態だけは認めないということだ」

「売値は四十万ポンドだからね、それはまずあり得ない」

「アネッリなら出せるだろう」

「あの年齢だ、彼はもう買い手じゃなくて売り手だよ」モーリスが言った。「それに、最近は健康状態がよくないらしい」

「そいつは何よりだ」トレムレットは言った。「あそこを売ることはおまえに任せて、私はスタンフォード・プレイスにアパート群を建てる計画の許可を得ることに専念する必要があるからな」

「それについての新しい情報はないの？」

「メイソン議員によれば、来週のどこかで発表されるそうだ。だから、この週末、カンヌのわれわれのヨットに彼を招待する」
「取引はほぼそれで決まりだね」モーリスが言った。
「あの不運な男は異常に泥沼化した離婚問題を抱えているから尚更だ。しかも、二度目のな」

二週間後、カルペンコ夫妻はヴェニスから帰った。ロンドンに着いてサーシャがまずしたのは、伯爵夫人への電話だった。夫人は明日の午後のお茶に彼を招待した。

三時になる直前、サーシャはピムリコの伯爵夫人の地下階のアパートのドアをノックした。用件はわからないままだった。伯爵夫人と同じぐらい年寄りのメイドがドアを開け、居間に案内してくれた。伯爵夫人は膝《ひざ》掛けをして、ウィングチェアに寛《くつろ》いでいた。

そこは染《し》み一つなく、階段の下で暮らすなど思いもしなかったはずの家族の写真が、セピア色に色褪《いろあ》せて銀の額縁に納められ、四方の壁を埋め尽くしていた。彼女が自分の向かいを身振りで示し、サーシャがそこに腰を下ろすや訊《き》いた。「ヴェニスはどうだった？」
「最高でした。ですが、もう少し長く滞在していたら、破産の憂《う》き目にあったでしょうね」

「わたしも子供のころに何度か訪れたことがあるわ」伯爵夫人が言った。「よくサン・マルコ広場へ行き、チョコレート・ガトーを食べてレモネードを飲んだものよ。ヨーロッパの応接間だって、ナポレオンがかつて形容した広場ね」

「いまは私のような観光客でごった返していて、ナポレオンならきっといい顔をしないでしょう」サーシャが応えたとき、いったん引き退《さ》がっていたメイドがお茶とビスケットを運んできた。

「ロシア人を過小評価し、それを死ぬまで後悔することになったもう一人の男ね」

メイドがお茶を注いでふたたび引き退がると、伯爵夫人が今日の用件を切り出した。

サーシャは彼女の一言一言にじっと耳を傾け、この侮《あなど》り難い女性が二十世紀に生まれていたら、自分の選んだどの分野でもリーダーになったに違いない、と感じ入らないわけにはいかなかった。大胆不敵な提案が終わるころには、このロシア人女性がチェスの好敵手になることに疑いの余地がなくなっていた。

「というわけなのだけれど、お若い方」伯爵夫人が言った。「わたしのささやかなごまかしに力を貸してもらえるかしら」

「もちろんです」サーシャは即答した。「ですが、この計画にはミスター・デンジャーフィールドのほうがはるかに適任だと思いますが、それはお考えにならなかったんですか？」

「そうかもしれないけれど、彼にはフェア・プレイを信じるというイギリス人固有の弱点があるの。それはわたしたちロシア人が本当には理解できない考え方なのよ」

「私のタイミングがぴったりでないとまずいですね」サーシャは言った。

「タイミングのずれは絶対に駄目だし」伯爵夫人が言った。「もっと大事なのは、いつやめるかなの。それを知るのが最大の決断になるでしょうね。というわけだから、もう一度最初から詳しく復習しましょう。完全に理解できなかったり、改良を加えられると思ったときは、遠慮なく途中でさえぎってちょうだい。始める前に、サーシャ、質問はないかしら？」

「あります。最寄りの公衆電話はどこですか？」

ミスター・デンジャーフィールドと伯爵夫人が三列目の予約席に着いたときには、オークションハウスはほぼ満員になっていた。

「あなたの卵が出品されるのは十八番目です」デンジャーフィールドがカタログを何ページかめくったあとで教えた。「それまで少なくとも三十分はあるでしょう。しかし、会場の専門家はほんのわずかな時間で偽物《にせもの》か本物の傑作かを判断するはずです」そして、会場の後ろのほうにかたまって立っている男たちを振り返ったあとで付け加えた。「どうやら、彼らはその疑問に対する答えをもう出しているようですよ。まあ、それが彼らの目的に適《かな》ってはいますがね」

「けさ、ソヴィエト大使がメディア向けに声明を出して、この卵は偽物で、本物はエルミタージュ美術館に展示されていると主張しているけれど、それもさしたる効果はなかったわけね」伯爵夫人が言った。

「あんなのは、あのゲッペルスでさえ赤面するほど恥ずかしいプロパガンダに過ぎませんよ」デンジャーフィールドが言った。「それから、あなたもお気づきになるでしょうが、大使本人がわれわれの二列後方に陣取っています。彼が低い価格であなたの卵を落札しようとしても、また、一夜にして、長いあいだ行方不明になっていた傑作だと突然認識されたとしても、驚かないでくださいよ」

「革命はわたしの父を殺したかもしれないけれど」伯爵夫人が振り返って大使を睨《にら》みつけながら言った。「その後継者どもにわたしの卵を盗ませたりは絶対にしないわ」

大使は彼女に気づいていなかった。

「POAとはどういう意味なのかしら？」伯爵夫人がカタログに目を戻して訊いた。

「〝価格《プライス・オン・》ご相談《アプリケーション》〟の略です」デンジャーフィールドが説明した。「サザビーズは価値に関する意見を自分たちのほうからは提供しないで、判断をマーケットに委《ゆだ》ねることにしているんです。大使の介入がその邪魔をしなければいいんですが」

「所詮《しょせん》腰抜けどもの集まりよ」伯爵夫人が言った。

「みんな面目を失って笑いものになればいいんだわ《レッツ・ホープ・ゼイ・アー・オール・レフト・ウイズ・エッグ・オン・ゼア・フェイスイズ》」デンジャーフィールドは笑ってしまいそうになったが、卵を使った語呂《ごろ》合わせが意図されたものかどうかがわからなかった。「それで、これからは？」彼女が訊いた。

「七時きっかりに競売人が登壇し、出品番号一番の競売を開始して手続きが始まります。残念ながら十八番まではかなりかかりますから、それまで不安と緊張を抱えて長い時間を耐えることになるでしょう。順番がきたらその時点で、卵は神の手に委ねられることになります」デンジャーフィールドは戦いの場を見回して付け加えた。「あるいは、無神論者どもの手かもしれません」

「競売人が立つ演台のそばのロープの向こうにいる人たちは何なの？　砕けた格好をしているけど？」

「メディアの連中です。鉛筆を構えて、記事になりそうな話を待っているんですよ。あなたの場合は、一面を飾るか、美術欄のベタ記事に追いやられるか、どちらかでしょうね」

「一面を飾ることを祈りましょう。わたしたちの右手の一段高くなっているところに並んでいる人たちは何？　きちんとした服装だけど？」

「ここの職員です。競売係が入札者を見つける手助けをします。あなたの右手に電話を前に並んでいる者たちも同様です。彼らは外国から電話で入札に加わる顧客や、名前を出したくない顧客の代わりを務めるんです」

七時きっかりに、ディナー・ジャケットにボウ・タイという上品な服装の男が、奥のドアからオークションルームに入ってきた。そして、ゆっくりと登壇し、満員の会場を笑顔で見渡した。

「紳士淑女の皆様、今宵はようこそおいでいただきました。本日はロシアの日です。では、まずはカタログの出品番号一番、サヴラーソフの〈モスクワの冬の夕べ〉、一万ポンドから始めさせていただきます。一万二千はありませんか？」

伯爵夫人はそれを父親の書斎に掛かっていたサヴラーソフの作品より劣っていると見なしたにもかかわらず、推定評価価格をはるかに上回る二万四千ポンドで落札されると嬉《うれ》しくなった。

「出品番号二番」競売人が宣言した。「水彩画で……」

「サーシャがここにいてくれるとよかったんですが」デンジャーフィールドは言った。「レストランでパーティの先約があるので、こられるとしても間に合うかどうかわからないとのことだったもので」

伯爵夫人はそれを聞いても何も言わず、カタログのページをめくって出品番号三番を見た。それは推定価格より低く落札された。デンジャーフィールドが周囲に目を走らせると、会場は落札する側にとって最初の大当たりに湧きはじめていた。伯爵夫人に目を戻すと、彼女は落ち着かない様子で、カタログを指で叩《たた》きつづけていた。デンジャーフィールドは驚いた。伯爵夫人が気持ちを露《あら》わにするのを見るのは初めてだった。

「あの絵は代々家族づきあいをしていた古い友人一族のものだったの」伯爵夫人が説明した。「お金が必要だったのに」

次に出品された絵の競売が始まったときにデンジャーフィールドが気づいたことに、出品番号が大きくなっていくにつれて、伯爵夫人は緊張を募らせていた。出品番号が十六番まできたときには、額に汗が滲《にじ》んでいるのではないかと疑われるほどだった。

「ロシアの人形一対です。一万ポンドから始めさせていただきます」反応がなかった。競売人は表情のない顔の海を見下ろして言った。「一万二千」デンジャーフィールドには明らかだったが、競売人はこの入札を成立させないと決めたようだった。「一万四千」腹の内を見抜かれまいと必死だった。それでも反応はなく、競売人がついにハンマーを打ち鳴らしてつぶやいた。「自己落札と決まりました」

「どういうこと？」伯爵夫人が小声で訊いた。

「そもそも応札者がいなかったんです」デンジャーフィールドは答えた。

「出品番号十七番」競売人は次へ進んだ。「名声確固たるロシア人画家、ウラジーミル・ボロヴィコフスキーの重要な肖像画です。二万ポンドから始めさせていただきます」最初は反応がなかったが、やがて、どこかから声が上がった。「二万！」

「一万二千はありませんか？」しかし、さっきの声の主以外に関心を示す者は現われなかった。競売人が渋々ハンマーを打ち鳴らして宣言した。「一万ポンドで後列の紳士が落札されました」だが、どの紳士なのかをわかっているわけではまったくなかった。自分の顧客にとっていい兆《きざ》しではないようにデンジャーフィールドには思われたが、それを口にするのはさすがに憚《はばか》られた。

「出品番号十八番に移ります」競売人はそこでいったん口を閉じ、ヴェルヴェットのクッションの上に置かれた卵が運び込まれて自分の横の展示台に載せられるのを待った。それを運んできたポーターが引き退がると、競売人は目を凝らしている会場に向かって柔らかな笑みを浮かべた。そして、「五万ポンド」と最低価格を告げようとしたまさにそのとき、会場の後ろのほうから声が上がった。「一千ポンド」それは笑いと、信じられないというため息で迎えられた。

「二千」競売人が態勢を立て直す前に別の声が上がった。

「一万」伯爵夫人の二列後ろで声がした。競売人は困惑しながらも期待を込めて会場を見回したが反応はなく、虚《むな》しくハンマーをかざして、「ソヴィエト大使が落札されました」と宣言しようとした。しかし、その瞬間、左側の一段高いところにいるアシスタントの手が勢いよく挙がるのを目の隅に捕らえた。受話器を握った若い女性が、競売人に向かってきっぱりと告げた。「二万が出ました」

「二万一千」会場の後ろの最初の声が言った。

競売人が若い女性のアシスタントを見ると、彼女は電話の向こうの顧客と相談に没頭しているところだった。

「三万」彼女が言った。それまでほんの数秒だったが、伯爵夫人には一生のように感じられた。

「三万一千」後ろのほうの同じ声が応じた。

「四万」電話のアシスタントが言った。

「四万一千」即座に応札の声が返ってきた。

「五万」と、アシスタント。

「五万一千」と、後ろのほうの男。

長い沈黙がつづき、会場の全員の目が電話の若い女性に向けられた。

「十万」彼女が言い、会場が声高にしゃべりはじめたが、競売人はわざとらしくそれを無視した。

「十万ポンドの入札をいただきました」彼は言い、さっきまで応札していた声の主のほうを見ながら訊いた。「十二万五千ポンドはありませんか？」しかし、相手は沈黙したまま、憮然《ぶぜん》として睨み返すばかりだった。

「十二万五千ポンドはありませんか？」競売人はもう一度繰り返した。「では、電話で入札の方に十万ポンドで落札と決まりました」ハンマーが打ち鳴らされようとしたそのとき、五列目から渋々といった様子で手が挙がった。メディア向けに発した自分の声明が望むべき効果を発揮しなかったことを、いま、ようやく受け容《い》れたようだった。

大使が応札したことで、卵が実際にカール・ファベルジェの手になる本物であって偽物ではないことが結果的に確認され、それを機に一気に入札者が増えた。価格が五十万ポンドに達したときにデンジャーフィールドは気がついたのだが、電話アシスタントの若い女性が顧客と熱心に話していた。

「次の価格は六十万ポンドになりますが」彼女が小声で言った。「応札をおつづけになりますか、サー？」

「参加しているのは何人なのかな？」顧客が訊いた。

「ソヴィエト大使はつづけられるでしょう。それから、おそらく間違いないと思いますが、ニューヨークのメトロポリタン美術館の副館長が関心を示していらっしゃるようです。さらに、アスプレイのディーラーが右足を叩いていて、それは決まって彼が参加しようとしている印なのです」

「わかった。では、彼らが入札するまで待つことにするよ」

入札価格が百万ポンドになると、若い女性は送話口に向かって小声で言った。「相手は二人になりました。ソヴィエト大使とメトロポリタン美術館の副館長です」

「百十万ポンドが出ました」競売人が伝え、ソヴィエト大使を見た。彼は不機嫌に腕組みをして俯《うつむ》いた。

「一人が降りました」彼女が電話越しにささやいた。

「最後の入札価格は？」

「百十万ポンドです」

「百二十万ポンド」彼女は右手を挙げて競売人に知らせた。

「電話のお客さまから百二十万ポンドをいただきました」競売人がメトロポリタン美術館の副館長を見て言った。

「どうなってる？」電話の向こうの声がひどく緊張した様子で訊いた。

「たぶんお客さまが落札されることになると思います、おめでとうございます」

しかし、彼女は間違っていた。メトロポリタン美術館の副館長の手が、ためらいがちではあったとしても、ふたたび挙がったのだった。

「いえ、お待ちください。百三十万ポンドが出ました。ですが、百四十万ポンドをお出しになれば、まず間違いなく勝てるはずです」

「きっとそうなんだろうが」電話の向こうの声が応えた。「残念ながら、私のほうが限界だよ。ともかく、ありがとう」彼は受話器を置くと電話ボックスを出て、やってくる車をよけながらボンド・ストリートを渡った。

競売人は期待の目で電話アシスタントの若い女性を見ていたが、彼女は首を横に振って受話器を置いた。競売人は気持ちよくハンマーを打ち鳴らして宣言した。「百三十万ポンドでニューヨークのメトロポリタン美術館の落札と決定しました」

会場に大きな拍手喝采が起こり、伯爵夫人でさえ笑みを浮かべた。そのとき、サーシャが会場に駆け込んできて、足早に通路を下り、唯一《ゆいいつ》の空いていた義理の父親の隣りの席に腰を下ろした。

「残念だったな、きみは凄《すご》い戦いを見逃したぞ」デンジャーフィールドが言った。

「そのようですね、間に合わなくて残念です」

サーシャが伯爵夫人のほうへ身を乗り出して祝福すると、彼女は彼の手を優しく握って言った。「ありがとう、サーシャ」そして、カタログの次のページへ目を戻した。

「出品番号十九番」会場が落ち着きを取り戻すのを待って競売が再開された。「最後のロシア皇帝ニコライ二世の大理石の胸像、傷一つない完全品です。一万ポンドから始めさせていただきます」

「一万一千」会場の後ろから馴染《なじ》みのある声が聞こえた。伯爵夫人は振り返って確認するまでもないといった様子で手袋をした手をゆっくりと挙げ、競売人が気づいたことを知ると、ほとんどささやくような声で言った。「五万ポンド」周囲の席から例外なく喘《あえ》ぎが漏れたが、彼女にしてみれば、父の書斎の机で見て以来の再会を果たした傑作を取り戻せるのなら、取るに足りない金額に過ぎなかった。一族のだれがそれを売りに出したかもわかっていたし、その彼が自分以上にお金を必要としていたこともわかっていた。

永井淳訳
J・アーチャー
百万ドルをとり返せ！

株式詐欺にあって無一文になった四人の男たちが、オクスフォード大学の天才的数学教授を中心に、頭脳の限りを尽す絶妙の奪回作戦。

永井淳訳
J・アーチャー
ケインとアベル（上・下）

私生児のホテル王と名門出の大銀行家。典型的なふたりのアメリカ人の、皮肉な出会いと成功とを通して描く〈小説アメリカ現代史〉。

戸田裕之訳
J・アーチャー
15のわけあり小説

面白いのには〝わけ〟がある——。時にはくすっと笑い、騙され、涙する。巨匠が腕によりをかけた、ウィットに富んだ極上短編集。

戸田裕之訳
J・アーチャー
死もまた我等なり（上・下）
—クリフトン年代記　第2部—

刑務所暮らしを強いられたハリー。彼の生存を信じるエマ。多くの野心と運命のいたずらが二つの家族を揺さぶる、シリーズ第2部！

戸田裕之訳
J・アーチャー
裁きの鐘は（上・下）
—クリフトン年代記　第3部—

突然の死に、友情と兄妹愛が決裂!?　愛する息子は国際的犯罪の渦中の人となり……秘められた真実が悲劇を招く、シリーズ第3部。

戸田裕之訳
J・アーチャー
追風に帆を上げよ（上・下）
—クリフトン年代記　第4部—

不自然な交通事故、株式操作、政治闘争、突然の死。バリントン・クリフトン両家とマルティネス親子、真っ向勝負のシリーズ第4部。

J・アーチャー
戸田裕之訳

剣より強し（上・下）
―クリフトン年代記 第5部―

ソ連の言論封殺と闘うハリー。宿敵と法廷で対峙するエマ。セブの人生にも危機が迫る……全ての運命が激変するシリーズ第5部。

J・アーチャー
戸田裕之訳

機は熟せり（上・下）
―クリフトン年代記 第6部―

信義を貫かんとするハリーとエマ。欲望に溺れゆく者ども。すべての人生がついに正念場を迎える――凄絶無比のサーガ、終幕の序章。

J・アーチャー
戸田裕之訳

永遠に残るは（上・下）
―クリフトン年代記 第7部―

幸福の時を迎えたクリフトン家の人々を襲う容赦ない病魔。悲嘆にくれる一家に、信じ難い結末が。空前の大河小説、万感胸打つ終幕。

J・アーチャー
戸田裕之訳

嘘ばっかり

人生は、逆転だらけのゲーム――巨万の富を掴むか、破滅に転げ落ちるか。最後の一行まで油断できない、スリリングすぎる短篇集！

J・グリシャム
白石　朗訳

危険な弁護士（上・下）

幼女殺害、死刑執行、誤認捜査、妊婦誘拐……ヤバイ案件ばかり請負う〝無頼の弁護士〟のダーティー・リーガル・ハードボイルド。

M・グリーニー
田村源二訳

イスラム最終戦争（1・2）

機密漏洩を示唆する不可解な事件続発。全米テロ、中東の戦場とサイバー空間がシンクロするジャック・ライアン・シリーズ新展開！

運《うん》命《めい》のコイン(上)

新潮文庫　ア - 5 - 48

Published 2019 in Japan
by Shinchosha Company

令和元年十一月一日発行

訳者　戸《と》田《だ》裕《ひろ》之《ゆき》
発行者　佐藤隆信
発行所　株式会社 新潮社

郵便番号 一六二―八七一一
東京都新宿区矢来町七一
電話 編集部(〇三)三二六六―五四四〇
読者係(〇三)三二六六―五一一一
https://www.shinchosha.co.jp

価格はカバーに表示してあります。

乱丁・落丁本は、ご面倒ですが小社読者係宛ご送付ください。送料小社負担にてお取替えいたします。

印刷・錦明印刷株式会社　製本・錦明印刷株式会社

ISBN978-4-10-216148-7 C0197